배추김치 · 무청시래기

〈대한민국 음식 교과서 명품 100선〉

역주 권영호權寧浩

경북 경산에서 태어나 경북고등학교를 졸업한 후 경북대학교 문리과대학 국어국문학과에 입학하였다. 경북대학교 대학원에서 1984년에 「홍부전 이본 연구」로 석사학위를, 1995년에 「장끼전 작품군 연구」로 문학박사 학위를 취득하였다. 대표 저서로 『고전서사문학의 전승에 나타난 변이와 담당층 의식(2013 문체부 지정 우수학술도서)』이 있고, 『경북의 누정 이야기(2015)』, 『울진인의 의리정신, 그 충과 효와 열(2014)』, 『근현대 경북지역 문학의 흐름과 특성(2006)』 등이 있다. 논문으로는, 「금달래이야기의 전승양상과 의미」, 「장끼전의 민요화」, 「심산 김창숙 시에 나타난 자탄과 의미」, 「옥낭자전 작품군의 형성과 사회적 성격」, 「박제상 전승의 양상과 의미」 등이 있다. 현재 경북대학교 기획처 연구교수로 재직하고 있다.

택민국학연구원 연구총서 31
〈김광순 소장 필사본 고소설 100선〉

꿩의자치가 · 박부인전

초판 인쇄 2016년 12월 20일
초판 발행 2016년 12월 31일

발행인 비영리법인택민국학연구원장
역주자 권영호
주 소 대구시 동구 아양로 174 금광빌딩 4층
홈페이지 http://www.taekmin.co.kr

발행처 (주)박이정
　　　대표 박찬익 ▮ 편집장 권이준 ▮ 책임편집 정봉선
주 소 서울시 동대문구 천호대로 16가길 4
전 화 02) 922-1192~3 ▮ **팩스** 02) 928-4683
홈페이지 www.pijbook.com ▮ **이메일** pijbook@naver.com
등 록 2014년 8월 22일 제305-2014-000028호

ISBN 979-11-5848-272-5 (94810)
ISBN 979-11-5848-267-1 (세트)

* 책값은 뒤표지에 있습니다.

민국학연구원 연구총서 31

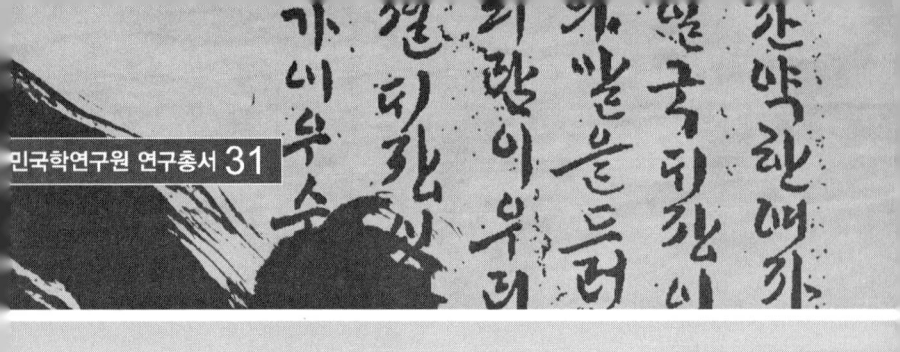

김광순 소장 필사본 고소설 100선

꿩의자치가 · 박부인전

권영호 역주

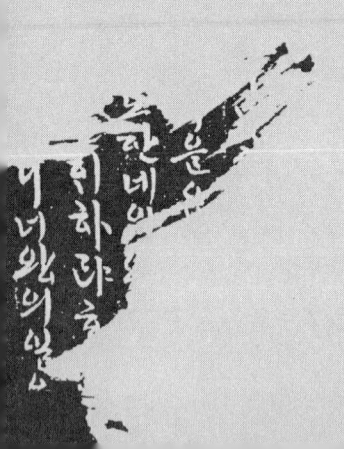

(주)박이정

21세기를 '문화 시대'라 한다. 문화와 관련된 정보와 지식이 고부가가치를 지니기 때문에, '문화 시대'라는 말을 과장이라 할 수 없다. 이러한 '문화 시대'에서 빈번히 들을 수 있는 용어가 '문화산업'이다. 문화산업이란 문화 생산물이나 서비스를 상품으로 만드는 산업 형태를 가리키는데, 문화가 산업 형태를 지니는 이상 문화는 상품으로서 생산·판매·유통 과정을 밟게 된다. 경제가 발전하고 삶의 질에 관심을 가질수록 문화 산업화는 가속도가 붙을 것이다.

문화가 상품의 생산 과정을 밟기 위해서는 참신한 재료가 공급되어야 한다. 지금까지 없었던 것을 만들어낼 수도 있으나, 온고지신溫故知新의 정신으로 오랜 세월에 걸쳐 그 훌륭함이 증명된 고전 작품을 돌아봄으로써 내실부터 다져야 한다. 고전적 가치를 현대적 감각으로 재현하여 대중에게 내놓을 때, 과거의 문화는 살아 있는 문화로 발돋움한다. 조상들이 쌓아온 문화유산을 소중히 여기고 그 속에서 가치를 발굴해야만 문화 산업화는 외국 것의 모방이 아닌 진정한 우리의 것이 될 수 있다.

이제 고소설에서 그러한 가치를 발굴함으로써 문화 산업화 대열에 합류하고자 한다. 소설은 당대에 창작되고 유통되던 시대의 가치관과 사고 체계를 반드시 담는 법이니, 고소설이라고 해서 그 예외일 수는 없다. 고소설을 스토리텔링, 영화, 드라마, 애니메이션 CD 등 새로운 문화 상품으로 재생산하기 위해서는, 문화생산자들이 쉽게 접하고 이해할 수 있게끔 고소설을 현대어로 번역하는 작업이 선행되어야 한다.

고소설의 대부분은 필사본 형태로 전한다. 한지韓紙에 필사자가 개성 있는 독특한 흘림체 붓글씨로 썼기 때문에 필사본이라 한다. 필사본 고소

설을 현대어로 번역하는 작업은 쉽지가 않다. 필사본 고소설 대부분이 붓으로 흘려 쓴 글자인 데다 띄어쓰기가 없고, 오자誤字와 탈자脫字가 많으며, 보존과 관리 부실로 인해 온전하게 전승되지 못하는 경우가 대부분이다. 그뿐만 아니라, 이미 사라진 옛말은 물론이고, 필사자 거주지역의 방언이 뒤섞여 있고, 고사성어나 유학의 경전 용어와 고도의 소양이 담긴 한자어가 고어체로 적혀 있어서, 전공자조차도 난감할 때가 있다. 이러한 이유로, 고전적 가치가 있는 고소설을 엄선하고 유능한 집필진을 꾸려 고소설 번역 사업에 적극적으로 헌신하고자 한다.

필자는 대학 강단에서 40년 동안 강의하면서 고소설을 수집해 왔다. 고소설이 있는 곳이라면 주저하지 않고 어디든지 찾아가서 발품을 팔았고, 마침내 474종의 고소설을 수집할 수 있게 되었다. 필사본 고소설이 소중하다고 하여 내어놓기를 주저할 때는 그 자리에서 필사筆寫하거나 복사를 하고 소장자에게 돌려주기도 했다. 그렇게라도 하지 않았다면 지금쯤 벽지나 휴지의 재료가 되어 소실되었을 가능성이 크다. 본인이 소장하고 있는 작품 중에는 고소설로서 문학적 수준이 높은 작품이 다수 포함되어 있고 이들 중에는 학계에도 알려지지 않은 유일본과 희귀본도 있다. 필자 소장 474종을 연구원들이 검토하여 100종을 선택하였으니, 이를 〈김광순 소장 필사본 고소설 100선〉이라 이름 한 것이다.

〈김광순 소장 필사본 고소설 100선〉제1차본 번역서에 대한 학자들의 〈서평〉에서만 보더라도 그 의의가 얼마나 큰지를 알 수 있다. 한국고소설학회 전회장 건국대 명예교수 김현룡박사는 『고소설연구』(한국고소설학회)제39집에서 "이번의 기획에 실로 감격적인 의지가 내포되었다. 아직까지 연구된 적이 없는 작품들이 다수 포함되어 있어서 앞으로 국문학연구에 크게 기여할 것"이라 했고, 국민대 명예교수 조희웅박사는 『고전문학연구』(한국고전문학회)제47집에서 "문학적인 수준이 높거나 학계에 알려지지 않은 유일본과 희귀본 100종만을 골라 번역에 임했다"고 극찬 했다. 고려

대 명예교수 설중환박사는 『국학연구론총』(택민국학연구원)제15집에서 "한국문화의 세계화라는 토대를 쌓은 것으로 선구적인 혜안이라 하면서 한국문학에 크게 기여할 것이라"고 했다. 제2차본 번역서에 대한 학자들의 서평을 보면, 한국고소설학회전회장 건국대명예교수 김현룡박사는 『국학연구론총』 제18집 (택민국학연구원)에서 "총서에 실린 새로운 작품들은 우리 고소설 학계의 현실에 커다란 활력소가 될 것이며 그 성과는 감계무량하다." 라고 했고, 고려대 명예교수 설중환박사는 『고소설연구』 제41집 (한국고소설학회)에서 〈승호상송기〉, 〈양추밀전〉등은 학계에 처음 소개하는 유일본으로 고전문학에서의 가치는 매우 크다"라고 하였다. 영남대교수 신태수박사는 『동아인문학』(동아인문학회)31집에서 "전통시대의 대중이 향수하던 고소설을 현대의 대중에게 되돌려준다는 점과 학문분야의 지평을 넓히고 활력을 불어 넣는다고 하면서 조상이 물려준 귀중한 문화재를 더 이상 훼손되지 않도록 갈무리 할 수 있는 문학관이나 박물관 건립이 화급하다며 이 과업의 주체는 어느 개인이 아니고 대한민국 전체 국민이 되어야 마땅하다." 고 했다.

보존이 어째서 얼마나 중요한지는 〈금오신화〉 하나만으로도 설명할 수 있다. 〈금오신화〉는 본격적인 한국 최초의 소설로서 역사적 가치뿐만 아니라 문학적 가치가 다른 소설에 견줄 수 없을 정도로 대단하다. 이 〈금오신화〉는 임진왜란 이전까지는 조선 사람들에게 읽히고 유통되었다. 최근 중국 대련도서관 소장 〈금오신화〉가 그 좋은 근거이다. 문제는 임란 이후로 자취를 감추었다는 데 있다. 우암 송시열도 〈금오신화〉를 얻어서 읽을 수 없었다고 할 정도이니, 임란 이후에는 유통이 끊겨졌다고 해야 할 것이다. 그럼에도 〈금오신화〉가 잘 알려진 데는 이유가 있다. 작자 김시습이 경주 남산 용장사에서 창작하여 석실에 두었던 〈금오신화〉가 어느 경로를 통해 일본으로 반출되어 몇 차례 출판되었기 때문이다. 육당 최남선이 일본에서 출판된 대총본 〈금오신화〉를 우리나라로 역수입하여

1927년 『계명』 19호에 수록함으로써 비로소 한국에 알려졌다. 〈금오신화〉 권미卷尾에 "서갑집후書甲集後"라는 기록으로 보면 현존 〈금오신화〉가 을집과 병집이 있었으리라 추정되며, 현존 〈금오신화〉 5편이 전부가 아닐 가능성이 높다. 귀중한 문화유산이 방치되다 일부 소실되는 지경에까지 이르렀으니, 한국인으로서 부끄럽기 그지없다.

이런 문제를 해결하기 위해서는 필사본 고소설을 보존하고 문화산업에 활용할 수 있는 고소설 문학관이나 박물관을 건립해야 한다. 고소설 문학관이나 박물관은 한국 작품이 외국으로 유출되지 못하도록 할 뿐 아니라 개인이 소장하면서 훼손되고 있는 필사본 고소설을 체계적으로 관리하는 데 크게 기여할 수 있다. 현재 가사를 보존하는 '한국가사 문학관'은 있지만, 고소설의 경우에는 그와 같은 시설이 전국 어느 곳에도 없으므로, 고소설 문학관이나 박물관 건립은 화급을 다투는 일이다.

고소설 문학관 혹은 박물관은 영남에, 그 중에서도 대구에 건립되어야 한다. 본격적인 한국 최초의 소설은 김시습의 〈금오신화〉로서 경주 남산 용장사에서 창작되었음을 상기할 필요가 있다. 경주는 영남권역이고 영남 권역 문화의 중심지는 대구이기 때문에, 고소설 문학관 혹은 박물관을 대구에 건립하지 않으면 안 된다. 고소설 문학관 혹은 박물관 건립을 통해 대구가 한국 문화 산업의 웅도이며 문화산업을 선도하는 요람이 될 것을 확신하는 바이다.

2016년 11월 1일

경북대명예교수·중국옌볜대겸직교수
택민국학연구원장 문학박사 김 광 순

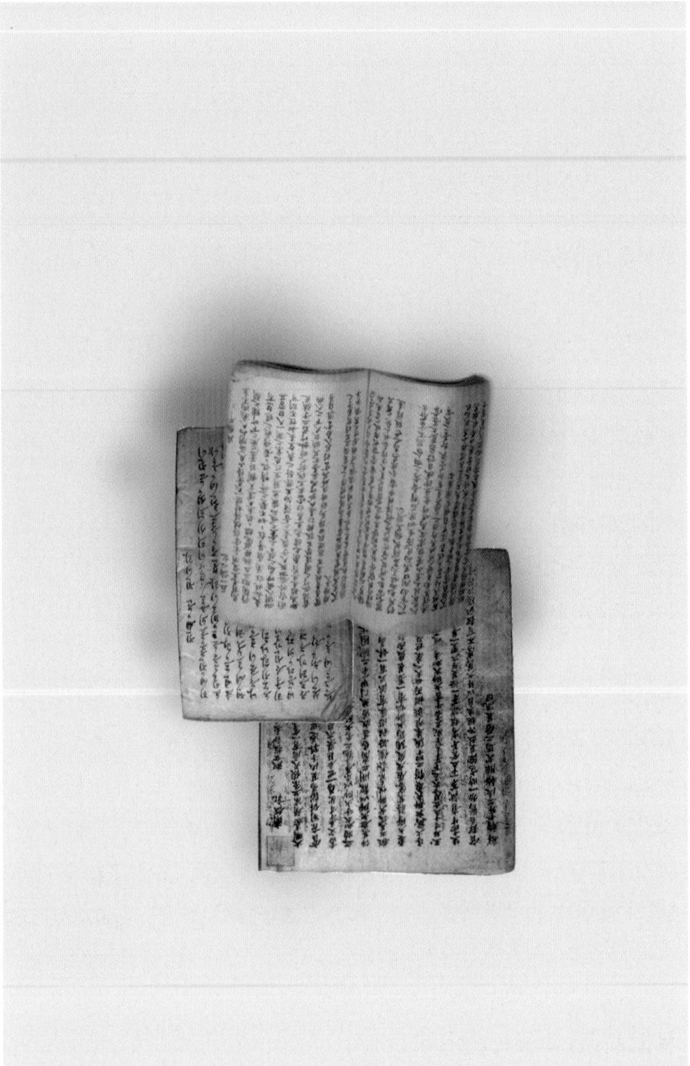

일러두기

1. 해제를 앞에 두어 독자의 이해를 돕도록 하고, 이어서 현대어역과 원문을 차례로 수록하였다.

2. 해제와 현대어역의 제목은 현대어로 옮긴 것으로 하고, 원문의 제목은 원문 그대로 표기하였다.

3. 현대어 번역은 김광순 소장 필사본 한국고소설 474종에서 정선한 〈김광순 소장 필사본 고소설 100선〉을 대본으로 하였다.

4. 현대어역은 독자들이 쉽게 이해할 수 있도록 한글 맞춤법에 맞게 의역하는 것을 원칙으로 하고, 어려운 한자어에는 한자를 병기하였다. 낙장 낙자일 경우 타본을 참조하여 의역하였다.

5. 화제를 돌리어 딴말을 꺼낼 때 쓰는 각설却說·화설話說·차설且說 등은 가능한 적당한 접속어로 변경 또는 한 행을 띄움으로 이를 대신할 수 있도록 하였다.

6. 낙장과 낙자가 있을 경우 다른 이본을 참조하여 원문을 보완하였고, 이본을 참조해도 판독이 어려울 경우 그 사실을 각주로 밝히고, 그래도 원문의 판독이 불가능한 경우에만 □로 표시하였다.

7. 고사성어와 난해한 어휘는 본문에서 풀어쓰고, 그렇지 않은 경우에는 가주를 달아서 참고하도록 하였다.

8. 원문은 고어 형태대로 옮기되, 연구를 돕기 위해 띄어쓰기만 하고 원문 면수를 숫자로 표기하였다.

9. 각주의 표제어는 현대어로 번역한 본문을 대상으로 하였다.

　예문 1) 이백李白 : 중국 당나라 시인. 자는 태백太白, 호는 청련거사靑蓮
居士 중국 촉蜀땅 쓰촨[四川] 출생. 두보杜甫와 함께 시종詩宗이라 함.

10. 문장 부호의 사용은 다음과 같다.

　1) 큰 따옴표(" ") : 직접 인용, 대화, 장명章名.

　2) 작은 따옴표(' ') : 간접 인용, 인물의 생각, 독백.

　3) 『 』 : 책명冊名.

　4) 「 」 : 편명篇名.

　5) 〈 〉 : 작품명.

　6) [ ] : 표제어와 그 한자어 음이 다른 경우.

목차

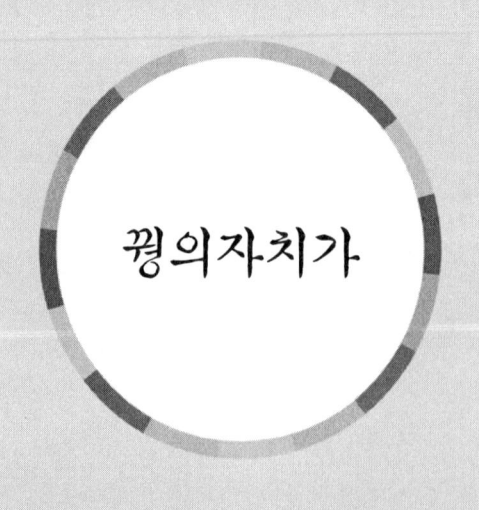

꿩의자치가

Ⅰ. 〈꿩의자치가〉 해제

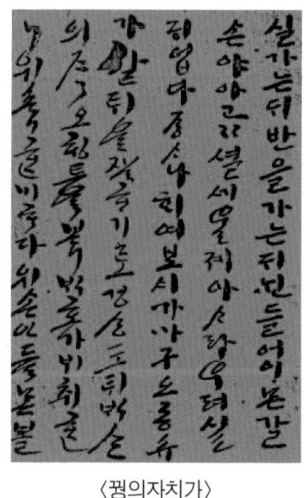

〈꿩의자치가〉

〈장끼전〉은 가부장제와 개가의 문제를 다룬 우화소설로서 창작시기와 작자를 알 수 없는 고소설이다. 이 작품은 '김광순 소장 필사본 한국고소설 474종'에서 100종을 정선한 〈김광순 소장 필사본 고소설 100선〉 중 하나이니, 〈쏭으ᄌ치긔라〉 14장본을 대본으로 하였다. 〈쏭으ᄌ치긔라〉는 한지韓紙에 붓글씨 흘림체로 쓴 필사본으로서, 가로 20cm, 세로 30cm의 총 27면에 각 면 10행, 각 행 평균 16자이다.

〈쏭으ᄌ치긔라〉는 장끼전 이본 중의 하나이다. 〈장끼전〉은 이본의 수가 많으면서 일반적인 이본의 양상과는 상당히 다른 특징을 보인다. 이는 이본의 이름에 '자치가雌稚歌'가 많이 발견되는 데서 확인된다. '자치雌稚'는 까투리이니 주인공이 장끼에서 바뀐 것이고, '가歌'는 소설을 나타내는 '전傳'과 다른 장르임을 짐작케 한다. 더욱이 자치가는 줄글이 아닌 귀글 즉, 가사로 필사된 경우가 많다. 판소리 한 마당이었던 〈장끼전〉은 이렇듯

소설 외에 가사로도 널리 유통되었다.

장끼전의 이본으로는 '자치가' 외에도 다양하다. '자치가전'도 있고, '화충가'·'화충전'도 있고, '장끼와 까투리가'도 있다. 그 외 '꿩전'이라는 제명題名도 눈에 띈다. 그러니까, '자치가'가 소설이 아닌 것 같으므로 '~전'을 붙여 소설의 느낌이 나도록 하고, 『서경書經』에 나오는 꿩을 가리키는 말을 따라 '화충華蟲'을 제명으로 삼은 것이다. 또한 암수를 모두 드러내려는 의도에서 '장끼와 까투리'를 제명으로 삼기도 하고, 이를 포괄하는 '꿩'을 제명으로 삼기도 한 것이다. 그 외 장끼의 한자어인 '웅치雄雉'를 제명으로 사용한 이본도 있다.

이렇게 다양한 제명은 암시하는 바가 있다. 첫째, 장끼·까투리·장끼와 까투리·꿩 등으로 된 제명에서, 장끼전에 대한 독자층의 인식에 주인공이 고정되어 있지 않음을 알 수 있다. 이는 장끼와 까투리의 서사적 비중이 비슷하다는 요인도 있으나, 이본 간의 편차가 크다는 사실과도 밀접하게 연관된다. 둘째, 화충으로 된 제명에서, 꿩에 대한 서사敍事의 역사가 오래되었음을 짐작해볼 수 있다. '화충'은 『서경』에서 상서로운 존재로 나오고, 꿩을 제재로 한 민요, 설화 등이 다양하게 전승되고 있다.

장끼전 이본의 큰 편차는 몇 가지로 설명된다. 먼저 결말이 매우 다양하다는 점인데, 결말만 다른 이본도 적지 않지만 기본 서사에 첨가 혹은 삭제로 보이는 이본이 매우 많다. 중등 교과서

에 실리거나 줄거리가 알려진 장끼전의 이본은, 장끼의 죽음 이후 까투리가 장례를 다 치르고 조문객으로 온 장끼와 재혼해 잘 살았다는 내용이다. 이본 전체를 두고 볼 때 이와 같은 내용의 자료는 극소수이므로, 장끼 장례까지의 사건전개를 기본 서사로 볼 수 있다. 기본 서사의 줄거리를 중심으로 보면, 이본들의 결말은 장끼 죽음 장면에서 끝나는 결구에서부터 개가에 대한 까투리의 최종 선택이 나타나는 결구에 이르기까지 폭넓은 스펙트럼을 보여준다.

결말의 이러한 양상은 전승자들의 서로 다른 생각이 반영된 결과다. 주지하다시피 소설에서 결말은 갈등의 기본 문제에 대한 해결을 나타낸다. 장끼전 기본 서사에서 드러나는 문제는, 장끼와 까투리의 대립에서 발견되는 가부장제 하의 부부문제와 까투리의 선택이 제기하는 개가문제이다. 그런데 전자의 경우는 장끼의 죽음으로 인해 장끼의 선택이 잘못되었다는 논리가 부각됨으로써 논란이 일단락된 셈이어서, 후자에 대한 해결방향이 주목거리가 된다. 남편의 죽음으로 생존현실을 헤쳐 나가야 하는 까투리는 여러 상황에 직면하게 되면서 불가피하게 개가와 수절에 대한 양자택일의 처지가 된다. 이에 대한 전승자들의 반응은 다양하게 나타나니, 특히 여성독자들은 삶에 대한 자세나 경제적이고 윤리적인 환경 등의 차이에 따라 큰 편차를 보일 수밖에 없는 것이다.

이러한 점은 장끼전을 읽는 데 큰 호기심을 불러일으킨다.

이를 자세히 살펴보기 위해서는 이본들에 걸쳐 나타나는 줄거리를 간추려볼 필요가 있다. 대본으로 삼고 있는 〈꽁으ᄌ치긔라〉의 줄거리를 살펴보는 일도 필요하지만, 장끼전 이해의 핵심에 근접하려면 이본군 전체에 나타나는 줄거리의 합집합을 정리하는 일도 중요하다.

1) 세상에는 수많은 존재 중 꿩이 있는데 쓸모가 많아 위협을 자주 받는다.
2) 겨울날 굶주린 장끼 일가가 들로 나왔다가 먹음직한 콩을 발견한다.
3) 콩을 두고 먹으려는 장끼와 만류하는 까투리 사이에 논쟁이 벌어진다.
4) 장끼와 까투리는 각기 나름의 명분과 실리를 내세워 상대의 주장을 반박한다.
5) 급기야는 장끼가 까투리를 윽박질러 자신의 주장을 관철한다.
6) 장끼는 콩을 주어먹다가 창애에 걸린다.
7) 죽어가는 장끼와 슬퍼하는 까투리 사이에 대화가 이어진다.
8) 창애 주인 탁첨지가 나타나 장끼를 거두어 간다.
9) 솔개가 까투리 새끼를 채어가고 까투리는 신세자탄을 한다.
10) 까투리가 주변의 새들의 도움을 입어 절차대로 장례를 치른다.
11) 조문객으로 온 새들 사이에 나이 다툼이 벌어진다.
12) 조문객으로 온 여러 새들이 까투리에게 자기를 소개하

면서 청혼한다.

13) 까투리가 나름의 이유를 들어 거절하거나 수용한다.

14) 까투리는 신선이 된다.

장끼전 이본들의 양상은 위의 단락을 중심으로 설명할 수 있다. 결말을 위주로 설명한다면 사건진행의 종결위치는 단락 7) ~ 14)에 걸쳐 있으니, 7) 이후 모든 단락이 이본에 따라 결말을 처리하는 단락이 되는 셈이다. 물론 단락 13)은 개가 선택과 수절 선택의 결말로 나누어진다. 장끼전의 서사가 종결되는 위치가 이본에 따라 이렇게 다양한 현상은 서사학적으로는 12)와 13) 사이 외에는 7) 이후의 단락들 사이에 인과성이 떨어지기 때문에 발생한다고 볼 수 있다. 탁첨지의 등장은 장끼의 죽음이 원인이 되어 일어나는 사건이기는 하나 선후관계로 이해해도 되는 사건이다. 이후 솔개의 등장 – 치장治葬 - 쟁장爭長 - 청혼으로 이어지는 서사단락들 사이에는 인과관계가 희박하거나 선후관계조차도 드러나지 않는다. 다시 말하면 어디에서 종결이 되더라도 결말로 처리되는 데는 문제가 되지 않는다.

한편 단락 12)에서 나오는 까투리에 대한 여러 새들의 청혼은 단락 8) ~ 11)의 전개와는 성격이 다르다. 이들 단락의 사건이 일상적 차원이라면 단락 12)의 사건은 인물의 운명을 좌우한다. 장끼가 죽었기에 조문하러 왔고 문상하다가 까투리를 보니 청혼하게 된다는 점에서 일상적인 성격이 없지는 않지만, 까투리

의 입장에서는 앞으로 전개될 자신의 삶을 결정짓는 사건이다. 청혼이 격식을 갖추지 않고 일상에서 이루어지는 설정은 조선 후기 하층인의 현실에 더 가까운 면도 있다. 이러한 개가 문제에 대해 까투리는 단락 13)에서 선택을 내리게 된다.

조선후기 사회에서 개가 문제는 매우 민감한 사안이다. 산골과 바닷가에도 열녀각이 세워졌던 점을 생각하면, 사회적 통념은 여성의 개가를 담론의 소재로 삼기 어렵게 했음을 추단할 수 있다. 이와 같은 시대적 분위기 속에서 장끼전은 민감한 사안을 쉽게 소설의 갈등 문제로 끌어들였으니,

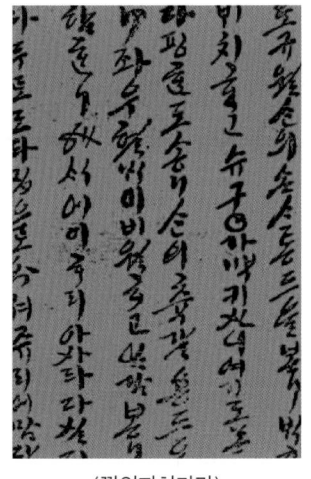

〈꿩의자치가라〉

동물우화소설이었기에 가능했다. 전술했듯이 일상의 공간에서 자연스럽게 개가 문제를 끌어내고 있으므로, 까투리와 유사한 상황에 처한 여성 독자들은 동물의 문제로 치부하면서도 자신의 입장에 치환해 볼 가능성이 높다고 하겠다. 이러한 정황에서 까투리의 개가 여부與否가 장끼전의 이본을 다양하고 풍부하게 생성했던 것이다.

그러한 점에서 새들의 청혼에 대한 까투리의 반응은 흥미를 끈다. 우리가 주목해 봐야 할 점은 까투리의 개가냐 수절이냐

하는 점보다 그러한 선택을 하는 이유이다. 이유에서 인물의 의식이 드러나고 당시 사회의 저변에서 움직이고 있는 변화를 엿볼 수 있기 때문이다. 이본에서 나타나는 청혼을 수용하는 이유는 부부지락夫婦之樂, 경제적 현실 등이다. 한편 거절하는 이유는 상중喪中, 직업 등 환경의 차이, 자식 양육, 수절관 등이다. 거절 이유가 더 다양한 셈인데, 개가 부정과는 거리가 있다는 점이 주목할 만하다.

청혼 거절은 두 가지로 해석이 가능하다. 하나는 청혼 거절을 잠정적인 결정으로 볼 수 있다는 것이고, 다른 하나는 최종적인 결정이라는 것이다. 전자는 거절 이유의 성립 요건이 사라지면 개가할 수도 있는 경우이다. 탈상脫喪하고 나서나, 청혼자가 직업·환경이 비슷하거나, 자식이 장성하면 개가할 수도 있을 것이다. 후자는 인물의 의식이 개가를 부정하고 있는 경우이다. 상층의 여성이거나 규범을 중시하는 여성 등이 여기에 해당될 것이다. 한편 청혼 거절을, 개가의 의향은 있으나 의식의 변화에까지는 이르지 못해 일상적인 이유를 대는 것으로도 해석할 수 있다.

〈쏭으ᄌ치긔라〉 14장본은 청혼을 거절하는 이본이다. 까투리가 내세우는 거절의 이유는 남편이 죽은 지 얼마 되지 않고 자식이 어리다는 것이다. 이는 현실논리에 입각하고 있다는 점에서 설득력을 획득한다. 〈쏭으ᄌ치긔라〉 14장본은 이 외에도 당대의 현실반영이라는 특징을 더 갖고 있다. 예컨대 장끼의

장례 대목이 확장되어 있는데, 실제 민간의 장례 절차를 상세하게 묘사함으로써 작품의 사실성을 높이고 있다고 이해할 수 있다. 청혼 대목의 경우 할미새가 두루미 대신 청혼한다고 되어 있으니, 이도 당시의 현실로 비춰보아 자연스러운 설정이다.

장끼전은 우화소설이라는 장점을 활용해 조선후기 사회의 문제를 정면으로 다루고 있는 작품이다. 민감한 사회문제를 다루기에 독자들 사이의 논쟁이 일어나 많은 이본들이 파생했다. 이본 중에서도 〈숑으ᄌ치긔라〉 14장본은 일상적 현실을 잘 반영하면서 익히 알려진 장끼전과는 다른 재미를 제공한다. 이러한 점을 의식하면서 읽을 때 고소설의 숨은 묘미를 줄 수 있는 작품이 〈숑으ᄌ치긔라〉 14장본이다.

Ⅱ. 〈꿩의자치가〉 현대어역

하늘과 땅이 처음 나누어진 후에 만물이 생겼구나. 날개가
달린 곤충도 삼백 가지요 날짐승도 삼백 가지이니, 육백 가지
짐승 중에 꿩이라는 몸이 생겼구나. 장끼의 치레를 볼 것 같으
면, 주먹벼슬¹⁾ 옥관자²⁾ 남방 후리맥이 백수白袖 유지실을 달고
대장부답게 좋을시고. 까투리 치레 볼 것 같으면 아롱머리 얹고
아롱아롱한 무늬가 있는 저고리와 아롱아롱한 무늬가 있는
신을 신었도다. 상하평전上下平田 넓은 밭에 점점 좁혀 들어가니
난데없는 불콩³⁾ 하나가 덩그렇게 놓였으므로, 장끼가 발견하고
하는 말이,

"어화 그 콩 보기에도 먹음직하구나. 이 어찌 내 복이 아닌가!"
라고 하며 차츰차츰 주으면서 들어간다. 까투리가 보고 하는
말이,

"여보, 그 콩 먹지를 마오."

장끼가 듣고 하는 말이,

"'천불생무록지인天不生無祿之人이오 지부장무명지초地不長無

---

1) 주먹 벼슬 옥관자 : 장끼의 머리 위에 벼슬이 주먹만하게 붙어 있는 모양을
   표현한 말.
2) 옥관자玉貫子 : 벼슬의 작은 고리 모양이 옥관자처럼 뚜렷이 드러남을 표현
   한 말. 옥관자는 조선시대 당상관 이상의 벼슬아치가 쓴 옥으로 만든 망건
   網巾의 관자를 가리킴. 관자貫子는 망건에 달아 당줄을 꿰는 작은 단추
   모양의 고리임.
3) 불콩 : 콩의 한 종류로서, 꼬투리는 희고 열매는 붉으며 껍질이 얇은 콩.

名之草'[4]라고 했는데 날짐승과 길짐승이 만물 가운데에서 먹을 것이 없다는 말인가? 먹어 보세, 먹어 보세."

차츰차츰 주우면서 들어가니, 까투리가 보고 하는 말이,

"여보, 그 콩 먹지를 마오. 눈 내린 산에 사람의 자취가 있으니, 사람이 들어온 흔적과 나간 흔적이 있고, 입으로 훌훌 분 흔적이 있고, 빗자루로 살살 쓴 흔적이 있네요. 자취가 이렇게 수상하므로 제발 덕분 먹지를 마오."

장끼가 보고 하는 말이,

"네 말이 미련하구나. 대설大雪이 온산에 가득한데 전혀 자취가 없을쏘냐? 남쪽 북쪽에 있는 마을에 사는 허다한 농부들이 농가를 왕래한 자취로다. 어제 저녁에는 끼니를 거르고 오늘은 아직 식전이니 그 무엇을 의심하겠느냐."

까투리가 보고 하는 말이,

"사리는 그럴 듯하오만은 지난 밤 꿈이 크게 불길하니 스스로 잘 헤아려 행동하오."[5]

그러자 장끼가 또 하는 말이,

"어제 밤 초경初更[6] 후에 두어 번 꿈을 꾸었는데, 꿈속에서

---

4) 천불생무록지인天不生無祿之人 지부장무명지초地不長無名之草 : 하늘은 녹祿이 없는 사람을 낳지 않고 땅은 이름 없는 풀을 기르지 않는다는 뜻으로, 사람은 누구나 태어나면서 자기가 먹을 것은 가지고 태어남을 이르는 말. 명심보감에 실려 있음.

5) 원문에서는 이번 까투리와 장끼의 대화가 모순되게 표기되어 있어, 많은 이본들에 공통적으로 나타나는 내용으로 대신했음. 원문의 모순된 내용은 필사 과정에서 일어난 착오 내지 실수의 결과로 보임.

옥황상제가 산림처사를 봉하시고 만석고萬石庫에서 좋은 콩을 한 섬 특별히 허급許給7)하셔서 반갑게 분부를 듣고 오늘날 만났으니 먹어 보세, 먹어 보세."

차츰차츰 주으면서 들어가니 까투리가 보고 하는 말이,

"그 콩 하나 먹지 않기로 설마 굶주려 죽는다는 말인가."

장끼가 듣고 하는 말이,

"콩 먹다가 곧 다 죽겠느냐? 콩 태太 자 들어보소. 태고太古라 천황씨天皇氏8)는 만팔 세 오래 살았고, 태호太昊 복희씨伏羲氏9)는 결승지정結繩之政10)하여 있고, 강남江南의 이태백李太白은 시중천자詩中天子11)가 되어 있고, 태산太山 태수太水 태원太源은 땅 중의 으뜸이고, 천상의 태을성太乙星12)은 별 중의 으뜸이로다.

---

6) 초경初更 : 하룻밤을 다섯으로 나눈 맨 첫째의 시간대로서 저녁 7시에서 9시 사이를 가리킴.

7) 허급許給 : 해 달라는 대로 허가하여 베풀어 줌.

8) 천황씨天皇氏 : 중국 태고 시대의 전설적인 인물로서, 삼황三皇의 첫째이고 천황씨의 12형제가 각각 만 팔천 년씩 임금 노릇을 하였다 함. 삼황은 중국 고대 전설상의 세 임금.

9) 복희씨伏羲氏 : 중국 고대 삼황오제의 하나로서, 수인씨燧人氏를 대신하여 왕이 되었고, 태호太昊라고도 불림. 어머니 화서가 거인의 발자국을 밟은 후 낳았고, 복희씨는 머리가 사람이고 몸은 뱀의 형체를 가졌다고 함. 하늘의 도를 계승하여 인간의 도를 열고, 수렵과 어로漁撈 등 생업의 방법을 제시한 문화의 창시자임.

10) 결승지정結繩之政 : 옛적에 문자가 없었던 때, 새끼로 매듭을 맺어 기억의 편리를 꾀하고 또 서로의 뜻을 표시하던 것에서 온 말. 결승으로 정치상의 명령이나 법령의 부호로 삼던 정치를 말함.

11) 시중천자詩中天子 : 가장 으뜸이 되는 시인. 시인 중에 천자처럼 지위가 높다는 의미로, 당나라 시인 이백에게 붙여진 별명.

12) 태을성太乙星 : 북쪽 하늘에 있어 전쟁, 재난, 생사를 맡아 다스린다고

나도 이 콩 맛있게 먹고 태공太公13)과 같이 오래 살고 이백李白과 같이 오래 살면 그 아니 좋겠는가!"

까투리가 이 말을 듣고 하는 말이,

"여보시오. 내 말을 듣소. 어젯밤에 꿈을 꾸니 어떤 사람이 초상을 당하여 일가가 모여 잔치할 때 열 폭짜리 천막의 지지대가 와지끈 부러지면서 그대의 머리에 덮였는데, 그 어찌 흉몽이 아니겠는가. 제발 덕분 먹지를 마오."

장끼라는 놈이 이른 말이,

"그 꿈 좋도다. 그 꿈 좋도다. 해몽할 테니 들어보소. 차일이 덮여 보이는 것은, 해가 지는 깊은 봄철의 산중에서 나무 등걸을 베개로 삼고 잔디를 장판으로 깔고 화초병풍花草屛風14)을 둘러치고서 너와 내가 한 몸이 되어 이리저리 구르면서 그리저리 할 꿈이로다. 그런 꿈은 항상 꾸어 나에게 일러다오."

까투리 듣고 이른 말이,

"주리15) 아범 내 말을 들어보소. 어젯밤 이경二更 후에 두세

하는 신령스러운 별.
13) 태공太公 : 주나라 문왕文王 때의 여상呂尙을 가리킴. 호가 태공망太公望
인 데서 나온 호칭. 태공망이란 문왕의 조부 고공단부古公亶父[태왕]가
"장차 성인이 우리나라에 오게 되면 그의 힘으로 나라가 일어날 것이다."
라고 한 말에 따라 바라고 기다린 사람이라는 뜻으로 붙여짐. 무왕武王을
도와 은殷나라 주왕紂王을 멸하고 천하를 평정하였음. 강태공姜太公이라
고도 함.
14) 화초병풍花草屛風 : 화초가 그려진 병풍. 여기서는 봄이 되어 온갖 꽃과
풀이 무성한 주변을 병풍으로 삼는다는 뜻임.
15) 주리 : 자식들을 가리키는 말.

번 꿈을 꾸니, 낙락장송落落長松이 **빽빽히** 우거져 있고 자미성紫
微星16)과 두우성斗牛星17)이 그 가운데 지키시고 있는데 혜성이
주루룩 떨어져서 그대 앞에 내려지므로 그대의 운명을 알리는
별이 아니신가? 제발 부디 먹지 마오."

장끼가 듣고 하는 말이,

"그 꿈 좋다. 그 꿈 좋다. 해몽할 테니 들어 보소. 별이 떨어져
보이기는 헌원씨軒轅氏18) 모부인母夫人도 북두칠성의 정기를 타
고 기미성箕尾星을 잉태하였으니 우리도 이 꿈을 꾸고 이자二子19)
를 상대할 꿈이로다. 그런 꿈은 매양 꾸어서 나에게 일러다오."

까투리가 듣고 이른 말이,

"한밤중이 지난 후에 꿈을 꾸니 내 몸이 곱게 단장하고 기거
청산에서 노닐고 있는데, 저 건너 마을에 사는 김도령의 두
귀가 처진 청삽살개가 물려고 왈칵 덥석 뛰어들 때 갈 곳이

---

16) 자미성紫微星 : 큰곰자리 부근에 있는 자미원15개의 별에 있는 별 중의
    하나. 북두칠성의 동북쪽에 있음. 중국 천자의 운명과 관련된다고 함.
17) 두우성斗牛星 : 작은곰자리의 별. 즉 북두칠성으로서 옥황상제의 아들이
    라고 함.
18) 헌원씨軒轅氏 : 중국 태고 시대 전설적인 삼황오제 중 한 사람. 황제라고도
    한다. 신농씨 말년 천하가 어지러워지자 창과 방패 쓰는 법을 익혀 제후들
    을 제압하고, 포악한 치우천왕을 물리친 후 신농씨의 뒤를 이어 임금이
    되었다. 배와 수레를 비롯하여 문자, 음악, 역법 등 많은 문물을 만들고
    제도를 확립했다고 함.
19) 이자二子 : 두 아들. 헌원씨의 어머니가 기미성을 낳았다고 했는데, 기미성
    은 28수의 두 번째 별인 기성箕星과 28수의 여섯 째 별인 미성尾星의
    2개의 별을 가리키므로 두 아들이라고 한 것임. 은나라 재상 부열傅說이
    죽어서 하늘의 별이 되어 기미성을 탔다는 고사가 있음.

전혀 없었으므로 삼밭으로 들어가니 굵은 삼대 쓰러지고 가는 삼대 쓰러지면서 휘휘친친 감겨서 보이니, 초상을 입을 꿈이로다. 제발 부디 먹지를 마오."

장끼[20]가 이 말을 듣고 하는 말이,

"요 년 요망하구나. 계집이 말이 많으면 도장에 뱀이 든다고 하니 그 꿈을 이를진대 샛서방을 만나다가는 참바[21], 올바로 뒷죽지를, 주황사로 난장 맞을 꿈이로다. 그러한 꿈 꾸다가는 가는 다리를 앞정강이가 우지끈 부러지리라."

멀리 서서 상황을 바라보니 장끼란 놈의 거동을 보아라. 콩 먹으러 들어갈 때 주먹벼슬 높이 들고 열두 고랑을 넘어서서 열 묘苗[22] 밖에 나섰다가 후리쳐 딱 쪼니 양 귀가 일어나면서 민날[23]과 같은 쇠 창애에 빈틈없이 끼였구나. 장끼란 놈 거동을 봐라. 숨이 찬 중에도 하는 말이,

"주리 어멈, 게 있느냐. 자내 보기에 무안하네. 이럴 줄 알았으면 콩 먹을 놈이 있겠는가. 떨어져 죽을 줄 알았으면 어느 누가 나무에 올라가며, 이윤이 없을 줄 알았으면 어느 누가 장사하겠는가. 배가 부서질 줄 알았으면 어느 누가 배를 타겠는가! 이러하나 저러하나 이 또한 팔자 때문이니, 주리 어멈 내 말을 듣소.

---

20) 원문에는 까투리로 오기되어 있음.
21) 참바 : 삼이나 칡 따위로 세 가닥을 지어 굵다랗게 드린 줄.
22) 묘苗 : 모를 5~8포기씩 서로 거리를 두고 심은 것을 가리킴.
23) 민날 : 밖으로 날카롭게 드러난 칼이나 창 따위의 날.

이내 앞에 들어 왔으니 진맥이나 하여 보소."

까투리가 듣고서 하는 말이,

"태충맥太衝脈[24]은 끊어지고 백회맥百會脈[25]은 서늘하고 관원맥關元脈[26]은 약하고 풍지맥風池脈[27]은 바람이 없고 도울 맥은 어려우니 죽을 수밖에 다른 길이 없구나."

장끼란 놈이 하는 말이,

"이내 앞에 들어섰으니 눈동자나 보아 주소."

까투리가 듣고 대답하기를,

"왼쪽 눈동자를 볼 것 같으면 흰 구름이 가득하여 흰 자위가 눈동자를 덮어 오고, 오른쪽 눈동자를 볼 것 같으면 부처[28]상자 소동자小童子가 길목버선[29] 감발[30]하고 떠돌아다니는 봇짐 싸서 지고 길목버선을 감발하고 단죽 중에 비켜 잡고 서해로 건너 가니 누구라 붙들겠는가. 죽을 수밖에 할 수 없소."

---

24) 태충맥太衝脈 : 족궐음간경에 속하는 혈穴의 하나. 엄지발가락과 집게발가락 사이로부터 발등 위로 두 치 자리에 있음.

25) 백회맥百會脈 : 머리 꼭대기 정중선 중앙에 있는 경혈을 흐르는 혈맥.

26) 관원맥關元脈 : 아랫배, 앞 정중선 위, 배꼽 중심에서 아래쪽으로 3촌 거리에 있는 곳을 흐르는 혈맥.

27) 풍지맥風池脈 : 후두골의 하단 부위, 귀 뒤쪽의 둥그런 후두골 아래쪽에 오목하게 들어가는 부위를 흐르는 혈맥.

28) 부처 : 동자부처瞳子~ 또는 눈부처. 눈동자에 비치어 나타난 사람의 형상을 가리킴.

29) 길목버선 : 먼 길을 가는 데 신는 허름한 버선.

30) 감발 : 발감개버선이나 양말 대신 발에 감는 좁고 긴 무명천을 한 차림새. 여기서는 그러한 차림새를 하다. 부처상자 소동자가 길목버선 감발한다는 말은 장끼가 눈동자가 풀리면서 죽어가는 모습을 표현한 것.

장끼란 놈이 듣고서 하는 말이,

"주리 어멈, 내 말 들어보소. 이내 몸이 죽은 후에 이내 백골을
찾아다가 대렴·소렴[31] 한 후에 신산新山[32)에도 쓰지 말고 오래
된 무덤자리에도 쓰지 말고 주리 어멈이 다니는 곳에 단단히
묻어 주소. 또 한 말 들어 보소. 이내 몸이 죽은 후에 주리
어멈 내 말 들어 보소. 아직 청춘이라서 그저 늙기 어려워 만일
개가할 데 가 있으면 의붓아비는 무정하여 동솥[33)처럼 큰 손으
로 불쌍한 어린 자식을 이리 치고 저리 치면 그 어찌 불쌍하지
않겠는가."

까투리가 듣고 하는 말이,

"여보 이것이 웬 말이오. 열녀불경이부烈女不更二夫[34)를 본받
아 따르고자 할 것이니 그런 마음은 두지를 말고 극락세계에
가 계시요. 갑자甲子 삼월에 자네가 나고 병인丙寅 정월에 내가
나고 하였으니 같은 구덩이에서 만나보세. 그대 좋은 데 갈
수 있도록 염불을 착실하게 하네. 나무아미타불南無阿彌陀佛 인
간이 되어 오직 사람이 가장 귀하다. 지금 가면 언제 올까.
만경창파 물이 말라 땅이 갈라지면 오겠느냐. 태산이 무너져서

---

31) 대렴大殮, 소렴小殮: 대렴은 소렴한 다음날, 시신에 옷을 거듭 입히고 이불
    로 싸서 베로 묶는 일이고, 소렴은 염습殮襲의 처음 절차로 시체에 새로
    지은 옷을 입히고 이불로 싸는 일임.
32) 신산新山 : 새로 쓴 산소. 신묘新墓.
33) 동솥 : '옹달솥작고 오목한 솥'의 경상도 방언.
34) 열녀불경이부烈女不更二夫 : 열녀는 두 남편을 섬기지 않음.

평지가 되면 오겠느냐. 조그마한 조약돌이 바위가 되면 오겠느냐. 동솥에다 안친 밥이 싹이 나면 오겠느냐. 병풍에다 그린 황새가 별 하나 떠 있을 때 날 새라고 짧은 목을 길게 빼어 경경하면서 울면 오려느냐. 어느 천 년에 서로 만나볼까. 에고 에고 내 일이야."

간절하게 통곡하니 장끼가 듣고 이른 말이,

"주리어멈, 울지 마오. 이내 마음 둘 데 없소. 이내 얼굴 보려거든 경주장을 찾아오소. 경주장에 없거들랑 경주읍을 들어와서 관청 고을 찾아오소. 사또상의 오시오면 이내 얼굴 보오리다."

이렇듯이 하직할 때 탁첨지의 거동 봐라. 푸른 소나무가 우거진 맑은 시내가로 느리게 어정어정 올라와서 시조를 한 곡 부르되,

'청산리靑山裏 벽계수碧溪水야 수이 감을 자랑 마라. 푸른 바다에 한 번 다다르면 돌아올 수 없도다[일도창해불부회一到滄海不復回], 늙으신 부모님은 다시 되돌릴 수 없도다[고당상미갱高堂上未更]35)이라. 자연 속에서 유유자적하는 멋을 알고 풍류를 즐기는 늙은이는 아마도 내뿐인가 하노라36).'

살만 남은 망태를 둘러매고 한 쪽 언덕 위에 올라서서 이마 위에 손을 얹고 비스듬히 보다가는 훌쩍 뛰면서 하는 말이,

---

35) 고당상미갱高堂上未更 : 늙으신 부모님은 다시 고칠 수 없음. 부모님이 늙고 돌아가심은 다시 되돌릴 수 없다는 뜻. 평시조 '어버이 살아실 제 ~'를 완창하지 못하고 기억나는 대로 부르는 것인 듯함.
36) 남창지름시조 '푸른 산 중 백발옹이~'를 기억나는 대로 부르는 것인 듯함.

"어쩔시고 좋을시고 장끼란 놈 좋을시고. 장끼란 놈 큰 놈이로다."

세 길 넘어 높은 언덕 가파르게 올라 뛰다가서 돌 모퉁이에 이마를 부딪치고는 상한 줄을 모르고 쇠창애 끈을 들고서 장끼를 매고 하는 말이,

"봄바람이 부는 음력 3월 좋은 시절에 꽃구경 하려 너 왔더냐. 원비종자유림간遠飛從雌柳林間[37]에 암꿩 찾아 너 왔더냐. 껄껄 푸드덕 목이 말라서 찬물 찾아 너 왔더냐. 매 방울 달랑 하는 소리에 도망가다가 너 왔더냐."

열두 장목[38]을 골라 놓고 혀를 빼어 나무에 걸어놓고 산신께 비는 말이,

"일 년 열두 달과 한 달 서른 날과 하루 열두 시간을 오늘같이 사냥하면 산신님 덕이로다. 이러하나 저러하나 늙은 사람 반찬이라."

후리쳐 둘러매고 둥둥 거리면서 내려가니 까투리 거동 봐라. 누덕머리 퍼뜨리고 아래위 넓은 밭에 뒹굴면서 슬프게 통곡하면서 하는 말이,

"아이고아이고 이내 팔자 기구하다. 옛날 오자서伍子胥[39]도

---

37) 원비종자유림간遠飛從雌柳林間 : 버드나무 숲에 멀리 날아와 까투리를 좇아오는 모습.

38) 장목 : 꿩의 꽁지깃.

39) 오자서伍子胥 : BC 559?~BC 484. 춘추 말기 때의 초나라 귀족으로서, 성품이 강직하고 문무를 겸비함. 아버지와 형을 죽인 평왕에게 복수하기 위해

동문에 눈이 걸려 있고 몸은 없었던 것처럼, 오늘날 주리아범 혀도 빼어져 나무에 걸려 있고 전신全身은 어디에 갔나. 사방을 돌아봐도 사람 하나 없어 적막한데, 종일토록 울고 나니 눈도 붓고 목도 쐬고 두통도 저절로 난다. 우는 눈물을 받아내면 배를 타고 못 갈 건가. 아이고아이고 내 일이야 요런 팔자 어디에 있으리. 첫째 낭군 얻었더니 저 건너 김 도령의 두 귀 처진 청삽사리가 왈칵 덥석 물어 가고, 둘째 낭군 얻었더니 이첨지의 보라매가 덜렁 달랑 물어 가고, 셋째 낭군 얻었더니 무정한 설 포수가 염초화약 불을 놓아 허리 맞아 요절하고, 넷째 낭군 얻었더니 공산空山에 뜬 달이 저물 때에 배가 고파 먹을 것을 탐하다가 쇠창애에 죽었으니 요런 팔자가 또 있으리. 아서라, 울어서 쓸데없다. 혀라도 안장하면 은덕이 없을소냐."

비둘기 구鳩생원이 소렴을 잘 하므로 조심스럽게 청하였다. 소렴을 거행하려 차릴 적에 떡갈나무 잎 넓은 잎을 깔아 이불을 자아내어 상사화相思花⁴⁰⁾ 고운 꽃을 놓고 면목⁴¹⁾ 없이 염습을 지내더라. 연달비 새겨 꽂은 복건幅巾⁴²⁾ 치레 찬란하다. 속 매질

오나라의 신하가 되어 초나라를 공격하여 복수함. 오나라 왕 부차가 백비의
모함에 속아 오자서에게 자결을 명령하자, 오자서는 유언으로 부차가 망하
는 것을 볼 수 있도록 자기의 눈을 빼어 동문에 걸어두라고 했다고 함.
40) 상사화相思花 : 수선화과의 여러해살이풀로서 산과 들에 자람. 꽃과 잎이
서로 등져 볼 수 없으므로 이름 붙여짐.
41) 면목 : '면모面帽의 틀린 말. 소렴할 때 시신의 얼굴을 싸매는 헝겊을 가리킴.
42) 복건幅巾 : 예전에, 유생들이 도포에 갖추어서 머리에 쓰던 건巾. 여기서는
시체의 머리를 싸는 것인 듯함.

도 일곱 가닥 겉 매질도 일곱 가닥, 두 일곱 열네 가닥을 단정히 눌러 맺어 갑경방甲庚方[43)에 대렴하고, 아침저녁으로 상식上食[44)을 지낼 때 호상護喪[45)은 꾀꼬리가 맡고, 지관地官은 봉황새가 맡았더라. 날짐승이 날아들 때 열두 새끼가 늘어서서 조문객과 문답하느라 분주하구나. 까투리 거동 봐라.

"아이고아이고 내 일이야. 호걸스러웠던 이내 낭군 어디로 가시는고. 그리도 무정한가. 수탉이 가는 데 암탉이 가고 실 가는 데 바늘 가는데, 낸들 어찌 못 갈쏘냐. 아이고아이고"라고 하며 서럽게 울 때,

"아서라, 울어 쓸데없다. 장사葬事나 하여보세."

까마귀 오동지烏同知가 살煞[46)터를 잘 잡으므로 경상도 태백산에 곳곳마다 오행五行으로 터를 보니, 우백호右白虎가 어긋나게 있으니 후손이 한미하다 후손인들 보겠느냐. 아서라, 거기도 못 쓰겠다. 전라도 지리산에 임해룡壬亥龍[47) 터를 보니, 좌청룡左靑龍에 부사富砂[48)가 있어 신태룡辛兌龍[49)이 둘러 오면 갑자기

---

43) 갑경방甲庚方 : 남서서南西西와 동동북東東北 방향.
44) 상식上食 : 상가에서 아침저녁으로 죽은 사람의 영궤靈几와 혼백·신주를 모셔 두는 곳 앞에 올리는 음식.
45) 호상護喪 : 초상 치르는 모든 일을 주장하여 보살핌. 또는 그런 사람.
46) 살煞 : 사람을 해치거나 물건을 깨뜨리는 독하고 모진 기운.
47) 임해룡壬亥龍 : 북서쪽에 있는 산.
48) 부사富砂 : 풍수지리설에서, 산이 너무 몸집이 크고 장중할 때 쓰는 말. 사砂는 산을 가리킴.
49) 신태룡辛兌龍 : 서쪽에 있는 산.

재화災禍가 있을 것이니 여기도 못 쓰겠다. 황해도 구월산에 손사룡巽巳龍[50] 터를 보니, 백호가 반대에 있어 서로 어긋나고 수구水口[51]가 막혔으니 여기도 못 쓰겠다. 평안도 속리산에 축간룡丑艮龍[52] 터를 보니, 좌우에 혈맥血脈이 너무 세어 날아갈 듯하고 임감봉壬坎峰[53]이 낮고 우묵해 들과 같이 평평함을 어이하리. 아서라, 다 쓸데없다.

집으로 돌아와서 주리어멈 다니는 곳에 병오룡丙午龍[54] 터를 보니, 좌청룡 우백호를 다 갖추면서 낮은 데 임하여 언덕이 높고 득수득파得水得破[55] 물 흐르는 법이 맞아서 생생生生하는 기운이 지극하게 늘어서니 이보다 더 좋은 곳이 또 있겠느냐. 산신제를 엄숙히 치르고 장사할 준비를 차릴 때에 상여 치레를 볼작시면, 층암절벽의 광대싸리[56]로 상여 대목[57] 만들어 내고, 오갈피 줄기를 패어 가래[58]를 장만하고, 머루덩굴의 굵은 줄을

---

50) 손사룡巽巳龍 : 동남쪽에 있는 산.
51) 수구水口 : 혈에서 보아 물이 최종적으로 빠지는 지점을 가리킴.
52) 축간룡丑艮龍 : 동북쪽에 있는 산. '속리산'은 오류인 듯함.
53) 임감봉壬坎峰 : 북쪽에 있는 산.
54) 병오룡丙午龍 : 남쪽에 있는 산.
55) 득수득파得水得破 : 풍수지리에서, 산속에서 나와 산속으로 흐르는 물을 이르는 말. 묘지에서 보아서 처음 보이는 지점을 '득수', 끝으로 보이는 지점을 '파문破門'이라고 한다.
56) 광대싸리 : 전국에 분포하며 숲으로 덮여 있지 않은 산지의 공터나 숲 가장자리에 서식함. 약용으로 쓰이고, 꽃은 6-7월에 핌.
57) 대목 : 상여에 관을 얹는 시설을 가리키는 듯함.
58) 가래 : 흙을 파헤치거나 떠서 던지는 기구. 장례할 때 하관한 후 흙을 덮을 때 사용하며, 이를 '가래질'이라고 한다. 흔히 의식노동요인 가래질

홍줄로 감아 눌러 매었다. 원앙새는 영정影幀을 들고 봉황새는 삽선翣扇[59] 들고 노고지리는 관을 닦는 삼베 헝겊을 들고 온갖 뭇 새들이 날아들어 만사輓詞[60]를 들고 하는 말이,

"그대는 동쪽 산에 살고 나 또한 동쪽에 살았는데[군거동산아거동君居東山我居東] 적막한 겨울산에서 영원히 이별하는도다. [적막공산영결寂寞空山永訣]"

이렇듯이 지었더라. 소나무 껍질로 만든 좋은 널에 세 치 혀를 넣고서 관을 만들어 대목에 실은 후에 속수리 잎으로 방자[61]를 덮어 놓고, 오동 열매 동글동글 사모紗帽[62]에 요령을 대고, 연달비 새긴 꽃을 꽂은 복건치레 찬란하다. 앞에 매는 홍차표요 뒤에 매는 홍차표라. "위여넘차, 위여넘차" 스물여덟 상두꾼아 동심동력同心同力 발맞추어 태산준령泰山峻嶺을 넘어갈 때, 선소리 잘하는 방울새가 영아초鈴兒草[63]를 흔들면서,

"인제 가면 언제 올까. 위여넘차 애랑홍[64]. 불쌍한 주리아범

소리를 부른다.

59) 삽선翣扇 : 발인發靷할 때 상여의 앞뒤에 들고 가는, 부채 모양으로 된 치장제구治葬諸具의 하나. 죽은 사람의 영혼을 좋은 곳으로 인도해 달라는 염원을 담고 있음.

60) 만사輓詞 : 만장輓章. 죽은 사람을 슬퍼하여 지은 글. 비단·종이에 적어서 기를 만들어 상여 뒤를 따름.

61) 방자 : 덮개를 가리키는 듯함.

62) 사모紗帽 : 예전에 벼슬아치들이 쓰던, 검은 사붙이로 만든 모자로서 지금은 전통 혼례식 때 신랑이 씀.

63) 영아초鈴兒草 : 여기서는 작은 종. 원래 영아초는 사삼沙蔘을 가리킴. 사삼은 약재의 하나로서 높이는 70cm에서 120cm사이의 풀. 꽃이 종 모양인데서 영아초로 불림.

영결종천 돌아가네. 위여넘차 위여넘차 세상을 하직하고 북망
산천을 들어가서 청송靑松을 울타리를 삼고 백학을 정자로 삼아
자는 듯이 누었으니 어느 때에 찾아오겠는가. 위여넘차 위여넘
차. 뒷방에서 함께 놀던 내 동무야, 동심동력 어서 가자꾸나."

산지에 당도하여 개사토開莎土[65]를 정리하고 구덩이 깊이는
석 자 세 치, 지금地衾[66]은 여섯 자라, 관을 무덤의 구덩이에
바르게 내리고 갑경방에 회토灰土[67]를 뿌려 다지고, 흙을 모아
쌓아 올린 후에 평토제平土祭[68]를 차릴 때에, 볼작시면 찬물로
제주祭酒를 삼고 망개나무[69] 열매는 제사상의 과일로 쓰고, 진
달래꽃으로 부침을 찌지고, 메뚜기는 건어乾魚로다. 어동육서魚
東肉西[70] 벌여 놓고 열두 새끼 늘어서서 울면서 절하는 것으로
하직할 때 봉황새가 축문을 들고 축문을 외우는데,

'유維 세차歲次 갑자년甲子年 갑자월甲子月 갑자일甲子日에 애자
哀子 주리들 감소고우敢昭告于 현고학생부군신위顯考學生府君神位
는 분향 후에 일배청작一杯淸酌을 많이많이 상향尚饗[71]하소.'

---

64) 위여넘차 애랑홍 : 상여소리의 후렴구.
65) 개사토開莎土 : 장례 치를 때 묘에 얹는 흙.
66) 지금地衾 : 입관할 때 쓰이는 이불 종류 중의 하나로서, 주검의 밑에 펴는
   요. 대개 흰색이나 남색, 자주색의 겹으로 만들며 길이는 여섯 자[약
   180cm], 너비는 한 자 세 치[약 39cm]가량으로 함.
67) 회토灰土 : 하관 후 석회를 뿌리고 흙을 다지는 일을 가리킴.
68) 평토제平土祭 : 봉분을 만든 후에 지내는 제사.
69) 망개나무 : 갈매나뭇과의 낙엽 활엽 교목. 여름에 초록 꽃이 피고 열매는
   가을에 붉게 익음. 충북 속리산 등지에 야생하고 천연기념물 제148호임.
70) 어동육서魚東肉西 : 제사상을 차릴 때, 생선을 동쪽에, 육류는 서쪽에 놓는 일.

제사를 끝낸 후에 주리어멈의 거동 봐라. 무덤을 끌어안고 슬프게 통곡하는 말이,

"불쌍하다 주리 아범, 어디로 가셨는고. 나를 버리고 가는 임을 누가 아니 원망하리."

이렇듯이 하직할 때 난데없는 소리개가 비호비호飛虎飛虎[72] 내려와서 새끼 한 놈을 탁 차 가지고 낙락장송落落長松에 높이 앉아 하는 말이,

"동쪽 마을 서쪽 마을을 두루 돌아다니면서 살찐 닭을 구하려 하였는데 '휘뚜루룩' 아이 소리에도 날고 저절로도 날아가 버리니, 구할 수 있는 방법이 전혀 없었는데, 돌아오는 길에 장끼 새끼 한 놈 얻었으니 지하대장군의 덕이든가, 이 아니 또 내 복이냐."

라고 하면서 비호비호 돌아가더라.

주리어멈 거동 봐라.

"아이고 답답 웬일이고 아이고아이고 내 팔자야. 엊그제 남편 잃고 자식까지 잃는다 말인가. 이것저것 생각하니 가장家長이 없는 탓이로다. 첫째 낭군 얻었더니 저건너 김도령의 두 귀 처진 청삽사리가 후려쳐 물어 갔네."

---

71) 애자哀子~상향尙饗 : 저희 자식들은 감히 밝혀 아뢰니, 훌륭하신 돌아가신 아버님의 혼령께서는 향을 사르고 올리는 한 잔의 맑은 술을 많이많이 받으소서. 제사 지낼 때의 축문. 애자는 효자의 오류. 애자는 어머니가 돌아가셨을 때 상주를 가리키는 말.

72) 비호비호飛虎飛虎 : 매우 날래고 용맹스럽게 나는 모습을 형용하는 말.

자식을 불러 하는 말이,

"배가 고파 죽을망정 콩일랑 먹지를 마라. 아버지 일을 생각하라."

라고 하고는 새끼들을 앞세우고 집으로 돌아와서 아침저녁으로 상식上食을 올릴 적에 난데없는 할미새가 우연히 날아 와서 간사하게 하는 말이.

"주리어멈 어찌 사오. 할미새도 신세가 박복하네. 그 팔자 근근이 목숨을 보전하나이다. 주리 모친 불상하오. 뜬 구름과 같은 이 세상에 부평초浮萍草 같은 우리 목숨, 한 번 늙어지면 다시 소년 되기 어려울지라. 인연이 끊어진 가군家君73)을 생각하여 덧없이 가는 세월을 재미없이 보내려 하시오? 빙설氷雪 같은 정조를 잠깐 귀 기울여 내 말을 들으시면 생전에 부귀영화하고 생전에 무궁한 즐거움을 이룰 것이니 주리 모친 마음이 어떠하오?"

라고 하니 주리어멈 이른 말이,

"엊그제 남편을 잃고 어린 자식을 앞앞에 앉혀 놓고 있어 개가할 뜻 전혀 없소."

할미새가 이 말을 듣고 은근히 타일러 이른 말이,

"내 간청하는 바는 다름이 아니라, 저 건너 학두루미가 중년中年74)에 아내를 잃고 마땅한 혼처가 없었는데 저와 내가 친구로

---

73) 가군家君 : 원래는 남에게 자기 남편을 일컫는 말이나 여기서는 까투리의 남편을 지칭하는 말.

서 간청하는 말씀이 있더니, 마침 주리어멈이 과부란 말을 듣고 불고염치하고 왔나이다."

라고 하자,

"그런 말씀 하려거든 내 집에 투족投足[75]질 마시고 얼른 급히 돌아가시오."

라고 까투리가 말하였다. 할미새가 옆에 앉아 이 말을 듣고 대단히 부끄럽고 열없어 온다간다는 말도 없이 멀리 훨훨 돌아가더라.

신해년辛亥年[76] 이월 구일에 필사하였다.

---

74) 중년中年 : 청년과 노년 사이. 즉 마흔 살 안팎.
75) 투족投足: (직장·사회 등에) 발을 들여놓음.
76) 신해년은 1911년으로 추정됨.

Ⅲ. 〈콩으ᄌ치괴라〉 원문

P.1

건곤이 초판후의 만뮤리 싱겨셔라 유익츙도 슴빅이요 비슈금도
삼빅이라 육빅 갓치 즘셩 중의 콩으 몸이 싱겨셔라 징씨 치리
볼작시면 쥬먹비실 옥관지면 남방ᄌ지 후리믹이 빅수류 지실
달고 딍즁부 조흘시고 갓치 치리 볼작시면 아롱머리 언고 아롱
져고리면 아룡신을 신고 상하평젼 어른 밧틔 졈졈 좁여 드르간
이 난 딍 업난 불콩 흐나 덩겨력키 노여겨날

P.2

징씨 보고 하난 말이 어화 그 콩 소담하다 이 안이 늬 복인야
졈졈 주여 드르간이 갓치 보고 하난 말이 여보 그콩 먹질 마오
징씨 보고 하난 말이 쳔불싱뮤룩지인이요 지뷸싱뮤명지초라
비금주수 만뮬 중의 먹을 거시 업단말가 먹어보식 먹어보식
졈졈 주여 드르간이 갓치 보고 흐는 말이 여보 그콩 먹질 마오
셜손의 유인젹흔이 두론 ᄌ치 나간 ᄌ최 입을 홀홀 분 ᄌ최
면비로 살살 신 ᄌ최라 ᄌ최 가즁 수승흔이 지발 덕분

P.3

먹질 마오 징씨 보고 흐는 말이 너 말이 미련흐다 딍셔리 만슨흔
이 바이 ᄌ최 업실손야 남촌북촌 허단 촌군 농가 왕늬한 ᄌ최라

어지 진역 결식ᄒ고 오날 아직 식젼이라 그 무어실 으심하랴
갓치 보고 ᄒᄂᆫ 말이 어지 밤 초경 후의 이ᄉ몽 쑴을 ᄭᅮᆫ이 옥황
승지 회고하되 한 되 ᄎᆷ콩 ᄒᆫ 셤을 특비리 허급ᄒᄉ 반가이
분뷰 득고 오날날 만닉신이 지발 덕분 먹질 마오 징ᄭᅵ 보고
ᄒᄂᆫ 말이 먹어보시 먹어보시 졈졈 주어 드르간이 갓치 보고
ᄒᄂᆫ 말이

그콩 ᄒᆫ나 안 먹ᄭᅵ로 헐마 드라 죽단 말가 징ᄭᅵ 보고 ᄒᆫ난 말이
콩 먹싹 곳 다 죽으라 콩 팃ᄌᆞ 드르보소 틱고라 쳔황시ᄂᆫ 만팔시
오릭 살고 틱호복히시난 결셩지졍희여 익고 강남의 이틱빅은
시즁쳔ᄌ 되여 익고 틱ᄉᆫ틱슈틱원틱슈슐 영즁의 웃듬이요 쳔승
의 틱음셩은 빌즁의 웃듬이라 나도 이콩 달기 먹고 틱공갓치
오릭 살고 틱빅갓치 오릭 살면 그안이 조을손야 갓치 듯고 ᄒᄂᆫ
말이 여보시요 늬 말 듯소 어지

밤 쑴을 ᄭᅮᆫ이 일인이 당승희야 일가 모와 즌치할 졔 열 폭 초일
고짓ᄭᅵᆫ가 와직ᄶᆮ 싹려지면 그되 머리 덥퍼신이 그 안이 흥몽인
가 지발 덕분 먹질 마오 징ᄭᅵ란 놈 이른 마리 그 쑴 좃타 그
쑴 좃타 희몽할지 드르보소 초일 더펴 비이기난 일모춘순 기푼
고되 둥골비긔 쓴디 즁판 홧초 평풍 둘너치고 너와 나와 ᄒᆫ
몸 뒤여 이리져리 궁굴면셔 그리져리 할 쑴이라 그른 쑴 민양

꾸워 날 싸려 일너다고 갓치 득고 이른

말이 주리 아밤 닉 말 듯소 어지 밤 이경 후의 이슴몽 쑴을
쑨이 낭낙즁송 울울흔딕 직미셩과 두우셩이 그 가온딕 직키시
되 히귀셩이 쥬류륙 써려졋셔 그딕 압픠 나려진이 그딕 즁셩
안이신가 지발 부딕 먹지 마오 징끼 듯고 흐는 말이 극 쑴 좃타
극 쑴 좃타 히몽할 제 드르보소 빌 덧려져 보이기는 헌원시
모부인도 븍도추셩 졍기 타고 괴미셩 싱졔 히여신이 우리도
이 쑴 쑤고 이즛승딕할 쑴이라 그른 쑴 미양 쑤워 날 다려

일너다고 갓치 득고 일른 말이 슴경 후의 쑴을 쑨이 닉 몸 고이
단즁흐고 기거쳥순 논일 젹의 져견닉 김도령의 두귀 쳐진 쳥슙
수리 물나 흐고 왈칵 덥셕 쒸여들 지 갈고지 젼이 업셔지신
슘밧 드르간이 굴근 슘딕 썀려지고 즌 슘딕 시려지면 휘휘친친
깁겨 빈이 거승 입을 쑴이로다 지발 부딕 먹질 마오 갓치 득고
흐는 말이 이라 요연 요밍흐다 기집이 수수히면 도즁의 빕이
드느이 그 쑴을 일울진딕 수이남졍 흐다가은 춤바올바 뒹이수
로 황시   시할 쑴이라 그른

쑴 쑤다가는 가는 다리 압즁깅이 직쓷득 썀지랴리라 멀이 셧셔

슈정을 바리본이 셩씨란 놈 거동 바라 쏭 먹으로 드르갈 지 주먹비실 노픠 들고 열두경미 피틀이고 열 묘 박긋 낫셧닷가 후려쳐 닥 쏘은이 양 쒸비 이러닉면 민날 갓탄 쉿칙씨의 빈틈 업시 쎵여쑨나 징씨란 놈 거동 바라 숨 촌 즁의 ᄒᆞᄂᆞᆫ 말이 주리 어맘 기 이ᄂᆞᆫ야 ᄌᆞ닉 보기 무안ᄒᆞ닉 이을 줄 아라시면 쏭 먹을 인수 업닉 낙수할 줄 아리시면 뉘라셔 낭긔 올나긔면 이 업실 줄 아라시면 뉘라셔 즁수할이 파션할 줄 아라시면 뉘라셔 빅을 타리 이려ᄒᆞ나 져리ᄒᆞ나

P.9
시역 팔ᄌᆞ소관이라 주리 어맘 닉말 듯소 인의 압픽 드르셧셔 짐믹이나 힉여 보소 갓치 듯고 ᄒᆞᄂᆞᆫ 말이 팃츙믹은 ᄯᆞᆫ을지고 빅키믹은 션을ᄒᆞ고 관원믹은 쑬질ᄒᆞ고 픙지믹은 바람업고 도울 믹이 어려온이 쥭을 빅씨 할 수 업다 징씨란 놈 ᄒᆞᄂᆞᆫ 말이 인의 압픽 드르셧셔 눈동ᄌᆞ나 보와주소 갓치 듯고 딕답ᄒᆞ딕 위인동 ᄌᆞ 볼작시면 힌 구름이 가득ᄒᆞ고 청쳔을 덥퍼 오고 오른 동ᄌᆞ 볼작시면 붓쳐ᄉᆞᆼᄌᆞ 소동ᄌᆞ 가목벼션 간발ᄒᆞ고 표량묘짐 ᄉᆞ 지고 목벼션 간발하고 단쥭중

P.10
비겨 잡고 셔히료 건너간이 뉘라셔 붓들건노 쥭을 박긔 할 수 업소 징씨 듯고 ᄒᆞᄂᆞᆫ 말이 쥬리어맘 닉말 듯소 인닉 몸 죽은 후이 인닉 빅골 ᄎᆞᄌᆞ다가 딕렴소렴 ᄒᆞ온 후이 신손이도 시지

말고 구슨이도 시지 말고 쥬리 어맘 단인 고듸 단단이 뮤드쥬쇼
쏘 흔 말 드러보소 인늬 몸 죽은 후의 쥬리어맘 늬 말 듯소
청춘이라 그져 늘끼 어려웟셔 만일 긔가할 작긔 기시면 이붓의
비 뮤졍히야 동솟 갓탄 큰 손질노 불숭흔 어린 즈식 이리 치고
져례 치면 그 안이 불숭흐라 갓치 듯고 흐는 말이 여뵤 이긔
윈말이요

  열여불경 쏜을 바다 쏜코져 듯거온이 그른 마음 두질 말고
극낙시기 □기시요 갑즈 숨월 즌늬 나고 빙인 졍월 늬가 나고
흔이동궁이 미즁흐늬 흔 틱 가 만늬봣식 그듸 존 듸 가려 흐고
연불노 착실한늬 나뮤의미타불 범뷰 곳치 니인 듸야 오직 스람
최귀흐다 인지 기면 언지 올고 만경층파 뮬이 말나 쌍 갈겨든
오마든아 틱슨이 뮨으졋셔 핑지 되여근 오마든나 조고만흔 조
약돌이 방우 되겨든 오마든아 동솟틱라 안친 밉이 삭 나겨든
오마든아 핑퓽이라 기린 횅기식

셩일졈의 날 식락고 쓰른 목 질기 빗여 경경 울겨든 오라든야
어는 천연 숭봉할고 아고아고 이리야 셜셜리 통곡흔이 징씨
듯고 이른 말이 쥬리어맘 우지마오 인늬 마음 둘듸 업소 인늬
얼골 볼낙겨든 깅쥬즁을 추즈옷소 깅쥬즁이 업거들냥 경주읍을

드르왓셔 관청고을 ᄎᄌ 웃소 삿도숭의 오시오면 인늬 얼골
보오리다 이려탓시 흥직할 졔 탁첨지 겨동 바라 청송빅씨 시늬
가로 쥬적쥬적 올나왓셔 시졀긔 흔 즁 흥되 청숫이 빅씨슈야
수이가뮬 ᄌ랑마라 일

P.13
도충히 뷸부히요 고당승밍깅이라 청숫빅씨 빅발웅은 아미도
늬 쑨인가 살미 망틔 둘너미고 흔 핀 어득 우의 올나 셔셔 이미
우의 손을 은고 비시기 보다가여 흘젹 쒸면 하단 말리 어찔시고
죠헐시고 즁씨란 놈 죠헐시고 즁씨란 놈 딋ᄌ로다 셕질 남은
노푠 어덕 기피 올나 쒸다가셔 돌 못뒨니 니미 갈되 숭한 쥴
졔 모로고 쇠칙씨 ᄯᆫ을 들고 징기 미고 흥는 말이 춘퓽 솝월호시
졀리 홧초귀경 너 왓든야 원비죵ᄌ 유림간의 암송

P.14
ᄎᄌ 너 왓든야 ᄯᆯᄯᆯ 퓨두둑 목 말낫셔 참뮬 ᄎᄌ 너 왓든야
미 방울 달낭 소리 도망ᄎ로 너 왓든야 열두 징미 피여 녹코
히을 쒜여 낭긔 결고 순신씨 비난 말이 일연 열두 달과 흔 달
셔른 날과 흥료 열두 시을 오날 갓치 ᄉ망히면 순신임 덕이료다
이려흐나 져려흐나 늘근 ᄉ람 반츈이라 후려쳐 둘너 미고 둥둥
이면 나려간이 갓토리 겨동 바라 뉘이머리 핏트리고 숭흥펑젼
궁글면셔 실피 통곡흥는 말이 아

P.15

고아고 인닉 팔즈 블칙ᄒ다 옌날 오즈셔도 동문이 눈을 결고
일신이 업셔신이 오날날 주리 아밤 히을 쎅여 낭긔 결고 일신은
어딕 간노 스고뮤인 적막ᄒᆫ딕 졍일토록 울고 ᄂᆞ이 눈도 븍고
목도 쇠고 두통도 졀노 ᄂᆞ다 우는 눈물 바다 닉면 빅을 타고
안이 갈가 아고아고 닉 이리야 요른 팔즈 어딕시리 첫치 낭군
어더든이 져건닉 금도령이 두 귀 처진 청습스리 왈칵 덥셕 뮤르
가고 둘치 낭군 어더든이 이첨지의 보

P.16

릭미가 덜넝 달낭 뮤르 가고 싯치 낭군 어더든이 뮤슝흔 셜표수
가 염초화약 뷰을 노와 허리 마즈 요졀ᄒ고 넷치 낭군 어더든이
공슌야월 져문날의 허기탐식ᄒ옵싸가 쉿칙씌의 쥭으신이 요른
팔즈 쏘 이시리 아스라 우러 실 곳 업다 히라도 안즁히면 은득이
업실손야 비들귀 구시원이 소렴을 잘히기료 신근이 쳥히다가
소렴겨힝 츠일 적의 덕가랑입 너운 입풀 싯표이불 즈아닉야
숭스ᄒ 고운 곳틀 민목

P.17

임습 지여닉고 연달비싴인 쇠튼 복근치리 찰ᄂᆞᆫᄒ다 안믹씌도
일곱 믹씌 견믹씌도 일곱 믹씌 두일곱 열녜 믹을 단졍이 눌너
믹여 갑경방의 토룡ᄒ고 조셕으로 숭망할 지 호숭은 쉭쇠리요

지관은 봉황시라 비슈금 나라들 졔 열두 쥬리 느려셧셔 조긱문
답 분쥬ᄒ다 갓토리 거동 바라 아고아고 닉 이리야 호걸 조흔
인닉 낭군 어드로 가시난고 그리도 무졍흔가 즁달 간듸 암달
가고

P.18
실 가는듸 반을 가는듸 닌들 어이 몬 갈손야 아고아고 셜씌
울 졔 아스라 우려 실듸 업다 즁스나 히여 보식 가마구 오동슈가
살틱을 잘ᄒ기로 경숭도 틱빅슨의 ᄌᄌ오힝 트을 보니 빅호가
비취흔니 위손니 흔미ᄒ다 위손인들 몬볼손야 아사라 거기도
몬 시깃다 졀나도 질리산의 임희룡 트을 본니 쳥용의 부쉬 잇고
긴틱풍니 둘려오면 곽즁의 직화 이실 거신니 여기도 못시것다
황희

P.19
도 규월순의 손스통 트을 본니 빅호가 비치ᄒ고 슈구가 막키신
니 여기도 몬시것다 평흔도 송니순의 츅갈용 트을 본니 좌우혈
믹이 비월ᄒ고 임감봉니 져함흔니 야쉭 어이ᄒ리 아사라 다
실듸 업다 두로 도라 집으로 와셔 쥬리어맘 단인 고듸 빙오룡
트을 본니 좌우용호 구유희면 임졔파고 존되고 득슈득파 슈법
마즈 싱싱극니 도열흔니 이박기 쏘 잇난야 순졔을 졍탈흔이
즁스거힝 차일 젹의 싱

P.20

이 치리 볼작시면 칭암절빅 광되스리 싱이되목 쉬며 늬고 오갈
피 징이 피여 되가릐을 중만호고 머릐 덩굴 굴근 쥬을 홍줄
감아 눌너 미고 원앙식는 밍젼 들고 봉황식는 삽션 들고 노고지
리 공표 들고 온갓 못식 나라드러 만스 들고 흐는 말이 군겨동슌
야겨동흔이 적막공슌영결이라 이러탓시 지엿드라 솔겁지 조흔
너릐 싯치닷 분푼 너을 히여 되목의 시른 후의 죽수리 입 덥풀
□방즈일 덥펴 녹코 오동열믹 동글동글

P.21

스모이 요롱 되고 연달비 식인 곳틀 복근치리 찰는흐다 압픠
미는 홍츠표요 뒤이 미는 홍츠표라 위여넘츠 위여넘츠 슈뮬여
들 슝두군나 동심동역 발맛초와 튀슨줄녁 넘어갈 졔 셔소리
잘흔 방울식가 영앗초 헌들면셔 인지 긔면 언지 올고 위여넘츠
이랑홍 뷸승흔 주리아밤 영결종쳔 도라간늬 위여넘츠 위여넘츠
시승을 흐직흐고 븍만슨쳔 드르갓셔 쳥송을 울을 슴고 빅캉을
졍즈 슴아

P.22

즈난닷시 누여신이 어는 벼지 츠즈 오리 위여넘츠 위여넘츠
뒤방트릐 늬 동무야 동심동역 어셕 가즈시라 슨지이 당도하야
겨숫토 졍이 흐고 혈심은 셕 즈 싯 치 긔금은 육신이라 흐관을
졍이 흐고 갑경방의 회토흐고 봉축을 모운 후의 핑토지 츠일

적의 지슈등눌 볼작시면 츤믈노 쳥주 슘고 망긔는 실과ᄒ고
뒤견화로 젼 씨지고 밋득기 건느건어료다 여동셔실 벼려 녹코
열두 쥬리 느르 셧셔 곡비로 ᄒ직할 졔 봉황신가 축

P.23
문 들고 축문을 위울 적이 유싯츠 갑즈연 갑즈월 갑즈일이 이즈
쥬리른 감소고우 헌고학싱부군 신우는 분향후의 일빈청작을
만이만이 싱항ᄒ소 졔을 파훈 후이 쥬리 어맘 겨동 바라 무듬을
겸쳐 안고 실피 통고ᄒᄂᆞᆫ 말니 븅승ᄒ다 쥬리 아밤 어도로 가신
난고 날 바리고 가ᄂᆞᆫ 임을 뉘 안틔 원망할이 이려탓시 ᄒ직할
졔 난듸 업ᄂᆞᆫ 소리기가 비호비호 나려왓셔 쥬리 훈 놈 탁 츠각고
낭낙즁송 놉피 안즈 ᄒᄂᆞᆫ 말니 동츤셧츤

P.24
두루 도라 살진 닥클 구ᄒ든이 홱쑤류륙 아히 소릭이도 나고
지도 나믜 할 기리 젼이 업셔 휘정히여 오ᄂᆞᆫ 길리 쥬리 훈 놈
어더신이 지즁군으 덕이든가 이 안이 쏘 늬 복인야 비호비호
도라가드라 쥬리 어맘 거동 바라 아고 답답 원이리고 아고아고
늬 팔즈야 어지그지 승부ᄒ고 즈식좃층 일탄말가 이겨져것 싱
각흔이 가즁 업ᄂᆞᆫ 타시로다 쳣칙낭군 어더든이 져건늬 금도령
이 두 귀 쳐진 쳥습ᄉ리 후려쳐 무려간늬 즈식 불너 ᄒᄂᆞᆫ 말이
빈 곱파 죽을 망졍 콩을

낭 먹질마라 아부 이을 싱각ᄒ라 ᄒ고 쥬리을 압시우고 집으로
도라왓셔 조셕으료 슝망할 졔 ᄂ 듸 업ᄂ 할무싀가 우연이 나라
왓셔 간ᄉ이 ᄒᄂ 말이 쥬리 어맘 엇지 ᄉ오 할무싀도 신의가
박복ᄒᄂ 이 팔ᄌ 근근보명 ᄒᄂ이다 쥬리 모친 불슝ᄒ오 부운
갓탄 이 시승의 평초갓탄 우리 목슘 ᄒ변 늘겨지면 겅소연 ᄒᆡ기
어려울지라 인연 ᄭ언어진가 군을 싱각히여 무졍시월을 져미 업
시 본닐이요 빙셜갓탄 졍겨을 좀싼 귀뎌 닌 말을 ᄃ르시면 싱젼
의 부귀영

화하고 싱젼 무궁지낙을 일울 겨신이 쥬리 못친 마암이 엇듯ᄒ
오 쥬리어맘 이른 마리 어지그지 슝부ᄒ고 어린 ᄌᆡᆨ 압압피
안치 녹코 긔가할 듯 젼이 업소 할무싀 이말 듯고 긔유히여
이른 말니 닌 간청ᄒᄂ 빅 다름 안이라 져건닌 학두림이 즁연의
슝쳐ᄒ고 맛당ᄒ 고지 업난고료 져와 나와 친구료셔 간쳥ᄒ
말슘 이른이 맛츰 쥬리어맘 과부란 말을 듯고 불고염치 완난이
다 그른 말슘 ᄒ라겨든 닌 집의 투족질 마려시고 열는 급피
도라가시요 할뮤싀 졋틱 안ᄌ 이 말 듯고 듸단이 무로히여 간다
온단 말도 업시 멀이 훨훨 도라가드라

신히연 이월초구일 필리라
辛亥年 二月 初九日

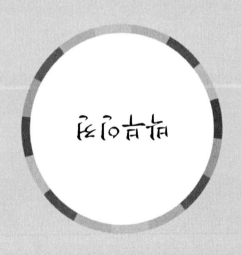

Ⅰ. <박부인전> 해제

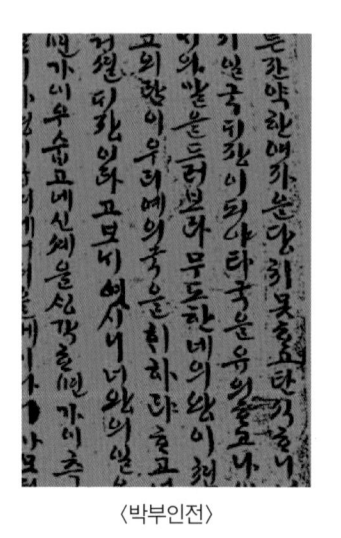

〈박부인전〉

〈박씨부인전〉은 병자호란을 배경으로 하는 역사군담소설 내지 서민영웅소설로서 창작시기와 작자를 알 수 없는 고소설이다. 이 작품은 '김광순 소장 필사본 한국고소설 474종'에서 100종을 정선한 〈김광순 소장 필사본 고소설 100선〉 중 하나이니, 〈박부인뎐이라〉 53장본을 대본으로 하였다. 〈박부인뎐이라〉는 한지韓紙에 붓글씨 흘림체로 쓴 필사본으로서, 가로 22cm, 세로 24cm의 총 105면에 각 면 15행, 각 행 평균 21자이다.

〈박씨부인전〉은 두터운 독자층을 확보한 고소설이다. 역사군담소설은 역사에 나타난 전란을 배경으로 하여 전투장면이 많이 나오는 유형으로서, 전쟁에서 영웅적 활약을 한 장수들이 등장한다. 이들은 대개 전쟁의 고통을 겪은 민중들에게 각광받는 인물들이다. 그런 점에서 역사군담소설 유형은 서민영웅소설이기도 하다. 그렇다 보니 주요 인물들은 전쟁이나 정쟁政爭에서 원통하게 죽는 삶을 살기도 한다. 〈박씨부인전〉도 그러한

경우에 해당되니, 임경업이 그 예이다. 주인공 박씨는 임경업과 함께 뛰어난 활약으로 실제는 패배한 병자호란에 대한 울분을 상당부분 풀어준다. 〈박씨부인전〉이 독자들의 열렬한 호응을 받은 배경이 여기에 있다.

〈박씨부인전〉은 잘 아는 바와 같이 고소설 중 문제작 중의 하나이다. 그 이유로는 먼저, 여성이 주인공으로 등장하여 핍박을 받다가 영웅적으로 활약한다는 점을 들 수 있다. 조선후기 사회질서에서 여성에 대한 천대는 자연스러운 설정이나, 여성이 뛰어난 능력을 발휘한다는 결구는 쉽지 않은 설정이다. 다음으로는 '탈갑' 혹은 '변신'이라는 환상적 요소가 중심이 되면서도 역사적 배경에 근거해 펼쳐지는 사실성이 나타난다는 이유를 들 수 있다. 추물이었던 주인공이 일시에 미인으로 변신하거나 도술을 부리는 대목은 비현실적이지만, 병자호란이나, 이시백, 임경업, 김자점, 원두표, 용골대 등의 인물은 실존한 요소들이다. 이처럼 다소 상반되는 사건이나 요소가 혼재되어 있음으로 인해서 『박씨부인전』은 일찍이 주목을 받아 왔다.

〈박부인뎐이라〉 58장본은 〈박씨부인전〉의 이본 중 독특한 작품이다. 〈박부인뎐이라〉 53장본의 특징은 줄거리를 통해 살펴볼 수 있다. 사건단락 위주로 줄거리를 요약하면 다음과 같다.

> 1) 세조대왕 즉위 초에 서울에 이득춘이라는 인품이 고매하고 재상을 지낸 귀족이 살았는데, 총명하고 귀한 이시백

이라는 아들을 두었다.

2) 퉁소 불기를 좋아하는 상공에게 어느 날 신선의 풍모를 풍기는 박처사가 찾아오니, 상공은 그의 퉁소 부는 소리를 듣고 신선의 경지에 오른 인물이라는 것을 확신한다.

3) 며칠 묵은 박처사는 자기 딸과 이시백을 혼인시키기로 상공과 약속하고는 떠나간다.

4) 상공은 집안사람들의 반대를 무릅 쓰고 혼인을 추진한다.

5) 혼례일이 임박하자 상공은 이시백을 데리고 금강산으로 신행을 가나 박처사를 찾지 못해 헤매던 중 나무꾼에게서 박처사가 수백 년 전 사람이라는 말을 듣고 낙망한다.

6) 돌아가려 할 쯤 박처사가 나타나 상공과 재회하고 혼례를 치른다.

7) 돌아오는 길에 신부 박씨가 추녀임을 알게 되고, 집안사람들은 상공을 비난하나 상공은 박씨를 잘 대우할 것을 당부한다.

8) 상공의 거듭된 꾸짖음에도 불구하고 이시백은 박씨의 외모에 질겁하여 그녀를 멀리하고, 부인과 종들은 박씨를 박대한다.

9) 박씨가 상공에게 후원에 몸종과 거처할 피화당을 지어 달라고 하니, 상공은 이시백의 태도를 고칠 수 없음을 알고 들어준다.

10) 상공이 승진하고 새 조복이 필요하자 박씨가 뛰어난 솜씨를 발휘해 조복을 짓는다.

11) 임금이 박씨의 처지를 알고서 상공을 꾸짖고는 식량을 하사하여 박씨를 배불리 먹게 한다.

12) 박씨가 비루먹은 망아지를 비싸게 사오게 하니 상공이

박씨의 말대로 하고 말을 기른다.

13) 박씨는 피화당 주변을 나무를 심는 등 훗날의 재난을 방비하고, 상공은 박씨의 도량과 충효에 탄복한다.

14) 말이 명마로 크자 박씨의 계획대로 하여 중국 사신에게 3만 냥을 받고 판다.

15) 박씨는 꿈속에서 얻은 연적을 과거 치러 가는 이시백에게 주고 이시백은 연적의 물을 이용해 답안지를 쓰고 장원급제한다.

16) 온 집안이 잔치를 열어 즐거워하나 박씨는 홀로 소외되어 지낸다.

17) 박씨가 상공의 허락을 받고 친정에 3,4일 만에 갔다가 오고, 박처사가 피화당에 와서 박씨가 탈갑할 때가 됐음을 알리고는 며칠 묵고 돌아간다.

18) 박씨가 허물을 벗어 절대가인이 되고 이시백은 망설임 끝에 그간의 잘못을 사죄하고 용서를 비니, 박씨가 이시백을 호되게 꾸짖고 훈계한 후 용서하고 부부지락을 이룬다.

19) 장안 재상가의 부인들이 소문을 듣고서 박씨를 보고 싶어 하자 자리를 만들어 부인들에게 신묘한 도술을 선보인다.

20) 이시백은 더욱 벼슬이 높아지고 평양감사가 되어서는 선정을 베푸니, 백성들이 격양가를 부른다.

21) 이시백이 임경업을 데리고 중국에 사신으로 갔다가 난이 일어난 호국에 구원병으로 가서 호국을 위기에서 구해주고 돌아온다.

22) 왕이 우의정을 제수하고 부원수가 된 임경업이 국방을

튼튼히 할 즈음 이득춘이 병을 얻어 세상을 뜬다.

23) 호왕이 조선을 침략하고자 하니 왕비가 박씨를 죽이고 조선을 정복하기 위해서 자객 계홍대를 보내야 한다는 계책을 내놓는다.

24) 왕비가 계홍대에게 주의사항을 전달하고, 박씨는 방비책을 마련해 이시백에게 알려준다.

〈박부인전〉

25) 계홍대가 찾아오자 이시백은 박씨가 시키는 대로 하고, 박씨는 계홍대의 정체를 밝히고 크게 꾸짖는다.

26) 계홍대가 목숨을 애걸하므로 박씨가 훈계하고 돌려보내니, 나라에서 삼품의 녹봉을 내린다.

27) 계홍대가 돌아가 박씨의 말을 호왕에게 전하고, 왕비는 다른 계책으로 조선을 침공할 것을 호왕에게 아뢴다.

28) 호왕은 한우, 용골대 등에게 왕비의 계책대로 조선을 공격하라고 명하고, 왕비는 피화당에는 절대 가지 말 것을 당부한다.

29) 박씨는 천문을 보고 호국의 계책을 미리 알아 방비할 것을 말하나, 김자점의 방해로 이루지 못한다.

30) 한우와 용골대는 왕비의 계책대로 조선을 공격하여 단

번에 한양으로 진입하고 조정은 이시백의 건의를 받아
들여 남한산성으로 피한다.

31) 용골대의 아우 용울대가 피화당을 공격했다가 목숨을
잃고 용골대는 조선의 왕에게 항복을 받아낸다.

32) 용골대가 아우의 죽음 소식을 듣고 피화당으로 가서
복수하고자 하나 박씨의 도술에 굴복하고 물러난다.

33) 용골대는 박씨의 명령대로 인질 중 왕비를 풀어놓고
돌아가다가 임경업을 만나 혼쭐난다.

34) 왕의 사신이 오자 임경업이 국운을 슬퍼하면서 호국
군사들에게 길을 터주고, 왕은 박씨에게 충절부인 겸
정렬부인에 봉하고 격려한다.

이러한 줄거리는 〈박부인뎐이라〉 58장본이 중요한 이본임을
알려준다. 먼저, 〈박부인뎐이라〉 58장본은 원본에 가까운 특성
을 지니고 있다. 〈박씨부인전〉의 이본에는 크게 필사본계열과
구활자본계열이 존재하는데, 필사본계열이 원본에 가깝다고
지금까지의 연구에서 밝혀져 있다. 〈박부인뎐이라〉 58장본의
줄거리를 자세히 살펴보면 박씨가 조복을 만들거나 말을 길러
치산治産하거나 하는 등의 단락은 필사본계열에 나타난다.

또한 〈박부인뎐이라〉 58장본은 여성중심적 시각이 강화된
성격을 보여준다. 〈박부인뎐이라〉 58장본에는 다른 이본에 비
해 상대적으로 박씨가 남편과 집안사람들의 구박을 더 많이
받음에도, 더욱 현숙한 여인으로서의 모습으로 나타난다. 이를

여성의 한계로 지적하곤 하는데 이는 시각을 달리하여 해석할 필요가 있다. 즉, 당대 남성 위주의 사회질서를 수용하면서도 완전한 인격체의 실현을 보임으로써 여성의 면모를 부각한다. 나아가 박씨의 우월한 능력을 드러내는 장면이 확장되어 있으니, 말을 기르게 하여 시집의 재산을 늘이거나 계홍대와 용울대·용골대를 물리치는 등의 사건이 자세하게 묘사되어 있다.

〈박씨부인전〉은 널리 알려진 고소설로서 만화로 각색되고 고교 교과서 등에 실려 있다. 그러한 만큼 독서 욕구가 반감된다고 말할지도 모른다. 그러나 〈박부인뎐이라〉 58장본이 보여주는 주인공의 처신과 활약에 대한 디테일한 묘사는 줄거리 위주로 기억하고 있는 박씨부인전을 새롭게 느끼게 할 수 있다. 박씨가 지니고 있는 지혜와 재주, 인간적인 모습 등을 고소설 원본을 통해 확인하면서 읽는다면, 당시 사회의 기득권층 – 남성, 조정 등 – 이 왜소해지고 부끄러워지는 유쾌함을 맛볼 수 있을 것이다.

II. 〈박부인전〉 현대어역

조선국 세조대왕이 즉위한 초에 서울의 활인동에 재상이 한 사람 있었는데, 성은 이씨李氏이고 이름은 득춘이었다. 어려서 부터 학업에 열중해 십 세 전에 문장을 쓰는 재주와 어진 덕으로 이름이 났고, 지인지감知人知鑑[1]하는 능력이 보통 사람보다 뛰 어났다. 나이가 어려 과거에 급제하고 벼슬이 일품一品[2]에 이르 렀으니, 나라를 충성으로 섬기고 만민 백성을 어진 덕으로 다스 리므로 그 위엄과 명망이 천하에 널리 떨쳤다. 상공이 이렇게 어질고 덕이 많으신 덕택에 귀한 자식을 두었는데, 이름은 시백 으로서 문장을 쓰는 재주와 인품이 나라에서 으뜸이었다.

한편 상공은 퉁소를 부는 것을 좋아하여 옥퉁소를 불곤 하였 는데, 신통하게 일어나는 변화가 끝이 없어 화계花階[3]에 활짝 피어 있던 꽃이 퉁소의 소리에 응하여 송이송이 화계에 화려하 게 떨어져 깔려 있으니, 이러한 재주는 나라 안에 오직 한 사람 뿐이었다. 상공이 항상 자기와 대적할 만한 이가 없음을 한탄하 고 있었는데, 하루는 갑자기 어떠한 사람이 폐의파관敝衣破冠[4]

---

1) 지인지감知人知鑑 : 사람을 잘 알아보는 능력을 뜻함.
2) 일품一品: 문무관 품계의 첫째로서 정일품과 종일품으로 나뉨.
3) 화계花階 : 살림집이나 궁궐·절 등의 집 뜰에서 층계 모양으로 단段을 만들고 거기에 꽃을 심어 꽃의 계단처럼 만든 시설.
4) 폐의파관敝衣破冠 : 해어진 옷과 부서진 갓이라는 뜻으로서, 너절하고 구차 한 차림새를 이르는 말.

의 차림새로 찾아와서 하룻밤을 묵을 것을 청하는 것이었다. 자세히 살펴보니 의관衣冠[5]은 비록 남루하나 일반 사람들과 다르므로, 상공의 뛰어난 안목으로 이 같은 도인을 모를쏘냐. 한 번 보고 마음속으로 생각하기를,

'저 사람의 근본이 시골사람 같으면 당돌하게 당상에 오르기를 청하지 못할 것이오, 깊은 산속에 사는 신선이리라.'
라고 하고는 말하기를,

"어떠하신 귀객貴客[6]이신지는 모르겠습니다만 어찌 이 누추한 곳에 오셨습니까."
라고 하면서 사랑에 오르기를 청하였다. 그 사람이 마루에 올라 자리를 정해 앉은 후에 서로 성과 이름을 주고받았다. 그 사람이 말하였다.

"이 비천한 사람은 본디 집이 없이 떠돌아다니는 나그네로서 자연을 구경하러 다니다가 우연히 댁에 왔습니다. 지금은 자연 속에 주접住接[7]하여 고라니와 사슴을 벗을 삼아서 하는 일 없이 세월을 보내고 있습니다. 성은 박씨이고 칭호稱號는 처사라고 합니다."

상공이 그 사람의 말하는 모습을 보고 신인神人[8]인 줄을 짐작

---

5) 의관衣冠 : 옷과 갓. 남자가 정식으로 갖추어 입는 옷차림.
6) 귀객貴客 : 귀한 손님. 손님을 높여 부르는 말.
7) 주접住接 : 한때 머물러 삶.
8) 신인神人 : 신과 같이 숭고한 사람.

하고는 공경하게 대답하였다.

"저러하신 귀객이 어찌하여 속세에 사는 나와 같은 사람을 찾아오시는지요."

박 처사가 대답하였다.

"나는 산속에서 지내면서 바둑 두는 것과 퉁소 부는 것을 일삼고 있었는데, 소문에 난 즉 저와 같이 상공께서도 바둑 두는 것과 퉁소 부는 것을 좋아하신다고 하여 한 번 구경하기 위하여 왔습니다."

상공이 듣고는 평생 동안 퉁소 불기의 적수를 얻지 못하여 스스로 탄식했으므로 박 처사를 반겨 맞이하고는 공경하게 대답하였다.

"신선의 경지와 인간세상은 길이 다릅니다만, 우연히 저를 찾아오셨으니 반갑기가 측량할 수 없습니다. 퉁소를 부는 것을 어떻게 감히 신선의 곡조를 따라 화답할 수 있겠습니까. 그러나 용렬庸劣한 재주이지만 귀한 손님을 위하여 한 곡조를 불러보겠습니다."

라고 하고는 한 곡조를 부는데, 청아한 소리가 구름 밖에서 나는 듯하였다. 그 소리가 끝나자 창 앞에 피어 있던 모란화가 송이송이 떨어져 화계에 가득하므로 처사가 그 모습을 보고 칭찬해 마지않고 말하기를,

"주인의 곡조만 듣고 손님이 화답하지 않으면 인사人事9)에 불민不敏10)한 것이겠지요."

라고 하고는 부르던 옥소를 달라고 하여 두어 곡조를 불러 화답하였다. 그 곡조가 매우 청아하였으니, 푸른 하늘에 날아가던 백학이 그 소리를 듣고 춤을 추고 선동仙童이 내려와 앞에서 넘노는 듯하였다. 소리가 그치자 아까 떨어진 모란화가 잠깐만에 다시 피어나니, 상공이 그 광경을 보고 감탄하기를,

"나 같은 미련한 재주로는 나의 퉁소를 불어 단지 꽃송이만 떨어질 뿐이거늘, 신선의 퉁소는 봉황이 어지럽게 춤을 추고 떨어진 꽃이 다시 피니, 옛날 장자방張子房[11]이 부른 곡조도 여기에 미치지 못할 것이리라."

하고 못내 칭찬하였다. 이렇게 여러 날을 즐겁게 지냈는데, 하루는 박 처사가 상공에게 청하여 말하였다.

"내가 들으니 상공댁에 귀한 아들을 두었다고 하므로 한 번 볼 수 있기를 청합니다."

라고 하므로 상공이 즉시 허락하고는 아들 시백을 불러 보였다. 처사가 자세히 보니 만고의 영웅이요 일대호걸이요 또한 출장입상出將入相[12]할 기상이 있었다. 마음속으로 기쁨을 참지 못하

---

9) 인사人事 : 사람들 사이에 지켜야 할 예의.

10) 불민不敏 : 어리석고 둔하여 재빠르지 못함.

11) 장자방張子房 : 장량張良. ? ~ BC 186. 한나라 건국공신. 한나라 명문가 출신으로, 박랑사博浪沙에서 시황제始皇帝를 습격했으나 실패, 홍문연에서 유방을 위기에서 구함. 유후留侯에 책봉. 계명산에서 가을밤에 퉁소를 불어 초나라 대군을 흩어버렸다고 함. 또 장량이 토사구팽을 피해 은퇴하여 신선도를 닦았으므로 신선이 옥퉁소를 부는 것과 같다고 한 듯함.

12) 출장입상出將入相 : 나가서는 장수가 되고 들어와서는 재상이 됨. 곧, 문무

여 즉시 상공에게 청하여 말하였다.

"제가 상공을 찾아온 이유는 다름이 아니라 한 가지 말씀을 부탁하려 왔습니다."

라고 하므로 상공이.

"무슨 말씀인지 알고자 합니다."

라고 하니, 처사가 말하였다.

"저는 딸 하나를 두었습니다만, 나이가 열여섯인데 아직 아름다운 인연을 맺지 못하였으므로 온 사방을 다니면서 다행히 상공의 존귀한 가문에 이르러 귀한 아들을 보게 되니 합당한 것 같습니다. 저의 딸이 요조숙녀로 수수합니다만 외람되이 말씀드리면 정혼함이 어떻습니까?"

라고 하므로 상공이 생각해 보니, '처사의 도덕과 인품이 저러할진댄 그 자식도 마찬가지로 민첩할 것이다.'라고 생각하고는 말하였다.

"존객은 천상의 신선이고 나는 속세의 인물인지라 어떻게 인간세상의 사람으로서 신선과 혼인을 의논할 수 있겠습니까."

라고 하였다. 이에 처사가 말하였다.

"상공께서는 한 나라의 일품 벼슬이고, 나는 미천한 인물이니 귀댁과 혼인하는 것이 오히려 저에게 극히 불가한 일이어서 거절하지 않으심을 바랐더니 공이 기꺼이 곧 허락하시니 기쁨

를 다 갖추어 장수와 재상의 벼슬을 모두 지낸다는 뜻.

니다."

처사 또한 기뻐하면서 즉시 혼례일을 택일하여 정하니 삼월 보름이었다. 술과 안주를 내어 서로 권하면서 시원한 바람이 부는 누각 위에서 바둑을 두고 밝은 달이 떠 있고 은하수가 빛나는 밤에 옥소를 불면서 즐겁게 지냈다. 어느 날 처사는 작별하고 산속으로 들어갔다.

그런 후 상공은 여러 친족을 불러 모아놓고 박 처사의 딸과 혼인을 청원하였다. 부인과 여러 친척들이 의아스러워하면서 말하였다.

"혼인은 인륜지대사人倫之大事라, 어떻게 재상가에서 그 사람의 근본과 출신도 모르면서 혼인을 가볍게 허락하시니이까? 참으로 허황합니다."

라고 하며 의논이 분분하므로 상공이 웃고 말하였다.

"내 들으니 박 처사의 딸이 재덕이 겸비하다고 하므로 혼인을 허락했으니 여러 집안사람들은 부질없이 괜히 되니 안 되니 시비하지 말기를 바라노라."

라고 하였다.

이때 혼인날이 임박하였으므로 혼구婚具[13]를 찬란하게 차리고 노복 등을 데리고 길을 떠났다. 상공은 후객[14]이 되어 시백을 데리고 갔으니 시백은 조복朝服[15]을 입고 금안준마金鞍駿

---

13) 혼구婚具 : 혼례 때 쓰는 제구.
14) 후객 : 혼례를 치르러 가는 신랑을 따라가는 친척.

馬16)에 타고 길을 떠났다. 금강산을 찾아가니 풍경도 좋을 뿐 아니라 기구器具17)도 찬란하구나. 이와 같이 즐거운 일에 여러 친척들이 비웃고 조정에서도 입을 대는 이가 적지 않았다.

여러 날 만에 금강산에 도착하였는데, 경치가 좋기도 하였지만 마침 삼월이어서 좌우의 산과 내를 둘러보니, 온갖 색깔의 화초가 만발하고, 벌과 나비는 쌍쌍이 날아다니면서 꽃을 보고 춤을 추고, 푸른빛 버드나무는 늘어뜨려 있고, 황금 같은 꾀꼬리의 환우성喚友聲18)이 더욱 귀를 즐겁게 하였다.

풍경을 구경하면서 점점 산속으로 들어가 보니 인적은 고요하고 향하는 바를 알 수 없었다. 할 수 없어 주점을 찾아 쉬고 이튿날 다시 길을 떠나 산골짜기로 들어갔는데, 사람의 자취는 볼 수 없었다. 겹겹이 쌓인 바위가 병풍처럼 둘러서 있고, 시냇물은 잔잔하여 굽이굽이 폭포가 되고, 종다리가 슬피 울면서 공중으로 날아오르고, 두견새가 슬피 울어 사람의 근심을 돋우는 듯하였다. 상공이 지나간 일을 생각하면서 자세히 묻지 않았음을 한탄하였다. 석양이 산에 걸려 있고 숙조宿鳥19)가 숲으로 날아들 때 산중에서 방황하다가 해가 서산으로 떨어지고日落西

---

15) 조복朝服 : 본디 관원이 조정에 나아가 하례할 때에 입던 예복이나 혼례 때 조복을 입고서 예를 지렀음.

16) 금안준마金鞍駿馬 : 금으로 된 안장을 얹은 좋은 말.

17) 기구器具 : 의식儀式이 예법대로 골고루 갖추어져 있는 형세.

18) 환우성喚友聲 : 벗을 부르는 소리.

19) 숙조宿鳥 : 잠을 자거나 자려는 새.

山] 달이 동쪽 고개에서 떠오르므로[月出東嶺], 할 수 없어 또 다시 주점을 찾아가 쉬었다. 이튿날 산속으로 들어가니, 심산유곡深山幽谷에 가는 길이 끊어지고 길을 물을 데가 전혀 없어 진퇴유곡의 상황이 되었다. 할 일 없어 바위에 좌정하고 늙은 소나무 아래 비스듬히 앉아 스스로 탄식하였다.

"나의 일을 생각하니, 유비劉備가 눈바람이 부는 날에 남양초당南陽草堂20)에 제갈공명을 찾아온 듯, 수양산首陽山 깊은 곳에 백이숙제伯夷叔齊21)를 찾아온 듯 허황하도다!"

자탄하면서 앉아 있는데, 갑자기 산골짜기에서 유산객遊山客22)의 노랫소리가 들리면서 서너 명의 나무하는 젊은이가 나오므로 상공이 반가워서 말하였다.

"저기 가는 아이들아, 거기 잠깐 멈추고 이 내 말을 들어보소. 이곳이 어디며 노정기路程記23)를 자세히 말해주어 길 가는 이의 답답한 마음을 환하게 인도해 주지 않겠소?"

나무꾼이 대답하였다.

"이곳은 금강산이오며 이 길은 박 처사가 살던 터로 가는 길이로소이다. 우리가 지금 박 처사가 살던 골짜기를 좇아오고

---

20) 남양초당南陽草堂 : 남양에 있던 초가집. 제갈공명이 벼슬하기 전 거처하던 곳.
21) 백이숙제伯夷叔齊 : 중국 은나라 말, 주나라 초의 형제로서 의리의 상징으로 일컬어짐. 백은 형이라는 뜻이고 이夷는 시호. 숙은 동생이라는 뜻이고, 제齊는 시호.
22) 유산객遊山客 : 산으로 놀러 다니는 사람.
23) 노정기路程記 : 여행할 길의 거리·경로를 적은 기록.

있나이다."

상공이 반기며

"처사께서 계시더냐?"

라고 물으니 나무꾼이 대답하였다.

"박 처사가 살았다는 말을 옛 노인에게서 들었사오니, 수백 년 전에 어떠한 사람이 있어 구목위소構木爲巢하고 식목실食木實[24]하므로 부르기를 박 처사라고 하였는데 언제인가 간 곳을 모른다고 하였사옵니다. 말하는 것만 들었사옵고 지금 여기 있다는 말은 처음 듣는 말이로소이다."

상공이 듣고는 정신이 아득하여졌으나 다시 물었다.

"그 곳에서 떠나신 지 몇 해나 되었더냐?"

아이가 웃으면서 말하기를,

"거기서 산 지 수백 년이 되었다고 하더이다."

라고 하고는 다시 물어도 대답하지 않고 가니, 상공이 물음을 마치고는 하늘을 쳐다보면서 크게 웃고 말하였다.

"세상에 허황한 일도 있구나!"

탄식하여 마지않았지만 이미 일어난 일인지라 다른 방도가 없어 노복들을 데리고 주점으로 돌아가 하룻밤을 묵었다. 시백이 또한 아버지를 위로하여 말하기를,

"옛날 한무제도 신선을 찾다가 끝내 구하지 못한 채 헛되어

---

24) 구목위소構木爲巢하고 식목실食木實 : 나무 위에 둥지 같은 것을 만들어 집을 삼고 나무의 열매를 먹음.

돌아왔으니 아무리 후회하신들 쓸 데 있겠습니까. 이제 돌아가는 길에 오르는 것만 못한 듯합니다."

라고 하니 상공이 웃으면서 말하였다.

"이미 일이 여기에 이르러 후회해도 소용이 없는 즉, 그냥 돌아가도 남의 비웃음을 피하지 못할 것이고, 돌아가는 길에 오르지 않자 한 즉 허황함이 막심하도다. 내일은 곧 전안奠雁25) 할 날이니 부득이 내일까지만 찾아볼 것이다."

라고 하였다.

그 이튿날 노복을 데리고 길을 재촉하여 반나절 동안 산중에서 여기저기 찾아다니고 있는데, 그날 오후 1시쯤 되어 산골짜기에서 어떤 사람이 갈건야복葛巾野服26)으로 죽장을 짚고 백우선白羽扇27)으로 얼굴을 가리고 느릿느릿한 걸음걸이 천천히 걸어 나오는 모습은 한가롭기도 하거니와 반갑기도 그지없었다. 여러 날 고생하고 있던 차에 내려오는 모습을 보고 반기면서 눈을 씻고 자세히 보니 박 처사가 분명하였다. 처사가 상공을 보고 반갑게 말하였다.

"나 같은 사람을 생각하여 여러 날 동안 깊은 산속의 험한 골짜기를 헤맸으니 심장이 상하지 않은가 싶어 도리어 무안합

---

25) 전안奠雁 : 혼인 때, 신랑이 기러기를 갖고 신부 집에 가서 상 위에 놓고 절하는 예.
26) 갈건야복葛巾野服 : 갈건과 베옷이라는 뜻으로, 은사隱士나 처사處士의 소박한 옷차림을 이르는 말.
27) 백우선白羽扇 : 새의 흰 깃으로 만든 부채.

니다."

상공이 웃고 서로 이야기하면서 처사와 같이 산속으로 가는데, 계절이 마침 삼월인지라 아름다운 꽃과 풀들이 좌우에 만발하여 꽃향기가 옷에 젖고, 벌과 나비는 쌍쌍이 꽃을 보고 반기는 듯 춤을 추면서 내려오고, 반송盤松[28]은 늘어지고 수양버들가지는 푸르고, 황금 같은 꾀꼬리가 쌍쌍이 날아다니면서 서로 부르는 소리를 내고 두견새가 슬피 울어, 먼 곳에서 온 나그네의 슬픈 심사를 돋우었다.

상공이 생각하되,

'속세를 떠나 선경仙境을 보니 참으로 별유천지비인간別有天地非人間[29]이로다.'

라고 하였다. 박 처사가 말하기를,

"나는 본디 빈한하여 집이 없사오니 잠깐 바위 위에 안접安接[30]하옵소서."

라고 하고는 낙락장송 아래에 돌로 만든 걸상을 깨끗하게 치우고서 자리를 정하여 주었다. 상공이 좌정하고는 삼사 일 상봉하지 못하여 몹시 고생하던 일을 이야기하면서 서로 웃고 즐겼다. 처사가 다시 말하기를,

---

28) 반송盤松 : 키가 작고 가지가 옆으로 퍼진 소나무.
29) 별유천지비인간別有天地非人間 : 현세와 동떨어져 세속으로 물든 인간세계와는 다른 세상으로 인간이 살지 않는 이상향. 당나라 시인 이백의 유명한 시 〈산중문답山中問答〉에서 유래한 표현.
30) 안접安接 : 편안히 마음을 먹고 머물러 삶.

"이처럼 외지고 험한 산중에 예법을 다 갖출 수 없어 무안하기 막심하옵니다만, 혼례의 예식을 되는 대로 하사이다."

라고 하고 성례를 치르는데, 상공은 시백을 데리고 교배석交拜席[31]으로 들어가 보니 처사는 딸의 얼굴을 나삼羅衫[32]으로 가리고 교배석에 나와 있었다. 신랑과 신부가 전안한 후 처사가 두 사람을 인도하여 내당內堂으로 들어가고 상공은 나와서 돌의자에 앉아 있는데, 이윽고 처사가 송화주松花酒[33]를 가지고 나와 말하기를,

"산중에는 특별히 맛있는 음식이 없다고들 하오니 허물치 마옵소서."

라고 하였다. 서너 잔을 서로 권한 후에 노복 등에게도 차례로 먹이고 상공에게 다시 권하니 상공이 술이 취하여 더 마실 뜻이 없었다. 상공과 노복이 술을 이기지 못하여 졸았는데 식경食頃[34]이 지난 후에 깨어나 보니 날이 벌써 밝아 있었다. 상공이 처사를 청하여 말하기를,

"어제에 마신 술은 진실로 인간세계의 술이 아니고 신선세계의 맛이로다."

라고 하니 처사가 웃으면서 말하였다.

---

31) 교배석交拜席 : 혼인 때, 신랑 신부가 서로 절을 하는 자리.
32) 나삼羅衫 : 전통 혼례 때 신부가 활옷을 벗고 입는 예복.
33) 송화주松花酒 : 송홧가루 혹은 솔잎을 이용하여 만든 술.
34) 식경食頃 : 한 끼의 밥을 먹을 동안과 같은 잠깐 동안.

"송화주 한 잔에 취하여 계십니까."

상공이 대답하기를,

"하계下界[35]에 사는 평범한 사람에게 신선의 맛이 좋은 술은 진실로 과하더이다."

라고 하면서 서로 화답하였다. 상공이 그날로 길을 떠나기를 청하니 처사가 말하기를,

"이곳이 산이 깊고 길이 멀므로 이번에 오신 길에 저의 딸을 아주 데리고 가시옵소서."

라고 하므로 상공이 옳게 여겨서 허락하고 행장을 차리는데, 처사가 신부의 얼굴을 나삼으로 가리고 전신全身을 가려 덮어 다른 사람이 보지 못하게 하고는 상공을 청하여 말하였다.

"가신 후 다시 만나사이다."

상공이 처사와 작별한 후 며느리를 데리고 그 산골짜기 입구에 내려오니, 해가 떨어져 서쪽 산에 걸려 있으므로 주점을 찾아 들었다. 상공과 시백과 신부, 세 사람이 한 방에 들었는데, 신부가 얼굴을 가린 나삼을 벗으니 그제야 비로소 상공과 시백이 신부의 얼굴을 보게 되었다. 모양은 괴상하여 검고 얽었는데, 추하고 비천해 보이는 떼가 여기저기 온통 맺혀 얽어진 구멍이 가득하였고, 눈은 달팽이 눈과 같고 코는 깊은 산골짜기에 험한 바위와 같고 이마는 너무 벗겨져 남극노인南極老人[36]의 이마와

---

35) 하계下界 : 천상계에 상대하여 사람이 사는 이 세상을 이르는 말.
36) 남극노인南極老人 : 남극성南極星을 가리키고 장수를 상징함. 그 초상은

같았다. 키는 팔 척이고 한 팔은 늘어져 있고 한 다리는 기는 모양과 같아서 차마 바로 보지 못할 정도였다.

상공과 시백이 한 번 보고는 정신이 날아가고 다시는 대면할 마음이 일어나지 않아 아버지와 아들이 서로 얼굴만 쳐다본 채 아무 말이 없었다. 상황이 이미 성례한지라 달리 할 일이 없어 그렁저렁 밤을 지새우고 길을 재촉하여 경성에 도달하였다. 집에 들어가니 시부모의 친척 부인들이 신부를 구경하기 위하여 와 있었다. 신부가 가마에서 내려 협방夾房³⁷⁾으로 들어가서는 제 얼굴을 가렸던 나삼을 벗어 놓았는데 참으로 가관可觀이었다. 방 안의 모든 사람들이 보고 말하기를,

"처음 보는 구경일러라."

라고 하고는 서로 얼굴만 물끄러미 쳐다보면서 무수히 비방하였다. 그 날이 경사스러운 날이었지만 마치 걱정스러운 일을 당한 집과 같았다. 윗사람과 아랫사람 모두 경황이 없어 하던 가운데 상공의 부인은 상공을 원망하여 말하기를,

"지체가 높고 번창한 집안의 아름다운 숙녀도 많은데 구태여 깊은 산골짜기까지 들어가 저렇게 흉한 인물을 데려다가 남의 웃음거리가 되도록 하나이까?"

라고 하였다. 상공이 크게 꾸짖어 말하기를,

매우 친숙하여 가구나 목조 조각, 도예품, 각종 직물 등에 그려져 있음. 아주 길고 우스꽝스런 대머리를 지녔다고 함.

37) 협방夾房 : 원채에 붙은 작은 방. 곁방.

"아무리 절대가인絕代佳人을 얻어 며느리를 삼아도 여행女行38)이 없으면 인륜을 폐하고 상하게 하여 가문을 보전하지 못할 것이오, 비록 험하고 거친 인상이지만 덕행이 있으면 한 가문을 흥왕興旺39)하게 하여 온갖 행운을 부를 것이로다. 부인은 무슨 말씀을 수다스럽게 하느뇨? 지금은 며느리의 얼굴이 비록 추하고 비천하지만 매사에 덕행이 있으니, 하늘과 신령이 도와서 저러한 어진 며느리를 얻었는데 부인은 사람을 알아보지 못하는 말씀은 다시 마옵소서."
라고 하니, 부인이 오히려 부끄러워하여 대답하였다.

"대감의 말씀이 당연하오나 자식이 부부의 화락하는 즐거움이 없을까 걱정하나이다."

상공이 말하기를,

"자식이 허락할지 말지는 우리 집안의 운수인지라 무엇을 근심하오리오만은, 그래도 부인도 조심하여 박대하지 말도록 하옵소서. 부모가 사랑하면 자식이 어찌 좋아하지 않으리까."
라고 하면서 경계함을 마지않았다.

이때 시백이 박씨의 얼굴이 추하고 못남을 본 후로 하나하나를 다 미워했으니, 남자종과 여자종들도 함께 미워했다. 박씨는 독숙공방獨宿空房하면서 홀로 지내고, 하는 것이라고는 잠자는 것뿐이었다. 시백이 더욱 극도로 미워하여 쫓아 보내고 싶었으

---

38) 여행女行 : 여자로서의 행실.
39) 흥왕興旺 : 세력이 매우 왕성함.

나 부친을 두려워하여 감히 마음대로 하지 못하였다. 상공이 그 기미를 알고 시백을 불러 꾸짖어 말하기를,

"사람이 덕행을 모르고 여자의 미모만 취하면 결국에는 가문이 망하는 근원이 되고 마느니라. 내가 들으니 너희 두 사람이 화락하는 즐거움이 없다고 하는데, 그러하고도 어찌 수신제가修身齊家하자는 말인가! 옛날 제갈공명의 아내인 황발부인黃髮夫人[40])도 비록 인물이 추하고 비천하였으나 재주와 덕행을 겸비하였으므로, 제갈공명이 삼고초려三顧草廬되어 공을 세우고 천추千秋에 유명하게 됨은 다 그 부인의 가르침이라. 제갈공명이 만일 그 부인을 박색薄色이라고 하여 경원敬遠[41])하여 버렸던들, 호풍환우呼風喚雨[42])하는 술법을 누구에게 배워서 영웅의 대장이 될 수 있었겠는가! 너의 아내도 비록 자색姿色은 없으나 범인을 뛰어넘는 절행節行과 비범한 재주와 기질이 있을 것이니, 부디 만홀漫忽[43])하게 여기지 말라. 비록 개와 말이라도 그 부모가 사랑하면 그 자식이 또한 따라서 사랑하는 것이니, 그 부모를 위함이니라. 하물며 사람이야 말하여 무엇 하겠는가! 내가 총애하는 사람을 네가 박대하면, 이것은 부모를 모르는 것이니 어찌

---

40) 황발부인黃髮夫人 : ? ~ 234. 황월영黃月英, 황완정黃婉貞이라고 하나 불명확. 아버지는 황승언으로서 당시 형주의 세력가인 유표와 채모의 인척이었음. 황부인은 조언으로 제갈량에게 많은 도움을 주고, 추녀醜女였다고 하며, 제갈량이 죽을 때 같이 죽었다고 함.
41) 경원敬遠 : 겉으로는 공경하는 체하면서 실제로는 꺼리어 멀리함.
42) 호풍환우呼風喚雨 : 요술로 바람과 비를 불러일으킴.
43) 만홀漫忽 : 되는 대로 내버려 두고 등한히 하고 소홀함.

부모를 봉양하는 행동이겠는가. 그러한 까닭으로 인륜이 사라지게 되는 것이니 각별히 조심하고 예법을 어기지 말라!"
라고 하시니, 시백이 말을 다 듣고 머리를 조아리고 잘못을 사죄하면서 말하기를,

"사람을 모르옵고 인륜을 폐하여 사라지게 하였사오니 만 번 죽어도 아까울 것이 없사이다. 어찌 다시 또 가르침을 져버리겠습니까."
라고 하니 상공이 또 이르기를,

"네가 그렇게 말할진댄 오늘부터 부부 사이에 화락하는 즐거움이 있을쏘냐?"

시백이 명을 받들어 아버지의 명령을 거역하지 못하고서는 없는 정도 있는 체하고 마음을 새롭게 먹고 마지못하여 내당에 들어가 박씨를 대면하였으나, 부모의 가르침을 제치고 미운 마음이 먼저 생기는 것이었다. 등잔 뒤에서 부채로 얼굴을 가리고 밤을 걱정하면서 지냈는데, 날이 밝아 와 계명성啟明星44)이 떠오르므로 즉시 나와서 부모 앞에 나아가 문안하였으니 상공이야 어찌 이러한 줄 알리요.

상공은 또 하루는 남녀종들을 꾸짖어 말하기를,

"내가 들으니 너희 등이 어진 상전上典을 몰라보고서 멸시한다고 하는데, 너희 등을 특별히 엄하게 다스릴 것이다."

---

44) 계명성啟明星 : 새벽녘 동쪽 하늘에 뜨는 지극히 밝은 별. 금성.

라고 하니 종들이 황공해 하면서 사죄하였다.

　이때 부인이 박씨가 며느리 된 것을 절통切痛히 여겨 몸종인 계화를 불러 말하기를,

　"가문의 운수가 불행하여 허다한 사람들 가운데에서 저런 것을 며느리라고 생겼으니, 쓸데없는 중에 게으르고 잠만 잘 자고 여공재질女功才質45)은 모르는 것이 밥은 배불리 먹으려 한데 어디에 쓰자는 말인가. 이후로는 밥도 적게 먹이라!" 라고 하면서 무수히 허물을 지어 내어 흔단釁端46)을 만들므로 친척까지 화목하지 못했다.

　박씨는 여러 사람들의 구박을 모른 체하고 지내다가 한 번은 계화를 불러 말하기를,

　"대감께 여쭐 말씀이 있으니 상공께 여쭙도록 하라." 라고 하므로 계화가 명을 받들어 즉시 나가 상공에게 고하니 상공이 즉시 들어갔다. 박씨는 천연天然히47) 한 숨을 쉬면서 상공에게 여쭙기를,

　"박복하온 인물이 외모가 추악하고 더러워서 부모에게 돌아가지도 못하옵고, 부부 사이의 화락도 즐기지 못하오며 가군家君48)과도 화목하지 못하오니, 가히 무용지물이라 이를 만합니

---

45) 여공재질女功才質 : 길쌈하는 재주와 기질. 즉, 여자로서 해야 하는 바느질, 수놓기 등의 재주.
46) 흔단釁端 : 불화 즉, 서로 사이가 벌어지는 시초나 단서.
47) 천연히天然 : 시치미를 뚝 떼어 겉으로는 아무렇지 아니한 듯이.
48) 가군家君 : 남에게 자기 남편을 일컫는 말.

다. 없는 자식으로 아시고 후원後園에 몇 칸 초가집을 지어 주시오면 슬픈 심사를 덜 수 있을 듯하옵니다."

라고 하고는 말을 마치자 눈물을 흘리니, 상공이 그 정상情狀[49]을 보고 함께 눈물을 흘리면서 불쌍히 여겨 말하기를,

"자식이 불효하여 나의 가르침을 듣지 않고 너를 박대하니 이것은 가문의 운수가 불길한 탓이로다. 그러나 내 다시 뉘우치도록 주의를 주고 나무랄 것이니 안심하라."

라고 하니, 박씨가 그 말씀을 듣고 감격하여 다시 여쭈었다.

"대감의 말씀은 지극히 황공하오나 이것은 저의 용모가 추하고 더럽고 덕행이 없는 탓이오니 누구를 원망하오리이까마는, 소부의 소원대로 몇 칸 초가를 지어 주옵소서."

상공이 말하였다.

"내 이 다음에 할 것이다."

상공은 다시 사랑에 나와 시백을 불러 꾸짖었다.

"네가 고치지 않고 계속하여 어진 아내를 모르고 내 말을 거역하니 그러하고 어디 쓰며, 효도를 못하는데 충성을 어찌 알겠느냐. 충효를 모를진댄 금수禽獸와 같은지라. 그리하고는 수신제가修身齊家를 어찌 하리요. 네가 부모의 명령을 거역하고 마음을 고치지 않으면, 부자 사이의 불효는 고사하고 네 아내가 원한을 품으면 여자는 편성偏性[50]이라, 훗일을 모르는고. 여자

---

49) 정상情狀 : 인정상 차마 볼 수 없는 가련한 상태.
50) 편성偏性 : 한쪽으로 치우친 성질. 편벽된 성질.

가 한을 품으면 오뉴월에도 서리가 내린다고 하였으니 네가 공명功名을 어떻게 이룰 것이며, 만일 불행하여 독숙공방에 혼자 서러워하다가 목숨을 자결하면, 첫째는 조정에서 용납하지 못할 죄인이오, 둘째는 집안의 큰 재앙이 될 터인즉 어찌 근심되지 않으리오. 너는 도대체 어떠한 사람이건대 여자의 예쁜 외모만 생각하고 덕행은 생각하지 않느냐?"

시백이 크게 사죄하여 말하기를,

"소자가 불초不肖[51]하여 부친의 가르침을 거역하옵고 부부사이의 은혜로 사랑하는 정을 끊었사오니, 죄가 무거워 죽어도 안타깝지 아니하옵고 다시는 어찌 거역할 수 있겠습니까."

라고 하고는 나와 생각하되,

'이후는 그렇게 하지 않으리라.'

라고 하면서 마음을 가다듬고 박씨의 방에 들어갔으나, 눈이 저절로 감기고 얼굴을 보기만 하면 기절할 것 같았다. 아무리 마음을 억지로 참으려 한들 기이한 형상의 괴물을 보고는 어찌 마음이 움직이겠는가. 상공이 그 연유를 급히 아시고 후원에 작은 집을 지어 시비 계화로 하여금 함께 거처하게 하시니 박씨의 신세가 가긍可矜하여 차마 볼 수 없었다.

이때 나라에서 상공에게 일품一品 벼슬을 돋우시고 내일로 조정의 조회에 들라고 전교傳敎[52]하셨다. 상공이 북향사배北向四

---

51) 불초不肖 : 어버이의 덕망이나 유업을 이어받지 못함. 또는 그런 못나고 어리석은 사람.

拜53)한 후 조복朝服54)을 갖추려 할 때 크게 걱정하여 말하기를,

"예전에 입던 조복은 떼가 타 더럽고 신건新件55)은 미처 준비하지 못하였는데 내일로 입조하라는 전교가 계시니 하룻밤 사이에 어찌 준비할 수 있으랴!"

라고 하시면서 걱정을 마지않으시니 부인이 말하였다.

"일의 형세가 매우 급하오니 바느질을 잘하는 사람을 구해 아무쪼록 만들어 보사이다."

이렇게 서로 걱정하면서 의논이 분분하였는데, 이때 시비 계화가 이 말을 듣고 초당에 들어가 박씨에게 상공의 벼슬이 돋우어진 말씀이며 조복 때문에 낭패가 될까 걱정하던 말씀을 여쭈었다. 박씨가 듣고 계화에게 말하기를,

"일이 급하므로 조복을 지을 옷감을 가져 오너라."

라고 하니 계화가 더욱 희한하게 여겨 박씨의 얼굴을 다시 보면서 급히 나가 상공에게 여쭈었다. 상공이 듣고 크게 기뻐하면서 말하기를,

"나의 며느리는 신선이므로 틀림없이 보통사람을 뛰어넘는 재주가 있을 것이다."

라고 하면서 조복 지을 옷감을 급히 갖다 주라고 하시니 상공의

---

52) 전교傳敎 : 임금이 명령을 내림. 또는 그 명령. 하교下敎.
53) 북향사배北向四拜 : 임금을 향해 네 번 절함. 임금은 북극성으로 상징되므로 신하가 어디에서 있으나 임금의 명을 받을 때는 북쪽을 향해 절함.
54) 조복朝服 : 관리가 조정에 나아가 왕에게 예를 차릴 때 입던 예복.
55) 신건新件 : 새 품계에 맞는 조복을 가리킴.

부인이 냉소冷笑하며 말하기를,

"제 모양이 그러한데 무슨 재주가 있으리오."

라고 하고 여러 사람들도 역시 말하기를,

"옷감만 버릴 것이니 만들 수 없을 것이다."

라고 하며 공론이 분분하였다. 상공이 크게 화를 내면서 말하였다.

"속담에 이르되, '형산백옥荊山白玉56)이 진토塵土 가운데 묻혀 있고 보배가 돌 속에 들었으되 안목이 무식하면 알아보지 못한다.'라고 하였으니, 사람의 꾀는 짐작하기 어려운데 부인은 어찌 남의 재주가 얕고 깊음을 명백히 안다고 가벼이 말하는 것입니까! 근본이 녹록碌碌한57) 여자는 아니니 급히 보내옵소서."

라고 하므로 부인이 대감의 말씀을 거역하지 못하여 들여보내고는 밤새도록 걱정으로 지내었다.

이때 계화가 옷감을 가지고 박씨에게 드리니 박씨가 말하기를,

"이 옷은 혼자 할 옷이 아니니 힘써 도와줄 만한 사람 몇 명을 청하여 오너라."

라고 하므로 이 말씀을 상공에게 여쭈어 바느질을 조력助力할 사람을 얻어 보내었다. 박씨가 등촉燈燭을 밝히고 옷을 짓는데, 수를 놓는 법은 윤귀와 같고 바느질하는 법은 월궁항아月宮姮娥58)와 같아, 열 사람이 할 일을 혼자 하고 삼 일 동안 해야

---

56) 형산백옥荊山白玉 : 중국 형산荊山에서 나는 백옥이라는 뜻으로, 보물로 전해 오는 흰 옥돌을 이르는 말.

57) 녹록碌碌한 : 만만하고 호락호락한.

할 일을 하룻밤 사이에 해 내었다. 앞에는 봉황鳳凰을 수로 놓고 뒤에는 청학靑鶴을 수로 놓아 산뜻하고 뚜렷하게 옷을 지었는데, 봉황은 춤을 추고 청학은 날아드는 듯하였다. 함께 바느질하는 사람들이 박씨의 재주를 보고 탄복하여 말하기를,

"우리는 우러러 보아도 미치지 못함이라."

라고 하였다. 박씨가 계화에게 명하여 조복을 가져다 상공에게 드리니, 상공이 크게 칭찬하여 말하기를,

"이것은 신선이 직접 만든 물건이지 인간 사람의 재주는 아니라."

라고 하시면서 부인을 보고 칭찬함을 그치지 않았다.

다음날 상공이 조복을 입고 궁궐 안에 들어가 숙배肅拜59)하는데, 임금이 공의 조복을 한참 동안 보시다가 가까이 청하여 물었다.

"경의 조복을 누가 지었느뇨?"

상공이 아뢰어 말하기를,

"신의 며느리가 지었나이다."

또 말하였다.

"그러하면 저러한 영재英才 며느리를 두고 굶주림과 추위에 빠지고 독숙공방하게 함은 무슨 일이뇨?"

---

58) 월궁항아月宮姮娥 : 전설에서, 월궁에 산다는 선녀로서 절세의 미인을 가리키는 말. 본디 항아는 중국 신화에 나오는 예羿의 아내로서 바람기 있는 남편에 대한 복수로 서왕모西王母에게 얻어 온 천도天桃를 훔쳐 달로 달아났다가 계속 살고 있다고 함.

59) 숙배肅拜 : 왕이나 왕족에게 드리는 절.

상공이 크게 놀라 엎드려 아뢰었다.

"황송하오나 전하께옵서 어떻게 신령스럽게 아시고 말씀하시나이까?"

임금이 말하기를,

"경의 조복을 보니, 뒤에 붙인 청학은 선경仙境을 떠나와 푸른 바다로 왕래하면서 굶주리는 기상이요 앞에 붙인 봉황은 짝을 잃고 우짖는 형상이니 이것으로 보고 짐작하고 물은 것이다."

라고 하시므로, 상공이 사죄하면서 절하고 말하였다.

"신이 불민不敏한 탓이로소이다."

임금이 그 실상을 자세하게 물으니 상공이 여쭙기를,

"신의 며느리가 얼굴이 박색인 까닭으로 어리석고 못난 신의 자식이 아비의 가르침을 생각하지 아니하옵고 부부 사이에 서로 화락하지 못한 일이로소이다."

임금이 또 말하였다.

"부부 사이에 화락하지 못하여 빈방에 홀로 자는 것은 그렇다고 하지만, 날마다 굶주리고 추운 것을 견디지 못하여 항상 눈물로 세월을 보내는 것은 무슨 일인가?"

상공이 황공스러움을 이기지 못하여 한출첨배汗出沾背[60]하는 것이었다. 상공이 주저하다가 아뢰었다.

"신은 외당에 거처하온데 내당의 일을 알지 못하옵나이다.

---

60) 한출첨배汗出沾背 : 땀이 등에 밸 정도로 몹시 민망하고 창피함.

신이 불민한 탓이오니 죄가 많아 죽어도 할 말이 없사옵나이
다."

임금이 말하시기를,

"알지 못하겠노라. 경의 며느리가 얼굴은 아름답지 못하지만
영웅의 풍도가 있는가 싶더니 부디 박대하지 말라."

하시고 또 말하시기를,

"매일 백미 석 되씩을 요料[61])을 줄 것이니 지금부터 시작하여
한 때에 한 말씩 밥을 지어 먹이면 경의 집안사람들이 박대할
것이니 각별히 조심하라."

상공이 왕의 명령을 받들어 하직하고 집에 돌아와 집안사람
들을 불러 모으고 부인에게 황상의 전교를 낱낱이 이르신 후에
시백을 불러 크게 꾸짖어 말하였다.

"부모의 마음을 편하게 하기는 자식의 효성이고, 임금을 도와
국태민안國泰民安하기는 신하의 충성이라. 너 같은 자식은 아비
의 가르침을 저버리고 네 마음대도 하다가 아비로 하여금 저다
지 황송한 전교傳敎를 모시게 하여 동렬同列[62])에게 책망을 입게
하니, 이 일이 모두 아비의 불민한 죄로 그러하고 자식이 또
불민하도다. 너는 어이한 놈으로 부모에게 효행은 못한들 부모

---

61) 요料 : 조선시대 잡직雜職, 각 군문軍門이나 아문衙門의 장교將校, 역원役
員 등 관원 밑에서 일을 보던 사람들에게 주던 급료. 음력 1, 4, 7, 10월에
쌀이나 콩, 보리, 무명, 돈 따위로 주었다. 여기서는 하사품 정도로 풀이할
수 있음.
62) 동렬同列 : 같은 반열班列. 즉 조정의 대신들.

를 이같이 거역하다가 남에게 무안을 당하게 하니 그러한 불효가 어디에 있겠는가!"

높은 목소리로 크게 꾸짖으시니 시백이 엎드려 대답하였다.

"부친의 가르침을 거역하다가 동렬에게 무안을 보시게 하였사오니 죄가 너무 커서 드릴 말씀이 없사옵고, 이같이 근엄하게 꾸지람을 내리시니 더욱 황공무지하옵니다."

상공이 화를 이기지 못하여 묵묵히 대답하지 않으시다가, 한참 있다가 황상皇上의 전교傳敎를 낱낱이 이르며 다시 꾸짖어 이르기를,

"네 다시 내 말을 거역하면, 첫째는 나라의 불충이 될 것이요, 둘째는 불효막심할 것이니, 부디 조심하여 지내라."

라고 하니 그 후로는 시백과 집안사람들이 박씨에게 만홀漫忽함이 덜하게 되었다. 박씨에게 매일 한 말 밥을 세 끼로 지어주면 능히 다 먹으므로, 구경하는 사람들이 놀라서 이르기를 "여장군이로다!"라고 하였다.

하루는 박씨가 계화를 불러 명하기를,

"대감께 여쭐 말씀이 있으니 모셔 오라."

라고 하므로 계화가 명을 받들고 상공에게 아뢰자 상공이 즉시 들어가 박씨에게 말하였다.

"무슨 할 말이 있느냐?"

박씨가 여쭙기를,

"집안이 구차苟且(63)하지는 아니하오나 그렇다고 넉넉하지는

못하오니 저의 말대로 하옵소서."

라고 하므로, 상공이 반겨 물었다.

"어찌 하자는 말이냐."

박씨가 말하기를,

"내일 종로에 사람을 보내어 보면 근처 사람들이 말을 팔려고 모여 있을 것입니다. 여러 말 가운데에서 작은 망아지 하나가 있되, 비루먹고[64] 파리하여 모양은 보잘 것 없으나 그렇다고 생각하지 말고 돈 삼백 냥만 부지런하고 성실한 노복에게 주어 사 오라고 하옵소서."

라고 하므로 상공이 듣고서 그 말이 허황함에도 박씨가 범인과 다른 줄을 알고 있기에 즉시 허락하고 나왔다. 부지런하고 성실한 노복을 불러 분부하기를,

"내일에 종로에 나가면 말 장사치들이 말을 팔려고 하는 말 여러 필이 있을 것이니 그 중에서 비루먹고 파리한 망아지를 사 오너라."

라고 하시면서 돈 삼백 냥을 내어 주므로 노복 등이 명령을 받고 나와서 서로 이르기를,

"대감께옵서 무슨 까닭으로 비루먹고 파리한 망아지를 삼백 냥이나 주고 사 오라고 하시는가. 실로 괴이하다."

---

63) 구차苟且 : 살림이 몹시 가난함.
64) 비루먹다 : 개·나귀·말 따위가 피부에 생기는 병으로 살갗이 헐고 털이 빠짐.

라고 하면서 서로 의심하며 수상하게 여겼다.

그 이튿날 삼백 금을 가지고 종로에 나가 보니 과연 말 여러 필이 있으므로 그 중에서 비루먹고 파리한 망아지를 발견하고는 임자를 찾아 물었다.

"이 말 값이 얼마나 하뇨?"

말 장사가 말하기를

"값은 닷 냥이거니와 이 중에 크고 좋은 말이 많은데 저다지 변변치 못하고 쓸데없는 것을 사다가 무엇을 하려 하나니까?"

라고 하면서 좋은 말을 사라고 하므로 노복이 말하였다.

"우리 대감의 분부가 그러하시므로 사려 하노라."

말 장사가 말하기를,

"그렇다면 닷 양만 주고 사 가라."

라고 하니, 노복 등이 말하였다.

"우리 대감의 분부가 있으니, 삼백 냥을 받고 망아지를 팔라."

라고 하므로 말 장사가 웃고 말하기를,

"이 말의 본래 값이 닷 양인데 어찌 지나친 값을 받으라고 하느뇨?"

라고 하므로 노복이 또 말하였다.

"우리 대감의 분부대로 주는 것이니 여러 말을 하지 말고 받으라."

말 장사는 어떠한 까닭인 줄 알지 못하여 수상하게 여기고는 굳이 사양하여 받지 않으므로, 노복 등이 다투지 못하여 억지로

백 냥만 주고 이백 냥은 숨기고는 나와서 말을 이끌고 돌아와 상공에게 여쭙기를,

"과연 공교하게도 이 망아지가 있삽기로 가격대로 삼백 냥을 주고 사 왔나이다."

라고 하였다. 상공이 이 사연을 박씨에게 이르고는 말을 이끌고 갖다 보이니, 박씨가 말을 한참동안 들여다보다가 상공에게 여쭙기를,

"이 말의 값이 삼백 냥이라. 제 값을 주어야 쓸데 있는데 무지한 노복 등이 백 냥만 주고 이백 냥은 쉬쉬 하옵고 말 장사를 주지 않았으므로 쓸데 없으니 도로 갖다 말 장사에게 주라 하옵소서."

라고 하니 상공이 이 말을 듣고서 박씨의 신명스러움을 탄복하고 즉시 나와 노복 등을 불러 말하였다.

"저 말의 값 삼백 냥 중에 이백 냥은 감추어 숨기고 백 냥만 주고 사 왔으니 상전上典을 기망欺罔65)한 죄는 이 다음에 무겁게 다스리겠거니와 몰래 감추어 숨긴 이백 냥을 주고 오라. 만일 지체하면 너희 등은 목숨을 보존하지 못하리라."

라고 하시니 노복 등이 죄를 받아들이고는 말하기를,

"이와 같이 명감明鑑66)하옵시니 어찌 기망하오리까. 과연 대감의 분부대로 삼백 냥을 모두 몰수沒數이67) 준 즉 그 말 값이

---

65) 기망欺罔 : 기만.
66) 명감明鑑 : 사물의 미래에 대한 정확한 관찰력. 또는 그런 관찰.

닷 양이라고 하면서 의려疑慮[68]하여 받지 않으므로 억지로 백 냥만 주고 이백 냥을 숨겼사옵는데 이렇듯이 신기하게 밝으시니 소인 등의 많은 죄 죽어도 할 말이 없사옵니다."

라고 하면서 즉시 이백 금을 가지고 말 임자를 찾아가서 크게 불러 말하기를,

"이 몹쓸 사람아, 주는 돈을 고집하여 받지 않아서 공연히 상전에게 중죄를 당하게 되었으니 어찌 통분하지 아니하겠는가."

라고 하면서 이백 냥을 억지로 주고 돌아와 여쭈었다.

"말 임자를 찾아가 주고 왔나이다."

라고 하므로 상공이 즉시 들어가 박씨에게 이르니 박씨가 상공에게 여쭈었다.

"이 말을 죽을 먹이되 한 끼에 보리 석 되와 깨 석 되를 죽에 넣어 삼 년을 책임을 지고 먹이게 하옵소서."

상공이 허락하고는 노복을 불러 분부하였다.

한편 시백은 부친의 명령을 거역하지 못하여 마음속으로는 동침하려고 하였으나 그 얼굴을 보면 차마 대면할 마음이 없어져 부부간의 정이 점점 멀어져갔다. 이때에 박씨가 초당에 '피화당被禍堂[69]'이라는 이름을 써 붙이고 후원의 협실에서 계화와 더불어 온갖 색깔의 나무를 전후좌우에 심었는데, 다섯 색 빛깔

---

67) 몰수沒數이 : 있는 수효대로 죄다.
68) 의려疑慮 : 의심하여 염려함.
69) 피화당被禍堂 : '화를 피하는 집'이라는 뜻.

의 흙을 가져다가 동쪽에는 청색으로 대응하여 청색 흙으로 나무를 북돋우고, 서쪽에는 백색으로 대응하여 백색 흙으로 나무를 북돋우고, 남쪽에는 적색으로 대응하여 적색 흙으로 나무를 북돋우고, 북쪽에는 흑색으로 대응하여 흑색 흙으로 나무를 북돋우고, 중앙은 황색으로 대응하여 황색 흙으로 나무를 북돋우었다. 이렇게 다섯 빛깔을 영롱하게 심어 놓고 계화로 하여금 때를 맞추어 물을 주게 하니, 그 나무들이 날로 달로 자라서 정경이 엄숙해지더니 신기한 일이 일어났다. 오색구름이 자욱한 가운데 나뭇가지는 용이 서려 있는 듯하고 잎사귀는 범이 호령하는 듯하고 온갖 새와 뱀이 변화무궁하니, 그 신기한 재주는 귀신도 측량하지 못할 정도였다. 무식한 사람으로서는 그 신묘한 술법을 누가 알아보리오!

상공이 계화를 불러 물었다.

"요즘에는 부인이 무엇으로 소일하시더냐?"

대답하였다.

"부인께옵서 후원에 온갖 나무를 심으시고 이러이러하게 소녀로 하여금 물을 주어 기르라고 하시더이다."

상공이 듣고 희한하게 여겨 계화를 데리고 구경하기 위해 후원에 들어가면서 좌우를 살펴보니, 여러 종류의 나무들로 사면이 무성한데 그 모습이 엄숙하여 바로 보기가 어려웠다. 상공이 놀라서 계화를 붙들고 겨우 정신을 차려 자세하게 바라보니, 나무는 용과 범이 되어 바람과 비를 일으키는 듯하고,

가지와 잎사귀는 무수한 새와 뱀이 되어 수미상응首尾相應[70]하면서 변화가 무궁하였다. 상공이 탄복하여 말하기를,

"이 사람은 곧 신인神人이로다. 여자로서 이와 같은 영웅의 큰 계략을 품었으니 신묘한 재주는 측량하지 못하리라."

라고 하고는 박씨에게 묻기를,

"저 나무는 무슨 일로 심었으며, 이 집의 당호는 피화당이라고 하였는데 알지 못하겠도다. 어떠한 이유로 한 것이냐?"

라고 하시니 박씨가 여쭙기를,

"길흉화복은 사람이 사는 집에는 항상 있는 일이오니 이후에 급한 일이 있사와도 나무로 방비할 수 있으므로 그리하여 심었나이다."

상공이 말을 듣고 놀래어 그 까닭을 자세하게 물은 즉, 박씨가 여쭙기를,

"이것은 또한 천수天授[71]이오니 어찌 천기를 누설할 수 있겠습니까. 이후에 자연스럽게 아시게 될 것입니다."

라고 하므로, 상공이 탄식하면서 말하였다.

"너는 진실로 나와 같은 사람의 며느리 되기가 아깝도다. 팔자가 기박하여 그러하느냐, 내 자식이 무도하여 그러한 것인지 부부 사이에 화락하지 못하여 허송세월을 보내는구나. 내 나이가 막 육십인지라 내가 곧 죽으면 네가 귀한 몸을 돌아보지

---

70) 수미상응首尾相應 : 서로 응하여 도움.
71) 천수天授 : 하늘에 내려 줌. 천기天機.

않을까 그것으로 근심하노라."

박씨가 다시 무릎을 모아 몸을 단정히 하고는 흔연欣然히[72] 위로하면서 말하였다.

"저의 용모가 용렬하여 부부 사이의 금실지락을 모르니 이것은 저의 죄이므로 누구를 원망하오리까마는, 다만 저의 소원은 가군家君이 집에 거처하여 부모에게 혼정신성昏定晨省하여 효성을 극진히 하옵고, 입신양명하여 나라를 충성으로 보필하여 용방비간龍逄比干[73]과 같이 유명천추有名千秋[74]하온 후 다른 가문에서 취처娶妻하여 자손을 얻고 만수무강하오면 지금 죽어도 남한 한이 없겠나이다."

상공이 그 말을 듣고는 그 어진 마음을 못내 탄복하고 더욱 불쌍하게 여겨 눈물을 흘리니, 박씨가 그 거동을 보고서 위로하여 말하였다.

"존경하옵는 아버님께서는 잠깐 동안만 안심하옵소서. 언제라도 화목할 때가 없사오리까. 너무 근심하지 마시고 전처럼 지내시옵소서. 만일 아버님께서 너무 슬퍼하다가 남편의 허물이 드러나 향당鄕黨[75] 사람들이 모두 불효라고 하게 되면 이는

---

72) 흔연欣然히 : 기쁘거나 반가워 기분이 좋게.
73) 용방비간龍逄比干 : '용방'과 '비간'. 충간하는 선비를 비유하는 말. 용방은 하夏나라 걸왕桀王의 신하이고, 비간은 은殷나라 주왕紂王의 숙부인데, 두 사람 모두 임금에게 충간하다가 죽음을 당했음.
74) 유명천추有名千秋 : 훌륭한 일을 해 천 년이나 갈 이름을 남김.
75) 향당鄕黨: 자기가 태어났거나 사는 시골 마을. 또는 그 마을 사람들. 옛날에는 500집이 당이 되고, 12,500집이 향이 되었음.

다 저의 허물로 말미암아 악하다는 소문을 듣게 되는 것이니,
이것이 두렵나이다."

상공이 듣고 더욱 탄복함을 마지않으셨으며, 박씨가 도량과
충의忠義를 모두 갖추고 있음을 쉬지 않고 칭찬하였다.

어느덧 망아지를 먹인 지 벌써 삼 년이 되었다. 말이 준총駿
驄76)으로 자라나 몸은 용의 형상이고 걸음은 비호飛虎 같았다.
박씨가 시아버지에게 여쭙기를,

"몇 월 몇 일이 되면 중국에서 유사有事77)하여 칙사勅使78)가
나올 것이므로 이 말을 데려다가 칙사가 오는 길에 매어두면
보고 사 갈 것인데 삼만 냥으로 가격을 결정하여 팔아 오라고
하시옵소서."

상공이 듣고 박씨의 말대로 노복들을 불러 분부하였더니,
과연 그날에 칙사가 나온다고 하므로 노복이 그 말을 끌고 칙사
가 오는 길가에 매어 놓았다. 칙사가 말을 발견하고 한참동안
보다가 크게 마음이 끌리어 말의 임자를 물었다. 노복이 말을
이끌고 꼿꼿하게 나가니 칙사가 물었다.

"이 말이 팔 말이면 값은 얼마나 하느뇨?"

노복이 삼만 냥이라고 대답하므로 칙사가 크게 기뻐하여 삼
만 금을 아깝게 여기지 않고 사 갔다. 상공이 삼만 금을 얻으니

---

76) 준총駿驄 : 걸음이 몹시 빠른 말.
77) 유사有事 : 큰일이나 사변事變이 있음.
78) 칙사勅使 : 칙명을 전달하는 특사.

자연히 살림살이가 넉넉하게 되었다. 상공이 박씨에게 말하기를,

"말이 삼만 금이나 되도록 비싼 값을 받았으니 이유를 알지 못하겠도다."

라고 하니 박씨가 말하였다.

"그 말은 곧 천 리를 달리는 준총駿驄이므로 조선은 나라가 작아 알아볼 사람이 없을뿐더러 땅이 작고 좁아서 쓸 데가 없습니다. 이에 비해 대국은 땅이 광활하고 오래지 않아 쓸 데가 있으므로, 칙사는 준마駿馬인 줄을 알아보고 삼만 금을 아끼지 않고 사 갔으니 조선이야 어찌 준마를 알겠습니까. 그런 까닭으로 칙사가 사 갔나이다"

상공이 듣고 탄복하면서 말하였다.

"너는 여자로서 명견만리明見萬里79)하는 이 재주가 아깝도다. 만일 남자가 되었다면 보국충신輔國忠臣이 되었을 것이거늘 여자가 되었음이 한탄이로다."

라고 하면서 탄식하였다.

이러할 즈음 나라가 태평하고 백성들이 살기 평안하고 풍년이 들어 걱정이 없었다. 나라에서 곧 인재를 선발하려 대과大科를 보므로 시백이 관광觀光80)하고자 하여 과장科場에 들어가려 하였다. 그날 밤에 박씨가 한 꿈을 얻었으니, 꿈속에서 후원後園

---

79) 명견만리明見萬里 : 만 리 앞을 내다본다는 뜻으로, 관찰력 · 판단력 따위가 매우 정확하고 뛰어남을 이르는 말.

80) 관광觀光 : 과거를 보러 감.

에 있는 연못에 화초가 만발하여 벌과 나비가 날아다니고 있었다. 그 가운데에 청옥靑玉[81]으로 된 연적硯滴[82]이 놓여 있었는데, 그 연적이 변하여 청룡이 되더니 짙푸른 바다에서 놀고 다니다가 여의주를 얻어 물고 오색구름을 타고 옥경玉京[83]으로 올라가는 것이 보였다. 박씨가 잠을 깨어보니 한 바탕의 꿈이었으므로 두루 생각하면서 잠을 이루지 못하였다. 닭울음소리가 나면서 동쪽 하늘이 밝아 오자 급히 나가보았는데, 과연 청옥으로 된 연적이 놓여 있고 자세히 보니 꿈속에서 보았던 연적이 분명하였다. 반갑게 여겨 갖다 놓고서 즉시 계화를 명하여 시백을 오게 하였다. 계화가 시백에게 말하기를,

"말씀이 있사오니 잠깐 들어오소서."

라고 하니 시백이 듣고 정색正色하면서 말하기를,

"무슨 할 말이 있건대 장부가 과거보러 가는 길을 지체되게 하느냐!"

라고 하므로 계화가 부끄럽고 열없이 돌아와 박씨에게 고하므로 박씨가 계화로 하여금 전갈하여 말하였다.

"잠깐 들어오시면 드릴 것이 있으니 한 번 수고를 아끼지 마옵소서."

---

81) 청옥靑玉 : 강옥鋼玉의 일종으로서 대개 유리 광택을 지니며 파랗고 투명함. 그릇을 만들거나 장식하는 데 씀.
82) 연적硯滴 : 벼룻물을 담는 작은 그릇. 수적水滴. 연수硯水.
83) 옥경玉京 : 하늘 위에 옥황상제가 산다는 가상적인 서울. 백옥경.

시백이 듣고 크게 화를 내어 말하기를,

"요망한 계집이 장부의 과거 가는 길을 만류挽留하니 이런 당돌한 일어 어디에 있으리오."

라고 하고는 자리에서 일어났다 앉았다 하면서 계화를 잡아내어 큰 매로 삼십 대를 때려 중죄重罪로 다스리고 물리치니, 계화가 맞고 들어와서 박씨에게 고하였다. 박씨가 하늘을 쳐다보고 눈물을 흘리면서 말하기를,

"슬프도다. 나의 죄로 인하여 네가 무거운 형벌을 당하였으니 이와 같이 불행한 일이 어디에 있겠는가!"

라고 하면서 슬프게 탄식하고는 연적을 계화에게 주어 이르게 하기를,

"이 연적을 넣어 과거 시험장에 들어가시거든 그 물로 먹을 갈아 글을 지어 바치면 장원급제할 것입니다. 입신양명하거든 부모 앞에 영화로움을 보여드리고 가문을 빛나게 하고는 나와 같은 못생기고 더러운 인물은 생각하지 말고 다른 가문에서 다시 아름다운 여인을 골라 장가를 들어 평생의 소원을 풀고 만세萬世토록 함께 즐거움을 누리소서."

라고 하였다. 시백이 듣기를 다하고는 연적을 받아서 보니 천하에 귀중한 보배이므로 도리어 가엾고 애처롭게 여겨져 지나간 잘못을 뉘우치고 스스로를 책망하면서 말하기를,

"이미 지나간 일이니 풀쳐84) 버리고 마음을 편안히 하옵소서. 태평한 시절에 함께 즐길 수 있기를 바라나이다."

라고 하고 또한 계화를 죄도 없는데도 중벌로 다스린 것에 스스로 탄식하기를 그치지 않으면서 풀칠 것을 좋은 말로 일렀다.

그날 과거시험장에 들어갈 때 그 연적에 물을 넣어 가지고 들어갔다. 문제를 받아본 후, 요화연瑤花硯[85])에 먹을 갈아 일필휘지一筆揮之하고는 가장 먼저 답안지를 내니 문불가점文不加點[86])이었다. 합격자를 발표하는 방을 기다리는데 오래지 않아 방목榜目[87])을 걸었다. 바라보니 장원에 '한성부漢城府 이시백'이라 하였으니, 곧 높은 데에서 안으로 들어오라고 불렀다. 시백이 국궁鞠躬[88])하고 궁궐 안에 입시入侍해 있는데, 임금께서 나아가고 물러남을 무수히 시킨 후에 한참 동안 보시고 칭찬함을 그치지 않으셨다. 또한 충성을 다하여 나라를 보필할 것을 여러 번 당부하셨다.

시백이 사은謝恩하고 집으로 돌아오는데, 머리에는 어사화며 몸에는 비단으로 만든 도포와 옥으로 장식한 허리띠를 하고 말 위에 늠름하게 앉아 있었다. 표연飄然한[89]) 풍채風采도 좋지만 기구器具도 찬란하였다. 청홍개靑紅蓋[90])는 반공半空에 떠 있고

---

84) 풀치다 : 맺혔던 생각을 돌려 너그럽게 용서하다.
85) 요화연瑤花硯 : 꽃모양의 무늬가 있는 옥으로 된 벼루.
86) 문불가점文不加點 : 문장이 썩 잘 되어서 한 점도 가필할 필요가 없을 만큼 아름다움을 이르는 말.
87) 방목榜目 : 과거에 급제한 사람의 성명을 적던 책.
88) 국궁鞠躬 : 윗사람이나 위패 앞에서 존경의 뜻으로 몸을 굽힘.
89) 표연飄然한 : 바람에 나부끼는 모양이 가벼운.
90) 청홍개靑紅蓋 : 임금이나 중국 사신의 행렬에 쓰던 의장儀仗으로 수레

어악성御樂聲[91]도 더욱 좋았다. 화동花童을 앞세우고 쌍피리를 불면서 한 명의 소년이 말 위에 늠름하게 앉아 한양의 큰 도로로 나오는 모습은 참으로 지상의 신선이었다. 집으로 들어가 풍악을 갖추어 여러 날 즐기는데 그 영화로움을 즐김이 비할 데 없었다.

이와 같은 경사스러운 잔치에도 박씨는 참여하지 못하고 홀로 적막한 초당에 앉아 있으니 어찌 슬프지 않겠는가. 박씨의 광활한 생각과 도량이 아니고서는 그 경사스러운 광경을 어찌 볼 수 있겠는가. 박씨가 적막한 빈방에 고초苦楚를 겪으며 앉아 있음을 계화가 감정이 복받치어 원통하게 여겨서 부인에게 여쭙기를,

"요사이 잔치를 여러 날 하면서 시부모님과 친척들이 앞날이 없는 듯 즐겁게 하옵는데, 홀로 부인은 참여하지 못하고서 고초를 겪으며 계시고 수심愁心으로 세월을 보내오니 소녀와 같은 천한 몸의 하정下情[92]에도 도리어 미안하옵나이다."

라고 하니 박씨가 시치미를 떼고 아무렇지도 않은 듯 말하였다.

"사람의 팔자가 길하고 흉한 것은 하늘에 있으니 무슨 설움이 있으며 누구를 원망하고 누구를 탓하리요."

위에 받쳐 햇빛을 막는 양산陽傘.
91) 어악성御樂聲 : 장악원掌樂院의 악생樂生들이 임금에게 올리던 여민락與民樂 연주소리.
92) 하정下情 : 아랫사람의 마음.

계화가 듣고 마음이 시원하고 상쾌해지면서 박씨가 생각이 광활하고 마음이 어진 것에 이루 다 말할 수 없이 탄복하였다.

어느덧 박씨가 시집온 지 벌써 삼 년이 되었다. 하루는 박씨가 상공에게 여쭙기를,

"제가 출가하온 지 지금으로 삼 년이로되 본가의 소식이 적막하오니 잠깐 다녀오고자 하노이다."

라고 하니 상공이 듣고 크게 놀라면서 말하였다.

"이곳에서 금강산은 거리가 수백 리고 경향京鄕93)에서 험한 길로 유명하니, 남자도 갔다가 돌아옴이 매우 어렵거늘 하물며 여인이야 어찌 왕래하리요."

박씨가 다시 고하여 말하였다.

"저도 험로에 갔다 오는 것이 어려운 줄을 아오나 부득이 다녀올 일이 있으니 염려하지 마옵고 허락하옵소서."

상공이 말하기를,

"네가 부득이 간다고 하니 말리지는 못하거니와 근친覲親94) 하는 예법대로 의례를 차려 줄 것이니 속히 다녀오라."

라고 하시니 박씨가 아뢰었다.

"근친하는 기구器具는 그만두옵소서. 저는 내왕하는 사이 수삼 일이 지날 것이니 너무 심려하지 마옵고 번설煩說95)하지

---

93) 경향京鄕 : 서울과 시골.
94) 근친覲親 : 시집간 딸이 친정에 와서 친정 어버이를 뵘.
95) 번설煩說 : 떠들어 소문을 냄.

마옵소서."

상공이 본디 박씨의 재주를 아는 까닭으로 하는 수 없이 허락하였으나, 그 이유를 알 수 없는데다 또 마음속으로 의혹되어 밤에 누워 잠자리에 들어도 마음이 편하지 않았다.

박씨는 초당에 들어가 계화를 불러

"내 잠깐 친정에 다녀올 것이니 너만 알고 소문내지 말라." 라고 하고는 그날 밤 자정이 지난 후에 혼자 몸으로 떠나가더니 과연 사나흘 만에 왔다. 상공이 보고 한편 크게 놀라고 다른 한편 크게 기뻐하면서 말하였다.

"너의 신기하고 뛰어난 술법術法은 귀신도 측량하지 못하리로다. 그런데 너의 친당親堂96)께서는 평안하심이 한결같으시더냐?"

박씨가 대답하여 아뢰었다.

"아직 여전하시옵고 아무 달 아무 날에 오신다고 하시더이다."

상공이 기뻐하면서 처사가 오기를 매일 기다렸다. 누구라 박씨의 축지법을 알겠는가! 실로 측량하기 어렵도다.

하루는 상공이 처사가 오겠다던 날이 되어서 홀로 사랑채에 앉아 있는데, 오색구름이 집 안에 진동하면서 청아한 옥피리 소리가 구름 밖에서 들려왔다. 서안書案97)에 비스듬히 앉아 바라보니 한 사람의 신선이 흰 학을 타고 오색구름 사이에서 내려오는 것이었다. 자세하게 보니 이가 곧 박 처사이므로 상공이

---

96) 친당親堂 : 친부모를 가리킴.
97) 서안書案 : 예전에 책을 얹던 책상.

의관을 정제하고 사랑채로 영접迎接하였다. 예를 다하고 자리에 앉은 후 그간 그리워하던 마음을 이야기하면서 좋은 술과 맛있는 안주로써 즐기다가 상공이 처사에게 말하였다.

"이제 높고 귀한 손님을 뵈오니 반갑기는 여사餘事[98]요 미안한 마음을 측량하지 못하겠나이다."

상공이 공경한 태도로 말하였다.

"내 자식이 불민不敏하여 어진 며느리를 몰라보고 부부 사이에 서로 즐거움을 누리지 못하옵기로 매일 경계하였으나 끝내 아버지의 명령을 거역하오니 어찌 마음이 편안하지 않지 않겠습니까."

처사가 말하기를,

"공의 넓으신 덕으로 나의 불초不肖한 여식女息을 더럽다고 하지 않으시고 이때까지 슬하에 두옵사오니 지극히 감사하옵니다. 그런데도 이와 같이 말씀하옵시니 오히려 미안하오며 사람의 길흉吉凶과 팔자의 고락苦樂[99]은 하늘에 있사오니 어찌 그렇게 괘념掛念[100]하오리까."

라고 하므로 상공이 듣고 더욱 부끄럽게 여기었다. 상공이 처사와 더불어 날마다 바둑을 두고 퉁소를 불면서 시간을 보내더니 하루는 처사가 피화당에 들어가서 박씨와 더불어 조용히 말하

98) 여사餘事 : 그리 중요하지 않은 일.
99) 고락苦樂 : 삶의 행운과 불행, 그리고 고난과 즐거움.
100) 괘념掛念 : 마음에 걸려 잊지 아니함.

기를,

"너의 액운厄運이 다 지났으니 더러운 추물醜物을 벗으라."
라고 하더니 탈갑脫甲101)하고 변신하는 묘술妙術을 가르치면서
또 이르기를,

"네가 탈갑하고 변신하는 묘술을 부려 누추한 껍질을 벗거든
그 껍질을 버리지 말고 상공께 여짜와 옥함玉函을 달라 하여
그 속에 넣어 두라."
라고 하면서 은근慇懃한 정담을 한참 동안 하다가 소매를 떨치
고 나와 상공에게 작별을 고하였다. 이에 상공이 섭섭함을 말로
이루 다하지 못해 하면서 만류하였으나 처사가 듣지 않고 떠나
가기를 고집하였다. 상공이 할 수 없어 한 잔의 술을 나누며
작별할 때 처사가 상공에게 말하기를,

"지금 작별하오면 다시 만날 기약이 꿈과 같사오니 내내 만수
무강하옵고 복록을 오래도록 누리시옵소서."
라고 하므로 상공이 듣고 크게 놀라면서 말하였다.

"이 어인 말씀이온지 알고자 하나이다."

처사가 말하였다.

"서로가 섭섭하온 말씀은 한 마디 말로 다 표현할 수 없사오나
이번에 산으로 들어가오면 다시 세상으로 나와 상봉하기는 어
려울 듯하옵니다."

---

101) 탈갑脫甲 : 껍질을 벗음.

상공이 하는 수 없어 앙연怏然히102) 작별하였는데, 처사가 백학을 타고 공중으로 올라 오색구름을 헤치고 가니 구름에 가리어 사라지고 없으므로 상공이 보고 탄복함을 마지않았다.

한편 박씨는 그날 밤에 목욕재계沐浴齋戒한 후 둔갑遁甲하여 변신하고는 허물을 벗었다. 날이 밝으므로 시비 계화를 부르니, 계화가 대답하고 들어가 보았는데 문득 예전에 없던 절대가인絶代佳人이 앉아 있었다. 계화가 자세하게 바라보니 아름다운 얼굴과 기묘奇妙한 태도는 달에 있는 궁전에 사는 선녀103)와 같았다. 한 번 보고는 정신이 아득하여 날아갈 듯하여 그 이유를 몰라 하면서 앉았는데, 박씨가 달빛에 빛나는 꽃과 같은 얼굴을 들고 단순丹脣104)을 반만 열어 계화에게 하는 말이,

"내가 지금 탈갑脫甲하였으니 급히 나가 시끄럽게 하지 말고 대감께 여쭈어 옥玉으로 된 함을 하나 얻어 오라."

라고 하므로 계화가 명령을 받들어 급히 사랑채에 나왔는데, 기뻐하는 빛이 얼굴에 가득하였다. 상공이 문을 반쯤 열고서 물었다.

"너는 무슨 좋은 일을 보았기에 희색喜色이 얼굴에 가득한 채로 급히 나오느냐?"

---

102) 앙연怏然히 : 마음에 차지 않거나 야속하게.
103) 월궁선녀月宮仙女 : 항아姮娥를 가리킴.
104) 단순丹脣 : 여자의 붉고 아름다운 입술. 예전에 섬섬옥수纖纖玉手, 세요細腰와 함께 미인의 3대 조건 중의 하나였음.

계화가 여쭈었다.

"피화당에 신기한 일이 있사오니 급히 들어가사이다."

상공이 괴이하게 여겨 계화를 따라 들어가 방문을 열어보니, 향내가 코를 찔러 사람의 정신을 놀라게 하였다. 정신을 진정한 후 자세히 바라보니, 만고의 일색一色[105]인 요조숙녀窈窕淑女 한 사람이 방 가운데 단정히 앉아 있다가 도리어 얼굴에 부끄러움을 머금고 반갑게 맞이하는 것이었다. 상공이 또한 마음속으로 이상하고 신기함을 탄복하면서 입을 다물고 아무 말도 못하고 있는데, 계화가 상공에게 부인이 어젯밤에 허물을 벗으시고는 대감에게 여쭈어 옥으로 된 함을 구하여 달라고 한 말들을 낱낱이 고하였다. 상공이 듣고 크게 기뻐하여 그제야 가까이 나아가 말하였다.

"네가 어찌하여 오늘에 세상에 없는 아름다운 여인이 되었느냐?"

박씨가 고개를 숙이고 붉고 예쁜 입술을 열어 고하기를,

"소부少婦가 이제 액운厄運이 다하였으므로 더럽고 추한 허물을 어제 벗었사오니 옥함玉函을 얻어야 그 허물을 넣을 것입니다."

라고 하므로 상공이 마음속으로 신기함을 탄복하면서 허락하고는 즉시 나와 옥을 다루는 장인匠人을 불러 옥함을 시각時刻[106]으로 만들어 보내었다. 상공이 시백을 불러서 말하기를, "바삐

---

105) 일색一色 : 뛰어난 미인.
106) 시각時刻 : 짧은 시간.

들어가서 네 아내를 보라!"라고 하시니 시백이 듣고 돌아서서 낯빛을 찡그리면서 생각하였다.

'그러한 추하고 더러운 얼굴을 무슨 일로 급히 가보고 오라 하시는고?'

아버지의 명령을 어기지 못하여 들어가는데 무수히 주저하고 있으니, 계화가 바삐 나와서 영접하므로 시백이 계화에게 물었다.

"피화당에 무슨 연고가 있건대 얼굴에 기쁜 빛이 가득하느냐?"

계화가 말하기를,

"방에 들어가시면 자연스럽게 알게 될 것입니다."

라고 하므로 시백이 듣고 더욱 수상하게 여겨져 급히 들어갔다. 방문에 내달아 문을 열어 보니 요조숙녀 한 사람이 달빛에 비친 꽃과 같은 얼굴을 숙이고 앉아 있는데, 앉아 있는 아름다운 모습은 수양버드나무에 걸린 밝은 달과 같고 엄숙한 위엄은 단산丹山에 나타난 맹호猛虎와 같았다. 한 번 보고 생각하기를,

'아내라고 얻은 것이 흉물凶物이라서 평생의 소원이 되었더니 이제는 뛰어난 미녀가 되었으나, 말을 하고자 해도 할 말이 없게 되었으니 첫째는 나의 지감知鑑107)이 없는 탓이고 둘째는 오히려 내가 가련하도다.'

라고 하고는 정신을 진정하여 마음을 가다듬고는 '다시 들어가 말이라도 주고받은 후 죽으리라.'라고 작정하였다.

---

107) 지감知鑑 : 사람을 잘 알아보는 능력.

피화당에 들어가 지은 잘못에 대해 무수히 용서를 빌면서 말하기를,

"부인의 침소寢所에 여러 날 들어왔사오나[108] 계속하여 정색하시고 끝내 마음을 풀지 않으시니, 이것은 모두 나의 허물이므로 누구를 원망하고 누구를 탓하오리까. 그러나 부인으로 말미암아 죽을 지경이 되었사오니 죽기는 두렵지 않으나 결국 부모님 슬하에 있삽다가 끝내 화동和同[109]함을 보여드리지 못하고 청춘의 소년이 비명횡사하오면 이는 불효가 막심하니 지하에 돌아가온들 무슨 면목으로 선영先塋을 대하오리이까! 이러한 까닭으로 이 일을 생각하오면 명치끝에 땀이 나고 뼛속이 시리오이다."

라고 하면서 가엾고 애처롭게 눈물을 떨어뜨리므로 박씨가 그 말을 듣다가 애련哀憐한 마음을 이기지 못하여 화월花月과 같은 얼굴을 반만 들고 그제야 심하게 책망하면서 말하였다.

"우리 조선은 예의지국禮儀之國이라고 하였으니 사람이 오륜을 모르면 어찌 예의를 알리요. 그대는 아내가 박색薄色이라고 하여 삼사 년을 천대賤待하였으니 부부유별夫婦有別은 어디에 있사온지요. 옛사람이 이른 말이 '조강지처糟糠之妻는 불하당不下堂[110]'이라고 하였는데, 그대는 다만 여자의 아름다운 용모만

---

108) 문맥으로 보아 이 앞부분에 시백이 박씨가 변신한 후 부끄러움과 계면쩍음으로 인해 며칠 동안 피화당에 들어가지 못한 일에 대한 서술이 누락되었을 알 수 있다.

109) 화동和同 : 서로 사이가 벌어졌다가 다시 화합함.

알고 부부 사이의 오륜은 생각하지 않으니 어찌 재덕才德을 알겠으며, 아내의 천심天心을 모르고서 어찌 입신양명立身揚名하여 보국안민輔國安民하올 재주가 있으리이까? 지혜가 저다지 없을진댄 효와 우애와 충성과 믿음을 어찌 알며 세상을 구제하고 백성을 편안하게 함을 어찌 알까? 이후는 효도를 다하여 수신제가修身齊家를 옳게 하옵소서. 나와 같은 아녀자의 마음으로도 그대 같은 장부는 부러워하지 아니하나이다.”

라고 하면서 표현이 한 치도 틀림이 없이 크게 꾸짖었다. 시백이 이 말을 듣고서 자작지얼自作之孽111)을 생각하고는, 입이 있어도 할 말이 없어 부끄럽고 창피한 마음을 무릅 쓰고 여러 차례 사죄할 뿐이고 달리는 대답하지 못하였다. 박씨가 한참 동안 보다가 감동하는 마음이 없지 않으므로 그제야 돌아앉아 이른 말이,

“내 처음에 용모가 추하고 더럽기는 그대가 의심하여 수상한 마음을 갖지 못하게 함이고, 수삼 일 가까이 하지 못하게 하기는 그대가 남에게 베푸는 후한 마음을 가지게 함이거니와 이제 깨달음에 이른 반성을 갖게 되었으니 한평생 동안 마음을 풀지 마소서.”

---

110) 조강지처糟糠之妻 불하당不下堂 : 가난하고 천할 때부터 고생을 함께 겪어온 아내는 마루 아래로 내려가게 하지 아니함이란 뜻으로, 집 밖으로 내쫓거나 내보내지 아니함.

111) 자작지얼自作之孽 : 자기가 저지른 일 때문에 생긴 재앙. 서경 태갑太甲 편에 나옴.

라고 하였다. 여자의 천성인지라 부드럽고 이해하는 마음으로 장부를 이기지 못하여

"지나간 일에 대해서는 맺혔던 생각을 돌려 너그럽게 용서하거니와 부디 이제는 남에게 베푸는 마음을 쓰시옵소서."

라고 하니 시백이 크게 칭송하여 말하기를,

"나는 인간세상의 무식한 사람이고, 부인은 천상세계 선녀의 풍채와 태도로서 생각과 도량이 광활하여 평범한 사람과 다르므로 만 리 앞의 일을 내다보옵거니와, 나와 같은 사람은 인간세상의 인물로서 학식과 견문이 부족하여 착한 사람을 몰랐사오니, 어찌 신선에게 비교할 수 있으리까. 이러한 까닭으로 부부 사이에 화락和樂하지 못하여 부부의 윤리를 폐할 지경이 되었사오니, 지나간 일을 어찌 생각하며 하물며 옛 성인이 이르기를 '지혜로운 사람도 반드시 잘못 생각하는 경우도 있다.'라고 하였사오니 부인이 심사에 맺힌 마음을 떨쳐 없애 버리옵소서."

라고 하므로 부인이 웃고 말하기를,

"누가 옳고 누가 그른지 간에 지나간 일은 다시 말 마옵고 안심하옵소서."

라고 말하면서 장황하게 대화하다가 밤이 삼경三更이 되어, 지나간 일을 다 풀고 두 사람이 잠자리에 나아가 서로 사랑하니, 그 비취지정翡翠之情112)과 원앙지락鴛鴦之樂113)은 비할 데가 없

---

112) 비취지정翡翠之情 : 부부의 지극한 사랑. 비취는 물총새를 가리키는데, 물총새는 대양을 횡단할 때 암컷과 수컷이 한 쌍이 되어 날아가다가 지치

었다. 천상天上의 봉황과 학이 알을 두고 어루만지는 듯하고, 견우성牽牛星이 직녀성織女星을 만난 것과 같았다. 세상의 많은 일들 중에 부부 사이의 지극한 정을 누구라서 금할 수 있으리오. 금빛 안장 위의 아랑阿郞114)이 누구의 집 아이이겠느냐. 박씨의 2년이 지나가는 나그네로 대우받은 시간이므로 부부 사이의 사랑은 비할 데가 없었다. 그 후로부터 상공의 부인과 노복 등이 과거에 박씨를 박대薄待한 것을 그때에서야 깨닫고 잘못을 뉘우치면서 자책하였다. 또한 박씨의 신묘함에 탄복하고 상공의 마음속 높은 뜻을 칭찬해 마지않으면서 집안사람들이 사이 좋게 지냈다.

이때 박씨가 허물을 벗고 미녀가 되었다는 소문이 서울 안을 떠들썩하게 하자 여러 재상가의 부인들이 신묘함을 구경하고 싶은 마음으로 박씨에게 편지를 보내었다. 그 편지에 하였으되,

'때가 마침 3월이 되어 해가 따뜻하고 바람이 훈훈하니 이와 같이 좋은 시절에 한 번 구경도 하고 함께 만나 즐거움을 누리고자 합니다.'

라고 하였으므로, 박씨가 허락하는 답장을 보내었다.

시간이 지나 그 날이 되어 박씨가 채의彩衣115)로 단장하고

면 서로 업고 비행한다고 함.

113) 원앙지락鴛鴦之樂 : 금슬이 좋은 부부 사이의 즐거움.

114) 아랑阿郞 : 여인이 남편이나 애인을 친근하게 일컫는 애칭.

115) 채의彩衣 : 여러 가지 빛깔과 무늬가 있는 옷.

꽃으로 꾸민 가마를 타고 계화를 데리고 만나기로 한 곳을 찾아
가니 부인들이 한꺼번에 모여 있었다. 박씨가 꽃가마에서 내려
자리에 앉은 후 살펴보니, 여러 부인들이 녹의홍상綠衣紅裳116)
에 사치스러운 패물을 능란能爛하게 차리고 있었다. 부인들은
박씨를 만나보기를 고대하고 있던 차에 박씨가 도착하자 바라
보았다. 옥안운빈玉顔雲鬢117)이 동영東瀛118)에 달이 비친 것처
럼 아름답고 의복과 치레는 꽃빛조차 빛을 잃을 정도였다. 여러
부인들의 고은 모습은 박씨에게 비하면 무색했으니 모든 사람
들이 탄복하였다. 성찬盛饌과 가효佳肴119)를 챙겨 서로 박씨에
게 권하였는데, 여러 부인들이 박씨가 어떻게 하는지 구경하고
자 술을 옥으로 만든 술잔에 가득 부어 박씨에게 권하는 것이었
다. 박씨가 재주를 자랑하려 술잔을 받아 일부러 술잔을 나삼羅
衫120)에 내리치니 술잔이 뒤집혀 술이 치마를 적셨다. 부인이
치마를 벗어 계화에게 주면서 말하기를,

"즉시 불 속에 넣어 태워라."

라고 하므로 계화가 명을 받들어 치마를 불의 한가운데로 던졌
는데, 치마는 타지 않고 더욱 광택이 나는 것이었다. 계화가

---

116) 녹의홍상綠衣紅裳 : 연두저고리에 다홍치마라는 뜻으로, 젊은 여자의
    고운 옷차림을 이르는 말.
117) 옥안운빈玉顔雲鬢 : 옥 같은 얼굴과 구름 같은 귀밑머리. 미인을 일컬음.
118) 동영東瀛 : 동쪽 바다.
119) 성찬盛饌과 가효佳肴 : 풍성하게 잘 차린 음식과 맛이 좋은 안주나 요리.
120) 나삼羅衫 : 얇고 가벼운 비단으로 만든 적삼.

치마를 가져다가 부인에게 드리니, 여러 부인들이 그 모습을 보고 다 놀라면서 타지 않는 까닭을 물었다. 부인이 대답하기를, "이 비단의 이름은 소화단燒火緞이라고 하는데 어쩌다가 추색 韹色121)해지면 물로는 알맞지 않고 불에 태워 때를 지우나이다." 라고 하니 여러 부인들이 그 기이함을 보고 못내 탄복하면서 "그러하면 이 비단은 어디서 났습니까?"라고 물었다. 부인이 대답하였다.

"인간에게는 없삽고 월궁月宮에서 만든 것이로소이다."

모든 부인이 또 물었다.

"입고 계신 저고리는 무슨 비단이오니까?"

대답하기를,

"이 비단의 이름은 빙월단氷月緞인데 우리 친가의 부친께서 동해의 용궁에 가셨을 때 얻어 오신 것이옵니다. 이것은 모두 용궁에서 만든 것으로서 물에 넣어도 젖지 않고 불에 넣어도 타지 않는 비단입니다."

라고 하니, 여러 부인들이 그 말을 듣고 신통하게 여겨 칭찬함을 그치지 않았다. 서로 시비를 시켜 박씨에게 술을 권하였는데, 박씨가 짐짓 사양하였다. 이에 여러 부인들이 한사코 권하므로 마지못하여 술잔을 받아 가지고는 봉채鳳釵122)를 빼어 술잔의 가운데를 반을 그어 마시니, 술이 반은 없되 다른 한 쪽은 칼로

---

121) 추색韹色 : 빛깔이 거칠어지거나 바램.
122) 봉채鳳釵 : 봉잠鳳簪. 봉황의 무늬를 대가리에 새긴 큼직한 비녀.

벤 듯 반만 남아 있었다. 여러 부인들이 그 모양을 보고는 더욱
더 신기해하고 칭찬하기를 그치지 않으며 말하기를,

"박 부인은 신선의 딸이라고 하더니 과연 옳도다."
라고 하면서,

"이렇게 신기한 묘법은 옛날이나 지금이나 없는 일이라. 신선
이 어찌 속세에 내려왔는고. 옛날 진시황과 한나라 무제도 얻으
려 했으나 끝내 얻지 못한 신선을 우리는 오늘에 우연히 만났으
니 어찌 즐겁지 아니하리오!"

서로 춘흥春興을 참지 못하여 글을 지어 화답하였다. 이때
계화가 시측侍側[123]하였다가 여쭙기를,

"이렇듯 좋은 기회에 유흥遊興이 도도滔滔하오며 온갖 꽃이
만발하여 봄날의 경치를 사랑하오니, 저도 춘흥을 위로하고자
하나이다."
라고 말하였다. 좌중에 많은 사람들이 그 말을 듣고 기특하게
여겨 허락하므로 계화가 붉은 입술을 조금만 열고 청가淸歌[124]
를 한 곡 부르는데 그 소리가 매우 맑고 운치가 있어 산호로
만든 채로 옥으로 만든 쟁반을 두드리는 듯하였다. 그 노랫말에
나오기를,

'부천지만물지역려夫天地者萬物之逆旅오 광음백대지과객光陰
者百代之過客[125]이라. 뜬 구름과 같은 이 세상에 부생浮生이 약몽

---

123) 시측侍側 : 곁에 있으면서 웃어른을 모심.
124) 청가淸歌 : 맑은 목소리로 부르는 노래.

하니126), 춘풍화류호시절春風花柳好時節127)에 놀지 않고 무엇 하겠는가! 옛일을 생각하고 지금에야 살펴보니, 오랜 세월 속에 망하고 흥하는 것은 봄바람에 나부끼는 어지러운 그림자이고, 한 때에 일어난 변화는 만리장성에 날아다니는 벌과 나비이도다. 저 산의 두견화는 촉나라의 원혼이고, 화계花階에서 우는 봄날 새의 울음소리는 왕소군王昭君128)의 눈물이라, 세상을 생각하니 인생이 덧없도다. 구십 번째 맞는 봄날에 경치가 좋은 때에 아니 놀고 무엇하겠는가! 어와 세상 모든 사람들아 맑고 푸른 바닷물로 술을 빚어 오래도록 함께 즐기리라."

라고 하였다. 모든 부인들이 듣기를 다하고는 정신이 쇄락灑落하여 계화를 다시 보면서 무수히 칭찬하였다. 해는 멀어져 석양은 산에 걸려 있고 사람의 그림자는 흔들거리면서 흩어지는데

---

125) 부천지만물지역령夫天地者萬物之逆旅 광음백대지과객光陰者百代之過客 : 이백이 지은 「춘야연도리원서春夜宴桃李園序」에 나오는 말로서, 무릇 하늘과 땅은 만물이 묵는 숙소이고 흐르는 세월은 천지 사이를 지나는 영원한 나그네로다.'라는 뜻.

126) 부생浮生이 약몽하니 : 「춘야연도리원서」 중 '부생약몽浮生若夢하니 위환기하爲歡幾何리오.'에서 따온 말. 물에 떠다니는 부초와 같은 인생이 꿈처럼 허망하니 즐거움을 누리는 것이 얼마나 되겠는가.

127) 춘풍화류호시절春風花柳好時節 : 봄바람 불고 꽃 피고 버들가지 물오르는 좋은 계절.

128) 왕소군王昭君 : ? ~ ?. 중국 전한 원제元帝의 후궁. 황제의 사랑을 받지 못하다가 흉노의 침략을 막기 위해 흉노의 호한야 선우에게 시집보내짐. 당시 대부분의 후궁들과는 달리 왕소군은 화공에게 뇌물을 바치지 않아 초상화가 못난 인물로 그려졌기 때문에 흉노에게 보내졌고, 황제가 크게 후회했다고 함. 아들 하나를 낳고, 호한야가 죽은 뒤 이복 아들에게 재가함. 이러한 기구한 삶으로 인해 중국문학에 비련의 주인공으로 자주 등장.

산새는 날아들고 달이 동쪽에서 떠오르니 계화가 파연곡罷宴曲[129)을 아뢰므로 여러 부인들이 즐거운 연회를 마치고 각각 돌아갔다.

그 사이 상공이 늙어 노쇠하므로 우의정을 갈고 시백을 한림으로 승진하였다. 시백이 숙배肅拜한 후 충성을 다하여 나라를 섬기니, 명성과 덕망이 조정에 떨치었다. 시백의 충성이 보통 사람을 넘으므로 전하께옵서 더욱 사랑하여 시백에게 평양감사를 제수하였다. 시백이 국은國恩이 끝이 없음을 칭송稱頌하고 임금 앞에 나아가 은혜에 감사하며 숙배肅拜한 후 돌아오니 일가 친척들과 집안의 모든 사람들이 측량할 수 없이 기뻐하였다.

시백이 궁궐에 나아가서 하칙하고 집에 돌아와 급히 행장을 차릴 때, 소목小木장이[130)를 불러 쌍가마를 만들라고 하였다. 박씨가 물었다.

"쌍교는 무엇을 하려 하시나이까?"

시백이 대답하였다.

"전하께옵서 나를 평안감사로 제수하옵신대 부인을 모시고 함께 가려 하나이다."

박씨가 대답하기를,

"대장부가 출세하온 후 입신양명하오면 나라를 위하여 집안

---

129) 파연곡罷宴曲 : 윤선도가 지은 연시조로서 모두 2수로 이루어짐. 연회를 끝마칠 때 부르는 노래. ≪고산유고 孤山遺稿≫ 권6에 전함.
130) 소목小木장이 : 나무로 가구나 문방구 등을 짜는 일을 업으로 하는 사람. 소목장.

일을 돌아보지 아니한다고 하오니, 국사에 골몰하오면 아녀자를 어찌 생각하고 또한 제가 함께 가면 늙으신 부모님을 누가 봉양하오리까. 저는 집에 있어서 늙으신 부모님을 봉양하올 것이니 대감은 충성을 다하여 나라를 극진히 보필하는 것이 옳을까 하나이다."

라고 하니, 감사가 이 말을 듣고 모든 일에 민첩하고 말이 정직하여 조금도 틀림이 없음을 알고 탄복해 마지않으면서 말하기를,

"나 같은 사람은 불충하고 불효함이 이렇듯 막심하니 천지간에 용납할 수 없는 장부라. 늙으신 부모님 두 분을 생각하지 못하고 망령된 말을 하였사오니 과도하게 허물치는 마옵시오. 부디 두 분을 극진히 봉양하와 나의 마음을 공경하게 접대하게 하여 남의 비웃음을 면하게 하고, 내내 보중保重[131]하옵소서."

라고 하고는 급히 사당에 나아가서 하직한 후, 부모님 앞에서 하직하고 길을 떠나는데 박씨와 더불어 은근히 작별하고 평양으로 향하여 갔다.

이때 시백은 여러 날 만에 평양에 득달得達하였는데, 도내道內 여러 고을의 관장들은 준민고택浚民膏澤[132]하고 갈취하고 협박하는 무리들이 민간에 출몰하여 폐단이 무수하였다. 이러한 까닭으로 백성들이 도탄塗炭의 가운데에 빠져 민심이 혼란하고

---

131) 보중保重 : 몸을 잘 관리해서 건강하게 유지함.
132) 준민고택浚民膏澤 : 백성의 고혈을 뽑아낸다는 뜻으로, 재물을 마구 착취하여 백성을 괴롭힘을 이르는 말.

시끄러웠다. 시백이 임지에 도착한 후 그 폐단을 일일이 살펴 각읍 수령의 잘 다스리고 잘 다스리지 못함을 골라내어 잘못 다스리는 수령은 파면하고 잘 다스리는 수령은 직위를 올려주었다. 나아가 백성을 어질고 의롭게 다스리고 시민여상視民如傷[133]하므로, 몇 년 가지 않아 도내 여러 고을이 무위이화無爲而化[134]되어 백성이 서로 즐기면서 노래를 불렀다. 그 노래에 이르기를,

"좋을시고 좋을시고, 이제는 살리로다. 요임금 순임금 때 시절인가. 국태민안 좋을시고. 신농씨 만든 따비[135] 이제야 지어보세. 역산歷山에 밭을 갈아[136] 농사를 어서 지어 부모와 동생에게 두고 함포고복含哺鼓腹 하여보세. 예전 사또가 그렇게도 백성들을 포학하게 착취할 때, 무식한 백성들이 인의예지仁義禮智를 어찌 알 수 있으며 효제충신孝弟忠信을 어찌 알리. 자주 불효하고 공경하지 않아 부모자식간이나 형제간에 서로 싸워 부서지고 흩어져 바삐 달아나는구나. 효자가 불효자가 되고 선량한 백성들이 도적이 되어 죽기만 바랐는데, 신관 사또가 부임한

---

133) 시민여상視民如傷 : 백성을 보기를 다친 자를 보듯이 함. 깊이 백성을 사랑하고 불상하게 여김을 이름.
134) 무위이화無爲而化 : 아무것도 하지 않음으로써 교화한다는 뜻. 억지로 꾸밈이 없어야 백성들이 진심으로 따르게 된다는 말.
135) 따비 : 쟁기보다 좀 작고 보습이 좁게 생겨, 풀뿌리를 뽑거나 밭갈이를 하는 데 쓰는 농기구.
136) 역산歷山에 밭을 갈아 : 순임금은 역산歷山에서 농사를 짓고, 뇌택雷澤에서 물고기를 잡고, 황하 가에서 그릇을 만들었다고 한다.

후에 충성과 효도를 베풀고 예의로 더불어 하니 덕화德化[137]가 널리 펴져 백성들을 살리도다. 불효자가 효자 되고 도적이 선량한 백성이 되어 산에도 도적이 없으니 밤낮 없이 부지런히 농사 짓고, 길에 물건이 떨어져 있어도 줍지 않으니 재물을 모아 부자가 되어보세. 생사당生祠堂[138]을 지어볼까, 선정비善政碑를 세워 보세. 우리 사또 착할시고 돌을 세워 덕을 칭송하여 보세. 어와 백성들아! 단사호장簞食壺漿[139]으로 우리 사또의 은공을 갚세. 만세만세 만세만세에 임금님을 모시고 태평성대를 누려 보세."

수없이 칭송하면서 거리거리에 선정비를 세우고 격양가擊壤歌를 일삼았다. 이런 까닭으로 감사의 어진 소문이 원근遠近에 진동하여 얼마 있지 않아 조정에까지 이르렀다. 임금이 듣고 아름답게 여기시어 병조판서를 제수하여 부르시니 감사가 교지를 받잡아 북쪽을 향해 네 번 절하고 임금님의 은혜를 축수祝手하였다. 즉시 행장을 차려 경성으로 올라가는데, 여러 고을의 수령과 백성들이 거리마다 나와 칭송하지 않는 사람이 없었다. 떠난 지 여러 날 만에 경성에 도달하여 궐내에 들어가 은혜에 감사하고 숙배肅拜를 하니 임금이 보시고 크게 칭찬함을 멈추지

---

137) 덕화德化 : 덕행으로 교화시킴.
138) 생사당生祠堂 : 감사·수령의 선정을 기리어 백성들이 그 사람이 살아 있을 때부터 받들어 제사 지내던 사당.
139) 단사호장簞食壺漿 : 도시락밥과 병에 넣은 마실 것이라는 뜻으로, 넉넉하지 못한 사람의 거친 음식물의 비유.

않았다.

시간이 흘러 갑자년 팔월에 남경南京140)에 난이 일어났다고 하므로 나라에서 시백을 불러 상사上使141)를 제수하였다. 시백이 임금의 명령을 받아 남경으로 진입하는데, 이 때 임경업이라고 하는 신하가 있어 총명이 비범하여 영웅의 변화무쌍한 재주를 지녔으므로 마침내 철마산성鐵馬山城의 중군中軍142)을 제수하였던 터였다. 시백이 사신으로 들어갈 때 나라에 아뢰어 임경업을 삼사三使143)의 군관으로 삼아 함께 남경으로 들어갔다.

남경의 천자 조연이 조선에서 사신이 온다는 말을 듣고 황자강을 접반사接伴使144)로 삼아 사신을 영접하였다. 이때 북방의 호국胡國 오랑캐가 촉마가달이 일으킨 난으로 인해 패망할 상황이 되어 중국에 구원병을 청하였다. 황제가 마침 구원병의 장수를 얻지 못해 하고 있었는데 황자경이 아뢰기를,

"조선의 상사를 따라온 군관의 관상을 보건대, 비록 작은 나라 사람이지만 만고흥망의 지혜와 천지조화의 능력을 은은히

---

140) 남경南京 : 중국 고대부터 남쪽지역의 주요 도시였는데, 명나라 때 수도가 되면서 '남경'이란 명칭이 사용됨.

141) 상사上使 : 정사正使와 같은 말. 사신의 우두머리.

142) 중군中軍 : 조선시대에, 각 군영의 대장이나 절도사 · 통제사 등에 버금가던 장수.

143) 삼사三使 : 조선시대 중국에 파견하던 신하로서, 상사上使 · 부사副使 · 서장관書狀官을 가리킴.

144) 접반사接伴使 : 외국 사신을 접대하는 일을 맡은 임시 벼슬. 또는 그 벼슬아치.

감추었사오니, 신은 이 사람으로 구원병의 우두머리를 정하는 것이 마땅한 듯하옵니다."

천자가 들으시고 이시백과 임경업을 패초牌招[145)하여 조금의 망설임도 없이 바로 임경업을 청병대장으로 삼고는 호국을 구하라고 하셨다. 시백과 경업이 청병장이 되어 중국의 군사를 거느리고 호국에 들어가 가달과 싸워서는 백전백승하고 촉마가 달을 일합一合[146)에 쳐서 무찔렀다. 호국을 구한 후 승전고를 울리면서 중국에 돌아와 황제를 알현하니, 황제가 보시고 크게 칭찬하여 상금을 후하게 주면서 글을 지어 조선으로 보내었다. 시백과 경업이 황제를 하직하고 조선에 도착하여 임금 앞 조정에 들어가니, 임금이 보시고 매우 기특하게 여겨 말하였다.

"우리 작은 나라 인물로서 대국의 대장군이 되어 호국을 구하고 가달국까지 위엄을 떨치고 오니 이는 만고에 드문 일이로다!"

두 사람을 승진시키는데 이시백으로 우의정右議政을 제수하고 임경업으로 부원수를 내렸다.

이즈음 북방의 호국이 점점 강성해져서 도리어 조선을 엿보므로, 임금이 크게 근심하여 임경업을 의주부윤으로 제수함으로써 자주 침략하는 북방의 호국을 쳐서 물리치게 하였더니, 호적胡賊이 두려워하여 감히 침범하지 못하였다.

---

145) 패초牌招 : 조선 때, 임금이 승지承旨를 시켜 신하를 부르던 일.
146) 일합一合 : 칼·창 등으로 싸울 때, 칼과 칼 또는 창과 창이 서로 한 번 마주침.

대감의 연세가 당년 팔십 세가 되었을 때 갑자기 병을 얻어 아무리 좋은 약으로도 효험이 없었다. 점점 병이 위중해지자 시백과 박씨를 불러서 매우 슬퍼하다가 세상을 떠나고 말았으니 슬프도다! 모부인이 애통해 하시다가 기년朞年[147]이 안 되어 또 세상을 떠나시니, 승상이 일 년 안에 하늘과 땅이 모두 돌아가시는 일을 당하여 어찌 망극하지 않으리오. 초종初終[148]의 범절을 예로써 장사를 지내고 애통함을 마지않았다. 세월이 물과 같이 흘러 어느새 부부가 삼년상을 지낸 후 자신의 몸을 수양하고 집안을 다스리는 일을 예의로써 베풀었다.

이때에 호국이 강성하여져 북쪽 변방을 침범하였으나, 임경업이 전투마다 이겨 물리치고 북방의 경계를 철저히 하였다. 무지한 호적이 조선을 치려고 호국의 왕이 조정 가득히 모든 신하를 데리고 의논하기를,

"우리나라는 땅이 광활하지만 조선의 장수 임경업을 제어할 장수 하나가 없으니 어찌 가련하지 아니하리오. 어떻게 해야 조선을 정복할 수 있겠는가!"

라고 하니 여러 신하들이 묵묵히 있을 뿐 아무도 대답이 없었다.

이때, 호왕에게 중전이 있었는데 왕비는 여자지만 누구도 쉽게 대적하기 어려운 영웅이었다. 위로는 하늘의 운행에 통달

---

147) 기년朞年 : 기년복의 준말로서, 일 년 동안 입는 상복을 뜻함. 여기서는 1년.

148) 초종初終 : 초종장사初終葬事의 준말. 초상난 뒤부터 졸곡卒哭까지 모든 절차를 일컬음.

하고 아래로는 땅의 이치를 살필 줄 알고 있었기 때문에 왕비가 호왕에게 다음과 같이 아뢰었다.

"제가 근자에 하늘의 운행을 보온 즉, 틀림없이 신인神人이 있을진댄 설사 임경업을 제어할 수 있다고 해도 조선을 쳐서 정복하기는 어려울까 하나이다."

호왕이 크게 놀라면서 말하였다.

"내 평생에 임경업을 두려워하기를 8년 동안 역발산力拔山하던 초패왕 항우[149]와 삼국시절 조자룡趙子龍[150]과 운장雲長[151]보다 더 두려워하였는데, 또 그 위에 뛰어난 신인이 있을 진대 어찌 다시 조선을 엿볼 뜻을 두겠는가."

스스로 탄식함을 마지않으므로 왕비가 다시 아뢰어 말하였다.

"이제 천기를 보니 조선의 시운時運이 다하였는지라. 그러나 백만대군을 보내어도 그 신인을 제어하기 전에는 조선을 차지하기는 지극히 어렵사옵니다. 제가 한 묘책을 생각하온 즉, 곧 자객을 구하여 먼저 조선에 보내어 신인을 제어하는 것이

---

[149] 진나라 말 군웅이 할거하던 시기 초나라 귀족 출신 항우는 군사를 모아 일어선 후 8년 동안 전투에서 한 번도 지지 않았다. '역발산力拔山'은 힘은 산을 뽑을 만하다는 뜻으로서 항우가 죽기 전 지은 시의 기구起句인 '역발산기개세力拔山氣蓋世'에서 따 온 말임.

[150] 조자룡趙子龍 : ? ~ 229년. 이름은 운雲으로서 "조자룡 헌 칼 쓰듯 한다."는 속담이 있음. 유비의 장수가 되어 유비의 부인과 아들이 조조에게 잡혀 있을 때 홀로 대군을 물리치고 구해낸 인물로 알려져 있음.

[151] 운장雲長 : ? ~ 220. 관우의 자, 유비의 충복한 부하로 유명. 수염이 아름다워 미염공美髥公으로 불리고, 충의와 무용의 상징으로 여겨져 관제묘關帝廟가 세워지고 관성제군關聖帝君 등으로 불렸음.

가장 좋을 듯하옵니다."

호왕이, "그러하면 어떠한 사람을 보내고자 하느냐?"라고 하니 왕비가 말하기를,

"조선은 재물을 탐하고 여색을 좋아하오니 계집을 구하되 인물이 매우 뛰어나고 글재주가 이태백과 왕희지와 같고 말하는 솜씨는 소진장의蘇秦張儀152)와 같고 칼솜씨는 조자룡과 관운장 같고 생각과 도량은 제갈공명과 같은 계집을 보내면 성사할 수 있을 것 같습니다."

라고 하였다.

호왕이 듣고 매우 옳게 여겨 즉시 여러 신하들과 의논하여 두루 적임자를 구하던 중에 육궁六宮153) 시녀 가운데 게홍대라고 하는 계집이 있는데, 인물은 당나라 현종의 양귀비와 같고, 말솜씨는 소진장의를 비웃을 정도이고, 칼솜씨는 이목염파李牧廉頗154)를 상대할 만하고, 용맹스러움은 맹호와 같았다. 왕후가 호왕에게 여쭈었다.

"지금 게홍대는 검술과 도량이 매우 뛰어날 뿐 아니라 인물이

---

152) 소진장의蘇秦張儀 : 소진과 장의. 말을 잘하는 사람을 이르는 말로서, 중국 전국시대의 모사謀士인 소진과 장의처럼 언변이 좋은 사람을 가리킴.
153) 육궁六宮 : 중국의 궁중에서 황후의 궁정과 부인夫人 이하의 다섯 궁실宮室.
154) 이목염파李牧廉頗 : 이목은 염파의 천거로 장군이 된 인물로서 춘추전국 시대 말기 최고의 명장으로 일컬어짐. 북방을 지키면서 10여 년 동안 흉노를 상대로 싸워 그들을 벌벌 떨게 할 정도로 명성을 날림. 염파는 전국 시대 조趙나라 백전노장으로서, 전국 시대를 대표하는 용장勇將이자 의인義人임.

절색이고 만부부당지용萬夫不當之勇[155]을 가졌으니, 이 사람이 가면 성공할 듯하와이다."

호왕이 크게 기뻐하여 계홍대를 불러 분부하였다.

"너의 신기한 묘법은 이미 짐작하거니와 조선에 가서 큰 공을 이룰쏘냐?"

계홍대가 대답하여 아뢰었다.

"소녀가 비록 재주가 없사오나 나라의 은혜가 망극하오니 수화중水火中[156]이온들 어찌 피하오리이가."

호왕이 말하기를,

"네가 조선에 나가 힘을 다하여 신인의 머리를 베어가지고 오면 천금千金에다 만종록萬鍾祿[157]을 더할 것이고 이름을 죽백竹帛[158]에 올릴 것이니, 부디 성공하게 하라!"

라고 하니 계옹대가 대답하였다.

"소녀가 재주는 없사오나, 한 번 나아가 영웅호걸과 요술지재妖術之才[159]를 한 칼에 베어 대왕의 근심을 덜고자 함이 평생의 소원이옵더니, 이제 대왕의 하교가 이와 같으므로 마땅히 이루겠나이다."

왕이 기특하게 여겨 수없이 당부하고 보내니 계홍대가 하직

---

155) 만부부당지용萬夫不當之勇 : 수많은 사내로서도 능히 당할 수 없는 용맹.
156) 수화중水火中 : 물과 불 가운데. 즉, 아주 어려운 난관.
157) 만종록萬鍾祿 : 매우 많은 녹봉.
158) 죽백竹帛 : 역사서.
159) 요술지재妖術之才 : 술법을 부리는 재주를 지닌 사람.

하고 나오는데 왕비가 불러 말하였다.

"네가 조선에 나가면 말하는 것이 생소할 테니 자세하게 듣고 가거라."

언어로 서로 통하는 것과 조선의 풍속을 가르친 후에 또 일러 말하기를,

"조선에 나가거든 먼저 서울에 들어가 우의정의 집을 찾아가 보면 신인이 있다는 것을 알 수 있게 될 것이다. 대화는 이래이 래 하고, 부디 재주를 허비하지 말고 신인神人을 유인하여 머리 를 베어가지고 들어오라. 오는 길에 의주에 들어가 임경업 장군 의 머리를 베어 가지고 오되, 부디 조심하여 대사를 그르치게 하지 말라."

라고 하므로 계홍대가 명령을 듣고 즉시 궁궐에서 나와 행장을 차려 가지고 조선으로 향하였다.

한편 조선에서는 이때 박씨 부인이 홀로 피화당에 앉아 있었 는데, 하늘의 운행을 보더니 급하게 우의정에게 고하여 말하 였다.

"모월모일에 어떤 여자가 문 아래에 와서 문후問候하온 후에 아주 침착하게 대화를 할 것이니 부디 조심해서 친근하게 하지 마옵시고 피화당으로 인도하여 보내옵소서."

우상이 물었다.

"어떠한 여자건대 나를 찾아서 올 것이라고 하나니까?"

부인이 말하기를,

"그것은 차츰 알게 되겠거니와 부디 수다하게 변설辯說[160]하시지 마옵고 내가 드린 말씀대로 하여 낭패를 당하는 일이 없도록 하시옵소서. 그 계집이 오면 분명히 사랑에서 머무르려 할 것이니 부디 조심하여 그 여인에게 속지 마옵소서. 그 여인은 얼굴이 아름답고 온갖 교태를 지니고 있는지라, 만일 아름다움을 사랑하여 동침하옵시면 틀림없이 큰 화를 면치 못할 것이니 부디 조심하옵소서. 피화당으로 유인하여 보내옵시면 그 사이에 술을 빚어 드시되 한 그릇은 쌀 두 말에 열씨[161] 석 되를 섞어 만들고, 또 한 그릇은 순주醇酒[162]로 만들어 두고 안주도 장만하여 있다가, 그 날이 되거든 저의 지휘대로 어찌어찌 하옵소서."

라고 하므로 우상右相이 듣고 한편으로 괴이하게 여기면서도 허락하고 그 말대로 술과 안주를 많이 준비하였다.

이러할 즈음에 계홍대는 음흉한 흉계를 머금고 조선에 이르렀다. 박씨가 올 것이라고 예언한 날에 과연 어떠한 절대가인이 옷치레를 화려하게 차려 입고 승상댁에 와서 문안을 올리니, 승상이 물었다.

"너는 어떠한 사람이오?"

그 여자가 대답하였다.

---

160) 변설辯說 : 옳고 그름을 가려 설명함.
161) 열씨 : 삼씨의 함북 방언. 마자麻子.
162) 순주醇酒 : 무회주. 다른 것이 조금도 섞이지 아니한 술.

"소녀는 하방遐方163)에 사옵는 천기賤妓옵더니 서울에 구경하러 왔삽다가 외람되게 대감댁 문전에 이르렀나이다."

승상이 다시 말하였다.

"네 그러하면 근본이 어디며 성명은 무엇이라고 하느뇨?"

계홍대가 대답하기를,

"소인이 살기는 강원도 회향이란 곳에 사옵는데, 조실부모하고 유지개결有志開缺164)하옵다가 우연히 그 고을의 관청의 노비에 정속定屬165)되었사옵니다. 성은 모르옵고 이름은 설중매라고 하옵나이다."

라고 하는데 말솜씨가 천연天然166)하였다. 승상이 그 행동거지를 살펴보니 예사 사람과 다르므로 매우 괴이하게 여겨 사랑채에 오르라고 하였다. 그 여자가 황송함을 머금고 겸손하게 사양하다가 올라와서 자리에 앉은 후에 승상이 극진히 대하여 대화를 오랫동안 많이 하시니, 그녀는 문장이 아는 바가 많아 유식한 대답이 청산유수 같고 생각과 도량은 광활하여 문답이 차착差錯167)이 없었다. 승상 또한 언변이 뛰어나나 이 계집은 능히 감당하기 어려웠다. 마음속으로 괴이하게 여기면서 크게 칭찬

---

163) 하방遐方 : 서울에서 멀리 떨어진 지방.
164) 유지개결有志開缺 : 뜻이 있어 직무를 내어놓음. 여기서는 아무 일을 하지 않았다는 뜻.
165) 정속定屬 : 죄인을 종으로 삼던 일. 여기서는 종이 되었다는 뜻으로 보임.
166) 천연天然 : 시치미를 떼어 겉으로는 아무렇지도 않은 듯함.
167) 차착差錯 : 잘못되거나 그릇됨이 없음.

하기를 멈추지 않았다.

"장안에서도 문장을 잘하고 재주 있는 선비가 허다하지만 너와 같은 이는 없을 것이다. 진실로 시골의 천한 기생이 되기는 아깝도다."

못내 탄복하면서 문장에 대한 식견이 뛰어나고 인물이 비범함을 아끼시나, 박씨가 이른 비계祕計[168]를 생각하니 의혹됨이 아득히 일어나므로 다시 일러 말하기를,

"지금 해가 져서 밤이 되었으니 후원에 있는 초당草堂에 들어가 편히 머무르라."

라고 하였다. 그 여인이 황공해 하면서 대답하였다.

"소인은 시골의 천한 몸으로서 이미 대감의 존전尊前[169]에 이르렀사오니, 황송하오나 사랑에 머물러 대감을 모시옵고 답답한 마음을 밝은 가르치심으로 깨쳐주시기를 바라나이다."

승상이 대답하기를,

"나도 역시 네 말과 같이 하룻밤 동안 함께 대화하고 싶은 마음이 간절하나, 오늘밤에는 나라에 일이 있어 골몰汩沒[170] 해야 하여 아닌 게 아니라 매우 현란眩亂[171]한 터이므로, 너와 더불어 같이 이야기를 나누지 못하고 후기後期[172]를 두나니,

---

168) 비계祕計 : 은밀한 계획.
169) 존전尊前 : 예전에, 임금이나 높은 벼슬아치의 앞을 이르던 말.
170) 골몰汩沒 : 다른 생각을 할 여유 없이 한 일에만 온 정신을 쏟음.
171) 현란眩亂 : 정신을 차리기 어려울 정도로 어수선함.
172) 후기後期 : 뒷날의 기약.

섭섭하게 생각하지 말고 내당內堂에 들어가 편히 쉬고 오너라."

라고 하니 그 여인이 대답하였다.

"소인 같이 미천하온 몸이 어찌 생심生心[173]인들 존엄하신 부인을 모시고 하룻밤을 지내오리이까! 도저히 불가하와이다."

승상이 말하기를,

"네 말이 일리가 있어 마땅하다고 하겠으나 부인과 너는 서로 같은 여자라, 무슨 허물이 있겠는가."

라고 하시면서 즉시 시비 계화를 불러 분부하기를,

"이 여인을 데려다가 피화당에 편안하게 머물 수 있게 하라."

라고 하시니, 계화가 명을 받들고는 즉시 그 여인을 데리고 피화당으로 들어가 대감이 분부하시던 말씀을 고하였다.

박씨가 듣고 그 여인을 바삐 청하니 그 여인이 들어오므로, 서로 인사를 다하고 자리에 앉은 후에 박씨가 묻기를,

"그대는 어떠한 사람이건대 내 집을 찾아왔느냐?"

라고 하시니 그 여인이 대답하였다.

"저는 근본이 먼 시골의 천기이옵더니 경성에 구경하러 왔삽다가 길을 잃어 외람되게 대감댁에 왔사오니 황공함을 이기지 못하겠나이다."

박씨가 말하기를,

---

173) 생심生心 : 어떤 일을 하려고 마음을 먹음. 또는 그 마음. 생의生意.

"그대의 행색을 보니 범인과는 다른지라, 헛되이 행역行役[174]
만 허비하고 내 집을 부질없이 찾아왔도다."
라고 하고는 계화를 불러 말하기를,

"지금 손님이 왔으니 술과 안주를 들이라."
라고 하므로, 계화가 명령을 받들고 나가더니 이윽고 옥반玉盤
에 성찬盛饌을 갖추어[175] 들어왔다. 술을 두 그릇을 갖다가 문밖
에 감추고 계화로 하여금 술을 올리게 하는데, 독한 술은 그
여인에게 권주순배勸酒巡杯[176]하고, 순한 술은 박씨에게 권하여
술잔을 돌렸다. 그 여인이 여행의 고단함에 피곤하여 갈증이
심하였는지 조금도 사양하지 않고 한 되의 술을 두어 차례에
다 마시고 안주를 다 한 입에 다 먹으니, 그 행동거지가 가히
범인과는 달랐다. 박씨 또한 안주를 먹는데 그 모습이 그 여인에
조금도 다름이 없었다.

이때 승상과 집안사람들이 행색行色[177]을 괴이하게 여겨 뒷
문 밖에 몸을 숨기고 그 거동을 보았는데 놀라지 않은 이가
없었다. 이윽고 그 여인이 독한 술을 실컷 마시고 크게 술에
취하고는 박씨에게 말하기를,

"소인이 여독旅毒이 피곤한 가운데 주시는 술을 많이 먹사와

---

174) 행역行役 : 여행의 피로와 괴로움.
175) 옥반에 성찬을 갖추어 : 좋은 상에 가득 음식을 차려.
176) 권주순배勸酒巡杯 : 술을 권하여 술잔을 돌림.
177) 행색行色 : 겉으로 드러나는 차림이나 태도.

크게 취하였사오니 잠깐 비키기를 청하나이다."

라고 하므로 박씨가 말하였다.

"이 손님을 잘 대접하는 것은 예의 가운데 상급이고 사람의
윤리를 통틀어 으뜸이라. 어찌 내 집에 온 손님을 공경하게
대하지 아니하리오."

그 여인이 더욱 황송하고 감사하여 서로 대화를 거침없이
하는데 그 우열을 쉽게 알 수 없었다. 그 여인이 은밀한 계교를
가만히 생각하기를,

'우리 왕비께서 하직할 때에 말씀하시기를 조선에 나가거든
우의정의 집을 먼저 찾아가면 자연히 알게 될 것이라고 하옵기
로, 아까 승상의 관상을 보니 다만 어진 재상일 뿐이고 다른
재주는 별로 없어 보였기에 염려가 없었는데, 이제 부인의 몸가
짐이 평범하지 않음을 보니, 비록 여자이지만 미간眉間[178])에
천지의 조화를 은은히 감추고 흉중胸中[179])에 만고萬古의 대략大
略[180])을 품었으므로 이 사람은 곧 신인이라, 내가 만일 이 사람
을 살려두면 우리 황상께옵서 조선을 도모하기는 어려울지라.
어찌 근심되지 아니하리오! 나의 좋은 묘책을 다하여 이 사람을
죽여 우리 황상의 근심을 덜고 나의 이름을 천추千秋에 영원히
유전流轉하게 하리라.'

---

178) 미간眉間 : 두 눈썹 사이.
179) 흉중胸中 : 가슴 속, 마음속.
180) 대략大略 : 큰 모략.

라고 하면서 마음속으로 크게 기뻐하고는, 술자리가 파하자 박씨에게 청하여 말하였다.

"황송하오나 피곤하오니 자기를 청하나이다."

박씨가 허락하고 베개를 주니 그 여인이 베개를 베고 누웠는데 잠이 들었으되 한 눈을 떠 있었다. 문득 두 눈을 뜨자 두 눈에서 불덩이가 내달아 방 안에서 구르고, 자는 숨결에 방문이 열렸다 닫혔다 하면서 사람의 정신을 어지럽게 하였으니, 비록 여자지만 천하의 명장名將으로서 어찌 놀랍지 아니하리오!

박씨 또한 자는 체하다가 가만히 일어나 그 여인의 행장을 열어 보았다. 다른 물건은 별로 없고 조그마한 칼이 하나 있었는데, 자세하게 보니 주홍색으로 '비연도飛燕刀'라고 새겨져 있었다. 박씨가 그 칼을 만지려 할 즈음에 그 칼이 변하여서는 제비가 되어 천장으로 솟구치면서 박씨를 해하고자 하였다. 그 칼이 계속 찌르려 하므로 박씨가 급히 매운재181)를 가져다가 주문을 외우면서 두루 던졌더니, 그 칼이 감히 더 이상 영험이 없어지면서 변화하지 못하고 원래대로 돌아왔다. 그제야 박씨가 그 칼을 들고 소리를 벽력같이 지르면서 계홍대를 깨웠다. 그 여인이 잠이 깊이 들었다가 벽력같은 소리에 잠을 깨어 혼미한 중에 일어나 앉으니, 박씨가 비연도를 높이 비스듬히 들고 크게 소리를 질러 말하기를,

---

181) 매운재 : 진한 잿물을 내릴 수 있는 독한 재.

"무도하고 간특한 년아! 너는 호국의 요물 계홍대가 아니냐!"
라고 하니. 그 소리에 계홍대는 천지가 무너지는 듯하고 혼불부
신魂不附身[182]하고 실혼낙담失魂落膽[183]하여 어떻게 할 줄을 몰
랐다. 그러다가 겨우 정신을 차리고 고개를 들어보니, 박씨가
칼을 들고 앉았는데 그 위엄이, 초나라와 한나라가 8년 동안
다툴 때 홍문연鴻門宴 잔치에 번쾌樊噲가 항장項莊을 대하여[184]
두발상지목자진렬頭髮上指目眥盡裂[185] 하는 위엄과 같았다. 감
히 말을 하지 못하고 있다가 계홍대가 겨우 정신을 진정하여
여쭙기를,

"부인께옵서는 어찌 이같이 식견이 뛰어나시니까? 저는 말씀
대로 계홍대로소이다. 황송하오나 이렇듯 엄위嚴威[186]로 물으
시니 어떠한 까닭이시니까?"

부인이 눈을 부릅뜨고 여성에게 크게 꾸짖어 말하기를,

---

182) 혼불부신魂不附身 : '혼비백산魂飛魄散'과 같은 뜻. 즉, 몹시 놀라 정신을
    잃음.
183) 실혼낙담失魂落膽 : 정신을 잃고 간이 떨어짐.
184) 『사기』, 「항우본기」에 기록되어 있는 일로서, 유방의 장수인 번쾌가 죽음
    의 위기에 처한 유방을 구하는 고사임. 항우의 책사인 범증은 유방을
    죽이려는 계책을 세웠으나, 항우가 거사를 실행하지 않자 항장에게 칼춤
    을 추다가 유방을 베라고 함. 항장이 칼춤을 추자 유방과 사돈 간인 항백
    이 함께 칼춤을 추면서 항장을 막으려 하는 사이 번쾌가 뛰어들어 당당하
    게 항우에게 맞섰다고 함.
185) 두발상지목자진렬頭髮上指 目眥盡裂 : 머리카락은 위로 곤두서고 눈초
    리는 다 찢어질 정도로 사납게 노려봄. 사기 항우본기에 홍문연에 뛰어든
    번쾌의 모습을 묘사한 표현.
186) 엄위嚴威 : 엄하고 위험한 가풍이 있음.

"너는 한 번 본 즉, 자객으로서 개 같은 네 왕의 말을 듣고 당당한 우리 예의지국을 해하려 하고, 네 만년[187]이 정도正道를 밝히는 사람을 해하려 하니 어찌 살기를 바라리오! 내가 비록 재주는 없으나 너 같은 요물의 간계에는 속지 아니할 것이다!"라고 하면서 노기가 등등하여 바로 비연도를 들고 계홍대의 머리를 겨누고는 우레 같은 소리를 벽력 같이 지르며 꾸짖기를,

"이 개 같은 년아! 너 내 말을 들어보라. 우리 대감께옵서 황명을 받자와 우리나라 장수 임경업을 데리고 남경에 사신으로 들어갔더니 너의 나라에서 촉마가달의 난을 만나 패망할 지경이 되었는지라. 세궁역진勢窮力盡[188]하여 대국에 구원병을 청하였기로 남경 천자가 너의 나라가 지탱하지 못함을 아시고 불쌍하게 여기시어 우리나라 장수 임경업으로 구원병의 대장을 삼아 너의 나라를 구원하라고 하셨느니라. 이에 군사를 거느리고 너의 나라에 들어가 힘을 다하여 병불혈인兵不血刃[189]하고는 한 마디 호통으로 촉마가달을 물리쳐서 너의 나라의 사직을 평안하도록 보호하여 주었으니, 은혜를 갚자고 하면 태산도 가벼울 것이다. 그런데도 도리어 은혜를 갚기는 고사하고 배은망덕하여 너 같은 요물을 보내어 우리나라를 탐지하고자 하며,

---

187) 만년 : '망할 년'의 준말로서 경상도 사투리.
188) 세궁역진勢窮力盡 : 기세가 다 꺾이고 힘이 빠짐.
189) 병불혈인兵不血刃 : 피를 흘릴 만큼 싸우지도 않고 쉽게 이긴 것을 비유적으로 이르는 말.

당돌하게도 나에게 먼저 와서 나를 해하려 하고 재주를 시험하고자 하니, 이는 분명 너의 나라 왕비의 간계라. 나는 먼저 알았거니와 전후의 일을 생각하면 너를 죽여도 죄가 남을지라. 먼저 너의 머리를 베어 나의 일이 분함을 만분의 일이라도 덜도록 하라!"

라고 호령하시니 계흥대가 황공한 중에 마음속으로 생각한 즉,

'이러한 영웅을 만났으니 성공은 고사하고 도리어 앙화殃禍190)을 받아 목숨을 보전하지 못하리라.'

라고 하고는 다시 애걸하여 말하였다.

"지극히 황공하오나 부인 앞에서 어찌 호말毫末191)이라도 기만하오리까. 소인이 여간 잡다한 술수를 많이 배운 것이 아니었습니다만, 국왕의 옳지 못한 말을 듣고 거역하지 못하와 이와 같이 죄를 범하였사옵나이다. 죽어도 여한이 없사오나, 하늘이 밝으시고 신령님이 도우시어 다른 나라에 나왔삽다가 부인과 같은 영웅을 먼저 만났사옵나이다. 소인의 얼마 남지 않은 실낱같은 목숨이 부인의 칼끝에 달렸사온 즉, 부인께서 하늘같은 은혜와 덕을 베푸시어 소인의 남은 목숨을 살려 고국으로 돌려보내시오면 소인이 국왕에게 이 같은 말씀으로 세세히 전할 것이오니, 앞으로는 마음속으로라도 어찌 분수에 넘친 생각을 먹사오리이까! 소인이 용서받을 수 없는 큰 죄를 범하였사오나

---

190) 앙화殃禍 : 죄의 앙갚음으로 받는 재앙.
191) 호발毫髮 : 털끝만 한 작은 일. 또는 적은 양.

마음이 음흉하온 왕의 명령으로 인해 부득이하게 하온 일이오 니 널리 헤아려주옵소서. 오늘날 얼마 남지 않은 목숨을 살려주 시면 부인의 덕택으로 고국에 돌아가 무도한 왕이 잘못된 것을 깨달아 마음을 바르게 고치도록 하올 것이니 깊이 통촉하와 살려 주시옵소서."

박씨가 말하였다.

"너의 왕은 진실로 짐승과 같도다. 숙석지은덕宿昔至恩德[192] 을 모르고 조선을 이같이 멸시하여 내 나라의 인재를 살해하고 자 하여 나의 재주를 조롱하니 이는 가히 양호유환養虎遺患[193]이 라 어찌 분하지 아니하리오. 나의 뜻이 너와 같은 인명人命을 해할 마음이 있는 것이 아니지만, 그렇다고 네가 어찌 살기를 바라나뇨!"

게홍대가 머리를 조아리고 무수히 애걸하면서 말하기를,

"부인의 말씀을 듣사오니, 아무리 후회하고 뉘우쳐도 소용이 없소이다."

라고 하면서 여러 번 거듭하여 사죄하니 부인이 칼을 잠깐 멈추 고 분한 마음을 진정하고는 말하였다.

"나의 통분함과 네 왕의 한 일을 생각하면 너를 먼저 베어 분한 마음을 대강이라도 덜고자 하되, 사람의 목숨을 살해하는 것이 상서로운 일은 아니요, 또한 너의 왕의 근본이 도리를

---

192) 숙석지은덕宿昔至恩德 : 옛날에 입은 지극한 은혜와 덕.
193) 양호유환養虎遺患 : 화근을 길러 후환을 당하게 된다는 말.

몰라서 분수에 넘치는 마음을 고치지 아니하므로 너를 아직 살려 보내니 돌아가 너의 왕에게 나의 분부를 자세히 전하여라. 우리 조선이 비록 작은 나라이나 인재를 헤아리면 영웅과 명장이 산더미처럼 많아 수를 알 수 없고, 나와 같이 용둔庸鈍[194]한 재주는 거재두량車載斗量 불가승수不可勝數[195]라. 너의 왕은 단지 왕비의 말만 듣고 너를 인재로 골라 뽑아 보내었으나, 네가 조선에 나와 영웅을 만나기 전에 나와 같은 사람을 먼저 만났기에 살아서 가는 것이니 돌아가 너의 왕에게 이 뜻을 자세하게 전하고 이후로는 명령을 듣고 좇아 지키도록 하라. 그렇지 않고 만일 교만한 마음을 고치지 않아 앞으로 거역하는 일이 있으면, 내가 비록 여자이지만 영웅과 명장을 모으고 대군을 일으켜 너의 나라에 들어가서 죄 없는 허다한 군사와 여러 백성들을 씨도 없게 할 것이니 부디 천명을 어기지 말고 순종하도록 하라!"

박씨는 이렇게 말하고는 스스토 탄식하여 말하기를,

"누구를 원망하며 누구를 미워하리오!"

라고 하면서 하늘을 쳐다보고 한탄하였다.

계홍대가 그 모습을 보고 일어나 네 번 절하고 말하기를,

"신령하신 덕택을 입사와 죽을 목숨을 보존하오니 감격무지

---

194) 용둔庸鈍 : 어리석고 미련함.
195) 거재두량車載斗量 불가승수不可勝數 : 수레로 싣고 말로 재는 것처럼 흔해서 이루 다 셀 수 없음.

感激無地[196]하와 이후로 절대 잊지 못할 것이옵니다."

라고 하는데 오히려 더욱 부끄러움을 머금었다. 하직하고 나와서는 마음속으로 생각하기를,

'큰일을 경영하여 만 리를 지척처럼 왔다가 성공은 고사하고 본색이 탄로되었으니 이제 임경업이 있는 의주로 간들 성공하기를 어찌 바라리오. 그냥 돌아가는 것만 같지 못하다.'

라고 하고는 즉시 본국으로 들어갔다.

한편 이때 승상과 집안사람들은 그 광경을 보고 크게 송구하게 여겼다. 그 다음날 승상이 궐내에 들어가 있었던 일을 낱낱이 임금에게 아뢰니 전하와 만조제신滿朝諸臣들이 이 말을 듣고 크게 놀라 하면서 얼굴빛이 하얗게 질렸다. 임금이 즉시 의주 부윤 임경업에게 관자關子[197]를 보내기를,

'호국에서 계홍대라고 하는 요물 계집이 조선에 나와 이러이러한 일이 있었으니 그러한 계집이 혹시 사람을 유인하여 죽이려고 하여 의주로 내려가거든 부디 그 간계에 속지 말라. 마음속에 새겨 오래오래 잊지 않아서 낭패됨이 없도록 하고 부방赴防[198]을 착실하게 하라.'

라고 하였다.

---

196) 감격무지感激無地 : 감격스러운 마음을 이루 헤아릴 수 없음.
197) 관자關子 : 관문關文, 즉 조선 때, 상관이 하관에게, 또는 상급 관청이 하급 관청에 보내던 공문서.
198) 부방赴防 : 조선 때, 다른 도의 군대가 서북 변경을 방어하기 위해 파견 근무를 하던 일.

이때 나라에서 박씨의 뛰어난 식견에 탄복하고 충효를 칭찬하시면서 공로를 의논하였으니, 박씨에게는 명월부인 가자加資199)를 내리시고 삼품三品200)의 녹봉祿俸을 상으로 주셨다. 임금이 또한 우의정을 불러 말하기를,

"경의 부인이 아니었다면 큰 화를 면하지 못할 뻔하였도다. 흉악한 북쪽 오랑캐가 우리나라를 엿보고자 하여 이렇듯 큰 일이 있었으니 어찌 통한치 아니하리오. 이후로는 도적이 침략할 기미機微를 낱낱이 아뢰도록 하라!"
라고 하셨다.

이러하고 있을 때 계홍대는 본국에 도달하여 현신現身201)하니 호왕이 물었다.

"이번에 조선에 나아가 어떻게 하고 들어왔느냐?"

계홍대가 대답하여 아뢰기를,

"소녀가 이번에 명을 받들어 대사를 경영하옵고자 만리타국萬里他國에 갔삽는데, 성공은 고사하고 만고에 대적할 이 없는 영웅을 만나 목숨을 보존하지 못하올 뿐더러 고국에 돌아오지도 못하옵고 타국에서 외로운 혼이 될 뻔하였사옵나이다. 소녀가 거듭하여 애걸하였더니 박씨가 어진 덕택으로 살아 왔사옵

---

199) 가자加資 : 정삼품 통정대부通政大夫 이상의 품계. 또는 그런 품계를 올리던 일.
200) 삼품三品 : 벼슬의 셋째 품계로서 정삼품과 종삼품이 있음.
201) 현신現身 : 지체가 낮은 사람이 높은 사람에게 처음으로 뵘.

나이다. 박씨가 하는 말이 대왕께옵서 배은망덕하고 예전에
베푼 은덕을 모른다고 하면서 금수에 비유하여 심하게 책망하
였나이다. 그리고는 또한 말하기를, 이러한 분수에 넘친 뜻을
두다가는 자신이 비록 여자이지만 군사를 몰아 몸소 거느리고
본국에 들어와 멸망지환滅亡之患[202]을 주겠다고 하옵고, 대왕이
도무지 도리를 몰라서 조선을 도모할 뜻을 둔다고 하고는 바르
고 곧은 말로 몹시 꾸짖으면서 이 뜻을 대왕에게 전하라고 하더
이다.”

라고 하니, 호왕이 크게 화내어 말하기를,

　“네가 부질없이 갔다가 성공은 고사하고 좋은 계책만 탄로
나고 왔으니 어찌 화가 나지 아니하리오!”

라고 하고는 또한 왕비를 청하여 말하기를,

　“이제 계홍대가 조선에 나갔다가 신인과 명장을 죽이지 못하
고 도리어 묘책만 탄로 되어 내가 욕설을 듣는 데 이르게 하니
어찌 화가 나지 아니하리오! 또한 조선을 도모하지 못하게 되었
으니 분한 마음을 어디에 풀리오.”

라고 하므로 왕비가 대답하였다.

　“저에게 한 묘책이 있사오니 행하여 보옵소서.”

　왕이 이르기를,

　“무슨 계교오니까?”

---

202) 멸망지환滅亡之患: 멸망당하는 재난.

라고 하니 왕비가 말하기를,

"조선에 비록 신인과 명장이 있사오나, 조정에 간신이 많아서 신인의 말을 듣지 아니할 것이고 영웅과 명장을 등용하지 못할 것이니, 이제 대왕께옵서 대군을 일으켜 조선을 치되 북쪽으로는 향하지 말고 동쪽으로 향하여 바로 동해를 건너 조선의 동대문을 쳐부수고 장안을 엄습掩襲하면 반드시 조선을 도모할 수 있을 것입니다."

라고 하므로 호왕이 듣고 크게 기뻐하였다. 즉시 한우와 용골대 龍骨大[203]를 대장으로 삼아 정예병 십만을 조발調發[204]하고는 명령하기를,

"경 등을 골라 뽑아서 조선으로 보내매 힘을 다하여 성공하되, 북쪽으로 가지 말고 동편으로 가서 동해를 건너 동대문을 쳐부수고 들어가 장안을 엄습하면 큰 공을 이룰 것이다. 경 등이 성공하고 돌아오면 일등공신이 되어 만종록萬鍾祿을 받을 것이니 부디 명심하고 잊지 말라!"

라고 하였다. 두 장수가 명령을 받들어 하직하고 나오는데, 왕비가 두 장수를 불러 말하기를,

"그대 등이 대왕의 비밀스러운 계책을 어기지 말고 군사를

---

203) 용골대龍骨大 : 청나라 장수. 1636년[인조 14] 2월에 사신으로 우리나라에 들어와서 청나라 황제의 존호를 쓰고 군사 동맹을 맺을 것을 요구하였으나, 거절당하고 도망하여 돌아갔다가 그 해 12월에 마부대馬富大와 함께 10만의 대군을 거느리고 쳐들어 왔음.
204) 조발調發: 군사로 쓸 사람을 강제로 뽑아 모음.

거느리고 가되, 조선의 땅에 들어가거든 바로 날랜 군사를 시켜 의주와 도성 사이에 복병하게 하여 의주 부윤 임경업에게 도성의 소식이 통하지 못하게 하라. 그대 등이 장안을 침범하되 우의정 이시백의 집 후원을 범하지 말도록 하라. 그 집에 '피화당'이라고 하는 초당이 있고 피화당 주변에 신기한 나무가 무성하게 있을 것인데, 만일 그 집 후원을 침범하면 성공은 고사하고 몸과 목숨을 보전하지 못하며 고국에 돌아오지도 못할 것이니 부디 명심하고 잊지 말라!"

라고 하였다. 두 장수가 명령을 듣고 나와서 십만 대군을 거느리고 바로 동쪽으로 향하여 와서는 곧장 장안으로 진군하였다.

한편 이때 박씨가 홀로 피화당에 앉아 있다가 승상을 청하여 말하였다.

"북방의 호적이 강성하여 지금 군사를 일으켜 조선의 땅에 들어왔으니 급히 어전에 아뢰어 사람을 보내어 의주 부윤 임경업을 불러들이게 하옵소서. 그리하여 그로 하여금 군사와 병기들의 움직임을 잘 살펴, 동쪽으로 들어오는 도적을 방비하게 하옵소서."

승상이 크게 놀라서 말하였다.

"나의 소견으로는, 도적이 들어온다고 하여도 북쪽 오랑캐인즉, 북쪽에서 의주로 들어와 침범할 것으로 생각되는지라. 만일 의주 부윤 임경업을 불러올리고 북쪽 국경을 비웠다가 호적이 북도北道205)를 탈취하면 국가의 위태함이 조모朝暮206)에 있을

것인데, 무슨 이유로 북쪽 방향은 염려하지 아니하고 동쪽 방향을 막으라고 하나이까?"

부인이 말하였다.

"북쪽 오랑캐가 본디 간사한 꾀가 많은지라. 임경업 장군을 두려워하여 북쪽은 감히 침범치 못하고, 동편에서부터 좇아 동대문을 깨부수고 들어와 장안을 불시에 습격하여 사람들을 죽일 것이니 어찌 분하지 아니하오리까. 부디 저의 말을 헛되이 여기지 마시고 급히 임금님 앞에 아뢰어 방비하게 하옵소서!"

승상이 다 듣고는 옳게 여겨 급히 탑전에 들어가 부인이 했던 말씀을 낱낱이 아뢰니 왕이 들으시고 크게 놀라하면서 조정의 모든 신하들을 모아 의논하였다. 여러 신하들이 이 말을 듣고 창황실색憎怳失色[207]하여 어떻게 할 바를 몰라 하는데, 좌의정 원두표元斗杓[208]가 출반주出班奏[209]하여 말하기를,

"북쪽 오랑캐가 본디 간사한 꾀가 많은지라 박 부인의 말씀이 매우 옳사오니, 그 말을 좇아 동쪽을 막을 뜻으로 임경업을

---

205) 북도北道 : 경기도 북쪽에 있는 도《황해도·평안도·함경도》.

206) 조모朝暮 : 아침때와 저녁때. 조석朝夕. 짧은 시간.

207) 창황실색憎怳失色 : 몹시 놀라 얼굴빛이 질림.

208) 원두표元斗杓 : 1593 ~ 1664년, 1623년 인조반정 때 공을 세워 공신에 책록되었음. 전주부윤, 전라도관찰사, 호조판서, 병조판서, 우의정, 좌의정을 역임함. 병자호란 때 어영부사로 남한산성의 수비를 맡았고, 공서에 소속되어 청서를 탄압하였고, 같은 당의 김자점과 세력을 다투었음. 효종의 북벌정책을 지지하여 군비 증강에 힘썼음.

209) 출반주出班奏 : 여러 사람이 모인 자리에서 어떤 일에 대하여 맨 먼저 말을 꺼냄.

불러 명령을 내리는 것이 옳을까 하나이다."

라고 하는데, 말이 채 마치기도 전에 앉아 있던 한 재상이 얼굴빛을 바꾸어 아뢰었다.

"좌의정 원두필의 말씀은 옳지 아니하나이다. 북방의 호적이 여러 번 임경업에게 패하였으니 무슨 힘으로 우리 조선을 엿보며, 설사 군사를 일으켜 온다고 하여도 반드시 의주로 들어올지라. 만일 의주를 버리고 임경업을 불러 올려 동방을 지키다가, 불의에 도적이 북쪽으로 들어와 함락하면 그 형세를 가히 당할 수 없는지라. 나라의 존망이 아침저녁 사이에 있사옵거늘, 요망한 계집의 말을 듣고 요사스러운 신하의 말씀을 쫓아내지 아니하옵십니다. 매우 중요한 신지信地210)에 있는 임경업을 불러올리며, 또한 지금 도적을 막을진댄 의주를 굳게 지키는 것이 옳삽거늘 망령妄靈되게 동쪽을 지키라 하오니 어찌 생각과 지혜가 있다고 하오리이까! 이것은 나라를 망하게 함이니 생각을 깊이 하고 경계하여 판단하셔야 하여이다."

왕이 가라사대,

"박씨는 지인지감과 도량이 보통 사람을 넘는지라. 내 이미 징험徵驗211)한 일이 있으니 어찌 요망하다고 하리오. 그 말을 쫓아 동편을 맡아서 지키는 것이 옳을 듯하도다."

그 재상이 다시 아뢰기를,

---

210) 신지信地 : 정해진 순찰 구역.
211) 징험徵驗 : 어떤 징조를 경험함.

"지금 나라가 평안하고 풍년이 들고 백성이 편안하와 강구연
월康衢煙月212)에 격양가擊壤歌를 일삼거늘, 이 같은 태평시절에
조그마한 계집이 요사스러운 말로써 발설하와 조정을 놀라게
하여 떠들썩하게 하고 민심을 혼란스럽게 하니 그 죄가 죽어도
아깝지 아니하옵니다. 신은 원컨대 먼저 이 사람을 국법으로
다스려 사형에 처하고자 하나이다."

라고 하면서 왕명을 무수히 거역하니, 이 사람은 만고의 대역무
도한 김자점金自點213)으로서, 소인을 가까이 하고 충신을 음해
하여 국권을 제 마음대로 하였다. 이같이 음흉한 놈이 일부러
나라를 망하게 하고자 하여, 온갖 방법으로 두렵게 하면서 나라
의 일을 전횡하여도 조정의 모든 신하들이 그 권세를 겁내어
말을 못하였으니, 우상도 역시 항거하지 못하였다. 분한 마음을
이기지 못하고 변색變色214)하여 집에 돌아와서는 박 부인에게
그 말을 낱낱이 설명하였다.

박씨가 듣고 하늘을 올려다보면서 탄식하고는 말하기를,

"슬프구나! 나라의 운수가 불행하여 소인의 조정이 되었구나.

---

212) 강구연월康衢煙月 : 태평한 시대의 큰 길거리의 평화로운 풍경.
213) 김자점金自點 : 1588~1651년. 본관은 안동. 음보로 출사. 광해군 때 대북
    세력에 맞서다가 정계에서 축출 당한 후 인조반정에 참여해 공신이 됨.
    승승장구하다가 병자호란을 막지 못해 유배되었으나 인조에 의해 중용
    되어 영의정에 오름. 궁중세력과 유착하고 반대세력을 역모죄로 없애고
    청나라의 후원으로 권력을 확장하고, 임경업을 고문으로 죽게 했음. 역모
    를 꾀하다가 탄로나 처형됨. 간신의 대표적 인물로 비난받음.
214) 변색變色 : 화가 나거나 놀라서 얼굴빛이 달라짐.

이제 도적이 오래지 않아 도성을 침략할 텐데 어찌 한심하지 아니하리오. 이제 내 말을 좇아 임경업을 불러들여 도적이 들어오는 길에 매복하였다가 도적이 당도하거든 내달아 막도록 하면 제어할 수 있으련마는, 손을 묶어 도적의 칼을 받으라 하니 어찌 망극하지 아니하리오."

라고 하면서 승상에게 말하기를,

"나라가 불의에 변을 당함이 눈앞에 있으니 부디 용방비간龍逢比干[215]의 충성을 본받아 나라를 안전하게 지키옵소서."

라고 하면서 대성통곡하니 승상이 말을 다 듣고는 감동하는 마음을 이기지 못하여 하늘을 우러러 탄식하고 궐내에 들어갔다.

이때는 병자丙子년 납월臘月 회일晦日[216]이었다. 갑자기 동대문에서 방포放砲[217] 소리가 한 번 나고 고각함성鼓角喊聲[218]이 천지를 진동하더니, 무수한 오랑캐 외적들이 동대문을 깨어부수고 들어오는 것이었다. 죽이고 베는 소리가 성안에 가득하였으니 백성의 참혹함을 어찌 말로 표현할 수 있겠는가! 오랑캐 장수가 바로 병사들을 호통하여 사방으로 공격하게 하는데,

---

215) 용방비간龍逢比干 : 용방과 비간을 가리킴. 용방은 하夏 나라 걸왕桀王의 신하이고, 비간은 은殷 나라 주왕紂王의 숙부인데, 두 사람 모두 임금에게 충간하다가 죽음을 당했음. 『한서漢書』, 「주운전朱雲傳」

216) 병자년 납월 회일 : 1636년 음력 12월 그믐날. 병자호란이 일어난 날이 12월 1일이므로 그믐날은 11월 그믐날을 가리키는 듯함.

217) 방포放砲 : 군중軍中의 호령으로 포나 총을 놓아 소리를 냄.

218) 고각함성鼓角喊聲 : 적과 싸울 때, 사기를 돋우려고 북을 치고 나발을 불며 아우성치는 소리.

주검이 언덕과 산처럼 쌓여 있고 울음소리에 마치 장안이 무너지는 것과 같았다. 임금이 창황蒼黃219)함이 끝이 없어 어찌할 줄 몰라 하다가 가라사대,

"이제는 도적이 성안에 가득하여 백성들을 살해하고, 나라의 사직이 위태함이 경각頃刻에 달려 있는지라, 어떻게 하면 좋겠는가!"

라고 하시며 하늘을 우러러 탄식하였다. 이때에 승상이 임금을 모시고 호위하고 있다가 여쭙기를,

"이제 형세가 급하오니 남한산성南漢山城220)으로 피란하사이다."

라고 하므로 임금이 정세가 불안정한 와중에서 어떻게 할 줄을 모르시고 탄식하다가, 옥교玉轎221)를 타고 문을 나서 남한산성으로 향하여 가셨다. 가는 중에 앞에서 적병이 내달아 치돌馳突222)하나, 우상이 마음과 힘을 다하여 적장을 물리친 후 옥교를 모시고 남한산성으로 들어갔다.

이때 오랑캐 장수 한우와 용골대가 십만 철기병鐵騎兵을 거느

---

219) 창황蒼黃 : 어찌할 겨를이 없이 매우 급함.
220) 남한산성 : 북한산성과 함께 서울을 지키는 산성으로서, 신라 문무왕 때 쌓은 주장성晝長城의 옛터를 활용하여 1624년[인조 2]에 쌓음. 주로 승려가 공사하여 관아, 창고, 군사시설, 사찰 등과 유사시를 대비하는 시설을 지음. 그 후 계속 시설을 확장하여 임금의 행궁, 종묘, 사직단 등의 공간을 세움. 수어사守禦使 이시백이 처음으로 유사시에 대비할 기동훈련을 건의했다고 함.
221) 옥교玉轎 : 임금이 타던 가마로서 지붕이 없는 것을 가리킴.
222) 치돌馳突 : 매우 세차게 달려들어 부딪침.

리고 장안으로 쳐들어가 충돌하면서 바로 군사를 몰아 궐내로 들어가니 궐내가 비어 있었다. 남한산성으로 피란할 줄을 알고 용골대의 아우 용울대[223]를 시켜 장안을 지키면서 필요한 물건과 사람들을 수습收拾하라고 하고는 군사 백여 기騎[224]를 주었다. 두 장수는 철기병들을 몰아 남한산성으로 가서 성을 에워싸고 공격하였다.

이때 박씨는 일가친척을 모두 피화당으로 모아 놓고 전쟁을 피하고 있었다. 그때 피란하던 부인들이 용울대가 장안에 남아서 물건과 사람들을 뒤지고 있다는 말을 듣고는 도망하려 하였다. 이에 박씨가 만류하여 말하기를,

"이제 장안의 사방에 도적이 지키고 있으니 도망한들 어디로 가며 어떻게 화를 면할 수 있으리오."

라고 하면서 이리저리 움직이지 말고 가만히 있으면 자연히 화를 면할 수 있을 것이라고 만류하였다.

이러할 즈음 오랑캐 장수 용울대가 백여 기병을 거느리고 장안을 사방으로 다니면서 사람과 재물을 뒤지다가 어떤 집에 이르러 바라보니, 깨끗하고 단아한 초가집의 좌우에 나무가 무성한데 그 가운데 무수한 사람들이 피란하여 있었다. 용울대가 두루 살펴보니, 나무마다 용과 범이 되어 머리와 꼬리를 서로 응하여 있고, 가지마다 새와 뱀이 되어 변화무궁하여 살기

---

223) 용울대 : 용골대는 실존인물이나 용울대는 가상의 인물인 듯함.
224) 기騎 : 말 탄 사람의 수효를 세는 말.

殺氣가 하늘을 찌르는 듯하였다. 용울대가 박씨의 신기한 술법을 모르고 피화당에 있는 물건과 사람들을 겁측225)하고자 급히 들어가는데, 청명하던 하늘이 갑자기 흑구름으로 뒤덮이고 천둥소리와 번개가 천지에 진동하였다. 사방에 무성한 나무들이 변하여 무수한 갑병甲兵226)이 되어서는 점점 에워싸고, 가지와 잎사귀는 기치旗幟227)와 창검이 되어 사람의 마음을 놀라게 하였다.

그제야 용울대가 우상右相의 집인 줄을 알고 크게 놀라 하며 도망하고자 하였으나, 피화당의 사방이 변하여 칼날 같은 바위가 되어 하늘에 닿은 듯 첩첩히 쌓여 앞을 막으니 갈 길이 없어졌다. 용울대가 혼비백산하여 어떻게 할 줄을 몰라 하는데, 갑자기 어떠한 여자가 칼을 들고 은연隱然히228) 나와 크게 꾸짖어 말하였다.

"너는 어떠한 도적이건대 당돌하게 들어와 죽기를 재촉하느냐!"

용울대가 합장하고 절하면서 사죄하고는 말하였다.

"뉘 댁인지 모르고 왔삽거니와 어진 덕택으로 살려주옵소서."

계화가 대답하였다.

---

225) 겁측 : 폭행이나 협박을 하여 강제로 부녀자와 성관계를 갖는 일. 여기서는 협박하여 강제로 물건이 사람을 빼앗은 행위를 뜻함.
226) 갑병甲兵 : 갑옷을 입은 병사.
227) 기치旗幟 : 예전에, 군대에서 쓰던 깃발.
228) 은연隱然히 : 겉으로 드러나지 않고 아슴푸레하고 흐릿하게.

"나는 이 댁의 시비侍婢 계화이거니와 너는 어떠한 놈으로서 죽을 곳을 모르고 조그마한 힘을 믿고 들어왔느냐. 우리 댁 부인께옵서 네 머리를 베어 가지고 오라 하시기에 왔으니 너는 목을 늘이어 내 칼을 받아라!"

라고 하므로 용울대가 그 말을 듣고 크게 노하여 바로 칼을 비껴들고 계화를 치려 하니, 칼을 든 손에 혈맥이 없어지므로 감히 범수犯手229)할 수 없었다. 어찌 할 도리가 없어 하늘을 우러러보면서 탄식하여 말하였다.

"슬프도다. 대장부로 태어나서 한 나라의 대장이 되어 멀리 떨어진 타국에서 큰 공을 세우고자 하여 나왔는데, 이제 조그마한 여자에게 죽음을 당하게 되니 이 아니 뼈에 사무치도록 슬프지 아니한가!"

라고 탄식하므로 계화가 웃으면서 말하기를,

"오랑캐 장수 용울대야, 불쌍하고 가련하구나. 네가 대장부 명색名色230)을 가지고 타국에 나왔다가 오늘날 나 같은 연약한 여자를 당하지 못하고 탄식하니, 너 같은 것이 한 나라의 대장이 되어 타국을 정벌하는 것에 뜻을 두고 나왔느냐! 너 나의 말을 들어 보라. 무도한 너의 왕이 하늘의 뜻을 모르고 외람되게 우리 예의지국을 해치려 너 같은 어린 것을 보내었구나. 너

---

229) 범수犯手 : 남에게 먼저 손찌검을 함. 여기서는 먼저 칼을 휘두르려 한다는 뜻.
230) 명색名色 : 실속 없이 그럴듯하게 불리는 허울만 좋은 이름.

왕의 일을 생각하면 가히 우습고 네 신세를 생각하면 가히 측은하나, 내 칼이 사정이 없어 네 머리를 벨 것이니 아무리 무지한 사내라도 하늘의 뜻을 좇아 지키어 죽은 혼이라도 나를 원망하지 말라!"

라고 하고는 말을 마치자마자 칼을 들어 용울대의 머리를 치니 금빛 광채를 좇아 번신낙마飜身落馬[231]하였다. 계화가 즉시 용울대의 머리를 들고 피화당에 들어가 부인에게 드리니, 부인이 그 머리를 받아 문밖에 내치자 그제야 바람과 구름이 고요해지고 햇빛이 밝고 환해졌다. 다시 머리를 가져다가 후원의 높은 나무 끝에 달아놓고 다른 사람들이 볼 수 있게 하였다.

이러할 즈음, 슬프다! 나라의 운수가 불행하여 이 같은 변을 만났으니 전하께옵서 남한산성으로 이어移御[232]하셨다. 이때 오랑캐가 바로 물밀 듯이 쫓아 들어와 전하와 조정의 모든 신하들을 사로잡아 놓고 호령이 서리 같았다. 한 마디 호통하는 소리에 무릎을 도적에게 꿇어 항복하는 글을 써서 올리니, 호적이 바로 들어가 왕비와 세자 삼형제 분을 사로잡아 호국으로 압송하려고 장안으로 행군하였다. 전하께옵서 이 광경을 보시고 통곡하다가 기절하시니, 모든 신하들이 또한 하늘을 우러러 탄식하면서 전하를 위로하여 보중保重하실 것을 수없이 빌고, 김자점을 죽여 그 고기를 먹고 싶어 하지 않은 이가 없었다.

---

231) 번신낙마飜身落馬 : 몸을 뒤집어 말에서 떨어짐.
232) 이어移御 : 임금이 거처하는 곳을 옮김.

나라가 이 같이 망하게 된 것은 하늘의 뜻이거니와 만고의 소인인 김자점이가 권세를 돋우어 이 같이 망하게 되었으니, 어찌 슬프지 아니하리오. 모든 백성들이 뉘 아니 김자점의 고기 먹기를 원하지 않은 이가 있으리오.

한편 용골대는 이때 화의한 글을 받아 가지고 장안으로 돌아갔는데, 전군前軍[233]이 보고하기를 용울대가 장안에서 아녀자에게 죽음을 당했다고 하였다. 용골대가 이 말을 듣고 크게 놀라 방성통곡하면서 말하였다.

"우리가 조선의 왕에게 항복서를 받았거든 뉘라서 나의 동생을 해하였는가! 이 원수 갚기는 내 손바닥에 있으니 바삐 말을 몰아라!"

라고 하며 장안으로 들어오다가 어느 한 쪽을 바라본 즉, 어떤 집 후원에 있는 초가집 밖의 나무 끝에 용울대의 머리가 달려 있었다. 용골대가 용울대의 머리를 보고는 목 놓아 통곡하면서 전군前軍에게 묻기를,

"저 집은 우의정 이시백의 집이 아니냐?"

라고 하니, 군사가 대답하기를,

"그러하나이다."

라고 하므로, 용골대가 분함을 참지 못하여 바로 칼을 높이 들고 말을 재촉해 들어가는데, 도원수都元帥[234] 한우가 피화당

---

233) 전군前軍 : 앞장서는 군대.
234) 도원수都元帥 : 고려·조선시대, 전쟁이 났을 때 임시로 군무를 통괄하던 장수.

의 사방에 있는 무성한 나무를 보고 대경大驚하고는 용골대를 말리며 말하기를,

"그대는 분한 마음을 잠깐 참으소서. 내 말을 듣고 앞질러 들어가지 말라."

라고 하였다. 다시 말하기를,

"초당에 나무가 무성한 것을 보니 범상하지 아니한지라. 옛날 제갈공명의 팔진법八陣法235)과 사마양저236)의 팔문금사진법八門金蛇陣法237)을 겸하였으니 어찌 두렵지 아니하리오! 그대의 동생은 본디 우둔한 자인지라, 위험한 곳인 줄을 모르고 남을 가볍게 여겨 들어갔다가 신명身命을 재촉하였으니 누구를 원망하리오. 그대는 옛날 삼국시절에 있었던 육손陸遜238)의 일을 생각하여 이 같은 위험한 곳은 접족接足239)하지 말라!"

235) 팔진법八陣法 : 「손빈병법孫臏兵法」에서 제시한 고대 전투의 여덟 종류 기본적인 진법. 진한秦漢, 삼국시대까지 전해진 팔진법은, 제갈량이 신묘하게 운용함으로써 대표적인 진법이 되었음.

236) 사마양저司馬穰苴 : 전국시대 제齊나라 사람. 본래 성은 전田씨. 진晉나라와 연燕나라가 침략했을 때, 안영晏嬰의 추천으로 장군이 되어 나가서 승리한 후, 왕이 대사마大司馬로 높여 '사마양저'라 부르게 됨. 후대에 그의 용법 전술을 활용한 전투가 위력을 발휘하자 병법이 만들어지고 '사마양저병법'이라고 불림.

237) 팔문금사진법八門金蛇陣法 : 팔문八門을 이용한 진법으로서, 팔문은 음양이나 점술에 능한 사람이 팔괘의 방위와 그 중앙의 방위에 맞추어 길흉을 점치는 여덟 문門을 가리킴.

238) 육손陸遜 : 183 ~ 245년, 삼국시대 오나라 사람으로서 본명은 의儀고, 자는 백언伯言. 어린 나이로 뛰어난 지략을 지녀 관우關羽를 사로잡아 죽임. 나관중의 『삼국지연의』에서는, 제갈량이 남긴, 돌로 쌓은 팔진도에 갇혀 죽게 되었을 때 제갈량의 장인 황승언黃承彦이 구해주어 살아났다고 함.

라고 하였지만 용골대는 더욱 분함을 참지 못하여 칼을 들어 땅을 두드리면서 말하였다.

"그러하오면 용울대의 원수를 어찌 갚사오리이까! 멀리 다른 나라에 형제가 함께 출정해 나왔다가 나라의 일을 성공시킨 후 동생이 우연히 죽었는데 그 원수를 갚지 못하오면 일국의 대장이 되어 조그마한 여자에게 굴복했다는 말은 불가사문어타국不可使聞於他國[240]이로소이다. 어떻게 후세의 비웃음을 면할 수 있겠습니까!"

이에 한우가 말하였다.

"그대가 한 순간의 분함을 참지 못하여 한갓 용력勇力만 믿고 저렇게 위험한 곳에 들어갔다가 복수는 고사하고 오히려 몸과 목숨을 보전하지 못할 것이니, 잠깐 진정하여 그 신기한 재주를 살펴보라. 비록 억만 명의 많은 군사를 거느리고 공격해 들어간다고 하여도 그 안에는 감히 들어가 보지도 못하고 군사 한 명도 살아나오지 못할 것이니, 하물며 혼자 몸으로 들어가고자 하니 어찌 살기를 바라겠는가! 이것은 제 스스로 불러들인 재앙이니, 저다지 소견이 부족하고도 어떻게 한 나라의 대장이 될 것인가."

용골대가 그 말을 옳게 여겨 들어가던 군사를 호령하기를,

"그 나무를 에워싸서 한꺼번에 불을 놓도록 하라!"

---

239) 접족接足 : 디디고 들어가려고 발을 붙임. 또는 디디고 들어감.

240) 불가사문어타국不可使聞於他國 : 다른 나라에 알려질까 두려운 일

라고 하자마자, 문득 광풍狂風이 일어나며 오색구름이 자욱한 가운데 나무들이 변하여 무수히 많은 갑병甲兵이 되더니 금고함성金鼓喊聲[241)이 천지를 진동하고, 비룡飛龍과 맹호猛虎는 서로 머리를 응하면서 크게 일어나서 전후좌우에 둘러싸고, 공중에서 신장神將[242)들이 내려와 무수한 신병神兵을 몰아서 갑자기 습격하는데, 징소리·북소리와 함성에 천지가 무너지는 듯하였다. 호국의 군사들은 넋을 잃은 채 항오行伍[243)를 차리지 못하고서 서로 밟혀 죽는 자가 헤아릴 수 없이 많았다. 호국의 장수들이 황망慌忙[244)한 가운데 남은 군사를 거두어 퇴진하자, 그제야 천지가 맑고 밝아지면서 무시무시한 상황이 그치고 신장이 온 데 간 데가 없었다. 호국의 장수들이 그 광경을 보고는 더욱 분기를 이기지 못하여 다시 칼을 들고 달려들고자 하니, 푸른 하늘에 밝고 맑던 날씨가 순식간에 다시 어두워지고 구름과 안개가 자욱하여 지척을 분별하지 못하게 되었다. 용골대가 감히 들어가지 못하고 용울대의 머리만 보고 하늘을 우러러보면서 탄식할 즈음에 나무들이 사이에서 한 여자가 거만하게 나서면서 말하였다.

241) 금고함성金鼓喊聲 : 전쟁터에서 징소리, 북소리와 군사들이 지르는 고함소리.
242) 신장神將 : 신병神兵 즉, 신이 보낸 군사 또는 신의 가호를 받는 군사를 거느린 장수.
243) 항오行伍 : 군대를 편성한 행렬.
244) 황망慌忙 : 몹시 급하고 당황하여 어리둥절함.

"이 무도한 용골대야! 네 동생 용울대가 내 칼에 죽었거든 너까지 내 칼에 죽고자 하여 목숨을 재촉하느냐!"

용골대가 이 말을 듣고 더욱 분노하고 꾸짖어 말하기를,

"너는 어이한 여자건대 대장부를 대하여 욕설로 희롱하느냐. 내 동생이 불행하여 네 손에 죽었거니와 우리는 너의 국왕에게 항복서를 받았으므로 너희들도 우리 백성인데 어찌 우리를 해하려 하느냐? 이것은 가히 나라를 모르는 여자로다. 살려서 쓸데없고 죽어 마땅한 죄니 급히 나와 내 칼을 받아 네 죄를 용서받으라."

라고 하니, 계화가 이 말을 들은 체도 아니 하고 용울대의 머리를 자주 가리키면서 조롱하여 말하였다.

"나는 박 부인의 시비 계화이거니와 너를 생각하니 가히 가련하고 녹록碌碌하도다.[245] 네 동생 용울대는 나 같이 연약한 여자의 손에 죽었는데, 너도 또한 나를 당하지 못하고 저다지 분하게 여기니 어찌 불쌍하지 아니하랴!"

용골대가 그 말을 듣고 즉시 철궁鐵弓에 왜전矮箭[246]을 쏘았지만, 그 화살이 겨우 예닐곱 걸음을 벗어나지 못하고 떨어져 맞히지 못하였다. 용골대가 더욱 분함을 이기지 못하여 군중軍衆에 호령하여 한꺼번에 화살을 쏘라고 하니, 군사들이 명령을 받고서 무수히 많은 화살을 쏘았으나 수만 명의 군사 중에 하나

---

245) 녹록碌碌하다 : 만만하고 상대하기 쉽다.
246) 쇠로 만든 활로 짧은 화살을 쏘니.

도 맞히는 자가 없었다. 용골대가 그 광경을 보고는 어기語氣[247] 가 꺾이고 흉격胸膈이 막혀[248] 어떻게 할 줄을 몰라 하던 중에도 그 신기함에 탄복하면서 분함을 더 일으키지는 못하였으니, 서로 이르기를,

"우리는 수천 명이라도 한낱 박 부인을 이길 수 없으니 본국 군사로 할 것이다."

라고 하고는 즉시 김자점을 불러 말하였다.

"너희 등이 이제는 우리의 신하라. 바삐 도성의 군사들을 강제로 징발하여 끌고 와서 저 팔문진을 부수고 박씨와 계화를 생포함으로써 나의 분함을 덜게 하라! 만일 명령을 어기면 목을 벨 것이다."

김자점은 명령이 서리와 같았으므로 황공하여 즉시 포를 한 번 쏜 소리를 신호로 삼아 군사를 호령하여 팔문진을 에워싸고 돌진하여 공격하는데, 갑자기 팔문진이 변화하더니 수백 길 깊이의 소沼가 되어 감히 발을 내디딜 길이 없었다. 호장 등이 그 변화무궁함을 목격하고는 간담이 떨려 정신을 차리지 못하던 차에 한 꾀를 생각해 내었다. 군사들에게 명령하여 사면에 해자垓子[249]를 깊이 파고 화약과 화약을 태산 같이 묻은 후에 천둥 치듯이 호령하여 말하기를,

---

247) 어기語氣 : 말하는 기세.
248) 흉격이 막혀 : 말문이 막히고 가슴이 답답하여.
249) 해자垓子 : 성 밖으로 둘러 판 못.

"너의 천변만화千變萬化[250]하는 술수를 가졌던들 어찌 살기를 바라리오. 목숨을 아끼려거든 빨리 나와서 몸을 내어놓아라!"라고 하면서 곤욕困辱[251]을 수없이 하였으나, 초당은 오직 고요할 뿐 조금의 움직임이 없었다. 군사를 호령하여 불을 지르니 산악이 무너지는 듯하고 불빛이 충천하여 사면에 불이 일어나 장안이 녹는 듯하였다.

박씨가 계화에게 명령하여 부적 한 장을 공중에 날리고는 왼손에 옥화선玉花扇을 들게 하고 오른손에 백화선白花扇을 들게 하여 오색 실로 부적을 매어 던졌더니, 불씨에 화약불이 붙어 불길이 도리어 오랑캐의 진중으로 번졌다. 오랑캐 군사들이 화염의 한 가운데에 들자 정신을 차리지 못하여 사방으로 흩어져 달아나는데 불에 타 죽는 군사와 서로 밟혀 죽는 자가 수를 헤아릴 수가 없었다. 용골대가 크게 놀라서 급히 군사를 물리고 슬프게 탄식하여 말하기를,

"군사를 일으키어 조선에 출정한 후에 칼에 피를 묻히지도 않고 쉽게 전쟁에 이기고 한 번 호통을 쳐 항복을 받았는데, 이렇게 일개 아녀자를 만나 불쌍한 동생을 죄 없이 죽이고 십만 대병十萬大兵을 거의 다 죽였으니, 이 같이 분한 일이 어디에 있으며 어찌 대장부라고 하리오. 이제 무슨 면목으로 본국에 들어가 왕과 왕비를 뵈오리이까."

---

250) 천변만화千變萬化 : 한없이 변화함. 변화가 무궁함.
251) 곤욕困辱 : 심한 모욕.

라고 하면서 대성통곡하니 여러 장수들이 위로하여 말하였다.

"아무리 뛰어나고 많은 계책이 있어도 저 여자는 당하지 못할 것이다."

그 후 왕대비와 세자 삼형제 분이며 장안의 사람과 물건을 데리고 북쪽으로 행하므로, 박씨가 계화로 하여금 적진을 대하여 크게 소리 질러 말하게 하였다.

"개 같은 오랑캐 놈은 들어라. 너의 왕이 무도하여 너 같은 입에 젖내가 나는 하룻강아지를 보내어 침략하니 국운이 불행하여 패망은 당하였지만 무슨 까닭으로 우리나라의 인물들을 가두어 가려 하느냐? 네가 만일 우리 왕비를 모시고 갈 뜻을 둔다면 너희 등을 모조리 함몰陷沒252)시킬 것이니 너희 신명身命253)을 돌아보아서 왕비를 모셔 가지 말라."

라고 하니 호의 장수가 대로하여 말하기를,

"하찮은 여자야, 내 이미 너의 국왕에게서 항복문서를 받았으니 데려가고 데려가지 않고는 우리의 손바닥에 있는지라. 이같이 가늘고 연약한 몸으로 구차하게 행동하지 말라."

라고 하면서 무수하게 능욕凌辱254)하므로 계화가 크게 고함을 쳐 말하기를,

"너희 등이 거역하려 한다면 일향 一向255) 나의 재주를 구경하라!"

---

252) 함몰陷沒 : 재난을 당하여 멸망함.
253) 신명身命 : 몸과 목숨.
254) 능욕凌辱 : 남을 업신여겨 욕보임.

라고 하고는 무슨 주문을 외우더니 갑자기 공중에서 두 줄의 무지개가 일어나면서 쏟아 붓는 것처럼 우박이 내려 순식간에 한 자가 넘도록 얼음이 얼었다. 이에 말굽이 땅에 붙고 떨어지지 아니하여 몇 발자국 안 되는 걸음도 움직이지 못하겠으므로 호국의 장수가 그제야 깨달아 말하기를,

"당초에 군사를 일으킬 때 왕비가 분부하시되, 조선 장안에 신인이 있을 것이니 부디 이시백의 후원을 침범하지 말라고 하셨다. 그런데 우리가 본의 아니게 깨닫지 못하고 한 때의 분함만 생각하여 왕후의 분부를 거역한 결과, 도리어 재앙을 받아 십만대군을 죽였을 뿐 아니라 용울대를 죄도 없는데 죽게 하였도다. 이제 무슨 면목으로 왕과 왕후를 보리오. 이제는 이러한 지경이 되었으니 우리가 가서 박씨에게 비는 것만 같지 못하다."

라고 하였다. 호국의 장수들이 갑주甲冑256)를 벗어 말안장 위에 걸어 놓고, 말에서 내려 손을 묶고는 팔문금사진 앞에 나아가 땅에 엎드려서 애걸하여 말하였다.

"소장小將257)들이 군사를 일으켜 조선에 나온 후로 주류周流258)하였으나 한 번도 무릎을 꿇은 적이 없삽더니, 이제 박

---

255) 일향一晌 : 아주 짧은 시간.
256) 갑주甲冑 : 갑옷과 투구.
257) 소장小將 : 호국 장수들이 스스로를 낮추어 하는 말.
258) 주류周流 : 두루 돌아다님.

부인이 신명神明하시매 살기를 비나이다.”

라고 하면서 절하고 또 애걸하여 말하였다.

“이제 부인의 말씀을 좇아 왕비는 모시지 않고 갈 것이니 소장 등으로 하여금 길을 열어 돌아가게 하옵소서.”

라고 하면서 무수하게 애걸하므로, 박 부인이 그제야 주렴朱簾을 걷고 나서면서 꾸짖어 말하기를,

“내가 너희 등을 씨도 없이 전멸시키려 하였더니 충분히 안서安徐259)하여 천명天命을 따라 지키겠다고 하는구나. 우리나라가 운수가 불행하기로 너에게 강화講和는 당하였지만 인질을 삼으려는 뜻을 가지고 왕비를 모셔 가려 하니 내 어찌 용서가 있으리요마는, 하늘의 뜻이 아닌 것이 없으므로 천의天意를 좇아 지키려 하는 것이니 너희 말대로 왕비는 모셔 가지 말며, 너희가 부득이 세자 삼형제 분을 모셔 간다고 하니 그도 또한 하늘의 뜻을 좇아 지키는 것이거니와 부디 조심하여 평안하게 모셔 가라. 나는 이곳에 앉아서도 아는 도리가 있도다. 만일 불편하게 모셔 가면 나의 신장神將과 갑병甲兵을 부려 너희 뒤를 좇아 씨도 없이 전멸시킨 뒤에 내 몸소 너의 나라로 들어가서 왕을 사로잡음으로써 분함을 풀고 죄 없는 백성들을 없앨 것이니 내 말을 방심하지 말고 조심하여 지키라.”

라고 하시니, 호국의 장수들이 여러 차례 배사拜謝260)하였다.

---

259) 안서安徐 : 잠시 보류함. 왕비를 데려가지 않음을 가리킴.

260) 배사拜謝 : 웃어른께 삼가 절하고 사례함.

용골대가 다시 애걸하여 말하기를,

"소자의 동생인 용울대의 머리를 주시면 박 부인 덕택으로 고국에 돌아가겠습니다."

라고 하니, 박씨가 웃으면서 말하기를,

"옛날 조양자趙襄子[261]가 지백智伯[262]의 머리를 옻칠하여 술잔을 만들어 원수를 갚았다고 하니, 나도 옛일을 본받아 네 동생의 머리를 옻칠하고 남한산성에서 패배한 분함을 만분의 일이라도 풀 터인 즉, 네 정상情狀이 아무리 불쌍하고 가엾다고 하나 각기 임금을 섬기기는 마찬가지라, 네가 애걸하여도 그것은 못하리라."

라고 하였는데, 용골대가 이 말을 듣고 분한 마음이 하늘을 찌를 듯하였으나 제 아우의 머리만 보면서 대성통곡할 따름이었다. 또한 사태가 어찌할 수 있는 방법이 없었으니 할 수 없이 호장들이 하직하고 피화당에서 나갈 수밖에 없었다. 박 부인이 또 이르기를,

"너희 등이 그대로 가지 말고 의주로 가다가 임경업 장군을

---

261) 조양자趙襄子 : ? ~ BC. 425년. 성은 영嬴, 성씨는 조趙, 이름은 무휼毋恤로서 춘추시대 晉나라 말기에 어머니가 천한 노비였지만 대부인 조앙의 후계자가 됨. 지백과의 대결에서 승리한 후 예전에 지백에게 당한 굴욕을 지백을 죽여 그 해골에 옻칠을 해 오줌통으로 사용함으로써 복수했다고 함.
262) 지백智伯 : ? ~ ?. 전국시대 진晉나라 사람으로서 이름은 요瑤, 지양자智襄子로 불림. 진나라 말기 유력 씨족들이 분열해서 서로 다투게 됐을 때, 씨족들을 회유하고 세력을 형성하여 조양자를 공격했지만 오히려 조양자의 계교로 멸망당함.

찾아가라."

라고 하시므로 호장 등이 그 은밀한 계책을 모르고 마음속으로
생각하기를,

'우리가 조선 왕에게 강화를 받았으니 서로 만나게 함이로다.'

라고 하고는, 다시 하직한 후에 나와서 왕비를 돌려보내고는,
장안의 사람들과 물건을 싣고 세자 동궁을 데리고 본국으로
출발하였다. 금은金銀을 배분하여 삼군三軍[263]에 공로에 따라
상을 주고 의주로 행하는데, 잡혀 가는 부인들이 하늘을 우러러
부르짖으면서 탄식하여 말하였다.

"박 부인은 무슨 복福으로 전란을 면하여 본국에 앉아 있고,
우리는 무슨 죄로 만 리 먼 길 다른 나라에 잡혀 가는고! 어느
날 어느 때에 고국산천을 다시 보고 꿈이야 생시야 하리오."

라고 하면서 눈물을 그치지 못하였다. 박씨는 계화로 하여금
소리쳐 대신 말하기를,

"인간의 고통과 즐거움은 사람에게 늘 일어나는 일이라. 너무
서러워 말고 따라가면 삼 년 사이에 세자 동궁과 여러 부인들을
모셔 올 사람이 있을 것이니 부디 안심하여 평안히 도착하옵소서."

라고 하면서 위로하였다.

한편, 호나라 장수들이 당초에 조선국에 올 때, 저의 왕비가
한 말을 듣고서 북방을 버리고 동해로 건너 날랜 군사 천여

---

263) 삼군三軍 : 군대의 좌익左翼·중군中軍·우익右翼의 총칭.

명을 북도北道로 보내 복병伏兵하고 있다가 의주와 도성이 서로
통하지 못하게 했다. 이러한 까닭으로 이 같은 변란을 만나
의주에 전교傳敎를 보내어 임경업 장군을 부르려 했지만 중간에
서 사라졌으니, 임경업 장군이 알지 못한 것은 호국의 복병이
서로 통하지 못하게 함이다. 어찌 슬프지 아니하리오! 임경업
장군이 기별을 늦게 듣고 밤낮을 달려 올라오다가 앞에 호국의
복병 수천 명이 나서 막자 칼을 들고 일합一合264)에 전멸시키고
오고 있었다.

이때 호의 군사들이 의기양양하게 의주로 향하여 오므로 임
경업이 단기單騎265)로 분대分隊266)의 선두로 달려들어 먼저 선
봉을 베고 다른 한 쪽으로 달려들어 장수와 졸개들을 수없이
살해하니, 호국의 군사들이 감히 발을 내디디지 못한 채 죽는
자가 수를 헤아릴 수 없었다. 용골대와 한우가 하늘을 쳐다보면
서 탄식하고는 박 부인의 은밀한 계책을 깨닫고는 상황을 기록
한 글을 경성으로 보내었다.

이렇게 임경업 장군이 오랑캐 군사들을 한 칼에 무찌르고
있을 때, 사자使者267)가 임금의 전교를 내어보이므로 임경업 장
군이 북향北向하여 네 번 절하고 받들어 보니 전교에 하였기를,

---

264) 일합一合 : 칼·창 등으로 싸울 때, 칼과 칼 또는 창과 창이 서로 한
번 마주침.
265) 단기單騎 : 혼자 말을 타고 감, 혹은 그 사람.
266) 분대分隊 : 본대本隊에서 나뉘어 나온 군대.
267) 사자使者 : 경성에서 임금이 보낸 사자를 가리킴.

'오호라! 몇 월 몇 일에 오랑캐가 달려들어 성 안을 엄습하여 백성들을 살해하매 남한산성으로 피란하였더니, 백만의 대군이 함성을 지르며 위협하여 다른 방도가 없어 강화講和를 하였으니 어찌 슬프지 아니하리오. 이 모두 하늘의 뜻인지라 사신을 파견하였도다. 이왕에 행한 경卿의 충성은 이제는 쓸데없이 되었으니 공이 있으나 그 덕이 미치지 못함이라. 길을 열어 오랑캐 군사들의 길을 열어 돌아가게 하라.'
라고 하였으므로 보기를 마치고는 칼을 땅에 던지고 대성통곡하면서 말하였다.

"슬프도다. 조선에 만고의 소인小人²⁶⁸⁾이 국권을 잡아 나라가 이 같이 되었으니 어찌 절통하지 아니하리오."

분한 마음을 이기지 못하여 다시 칼을 들고 호장을 잡아 엎지르고는 꾸짖기를,

"너희들이 나라가 지금까지 지탱할 수 있음이 도무지 조선의 힘인 줄을 모르고 이같이 하늘을 거스르는 마음을 두어 내 나라를 해치니 너희들을 모두 죽일 터이나, 다시 너의 목에 칼을 대기가 더러울뿐더러 왕명이 계시기로 거역하지 못하여 돌려보내니 동궁세자를 평안하게 모시고 들어가 착실하고 공경하게 대하라!"
라고 하고는 한 바탕 통곡한 후에 문을 열어 보내었다.

---

268) 만고의 소인小人 : 김자점을 가리킴.

한편 이때 임금이 처음에 박씨의 말을 듣지 아니했음을 뉘우치시어 말하기를,

"슬프다. 내가 박씨의 말을 들었으면 어찌 이러한 변을 당했으리요. 또한 박 부인이 곧 장부로 태어났다면 어찌 오랑캐를 두려워하겠는가. 그러나 무기도 없이 혼자 몸으로 막강한 군대를 싸워 이겼으니 이것은 역사를 통틀어 없는 일이니라."
라고 하시고는 절충부인絕忠夫人 겸 정렬부인貞烈夫人을 봉封하시고 또한 궁녀를 보내어 위로하여 말하였다.

"슬프구나! 과인이 밝지 못하여 박 부인의 연연淵淵한 지감知鑑269)과 나라를 위한 계책을 활용하지 못함이라. 누구를 원망하며 누구를 미워하리오. 부인이 충효를 다하여 후일에 자손과 후손을 많이 낳고 영화榮華가 대대를 이어 구가舊家270)로 더불어 처음부터 끝까지 함께 함을 바라노라."
라고 하므로 박 부인이 네 번 절한 후에 임금의 은혜를 못내 감사해 하였다.

당초에 부인의 얼굴이 추하고 더러운 것은 승상이 미혹되지 못하게 함이요, 본래의 모습으로 되돌아 온 것은 부부 사이를 다정하게 함이요, 진법을 열어 실시한 것은 화를 피하는 계책이요, 용골대를 만류한 것은 하늘의 뜻을 지켜 따르게 함이요,

---

269) 연연淵淵한 지감知鑑 : 사람을 알아보는 능력이 뛰어남.
270) 구가舊家 : 오래 대를 이어 온 집안. 이시백의 집안을 가리킴.

호장으로 하여금 임경업 장군을 대면하게 한 것은 영웅의 의분義憤[271])을 풀게 함이었다. 모두 하늘의 뜻이니 한탄한들 무엇 하리요. 이후로 부인의 충효와 인의仁義[272])가 점점 더하였다. 이 뒤의 이야기는 임경업전을 보옵소서.

오자와 낙서落書[273])가 많사오니, 보시는 이가 짐작하여 눌러 보옵고[274]), 충분히 용서하여 허물하지 마옵소서.

무오년 정월일에 필사하기 시작하였다.

---

271) 의분義憤 : 불의를 보고 일으키는 분노.
272) 인의仁義 : 어짊과 의로움.
273) 낙서落書 : 글을 베낄 때 잘못하여 글자를 빠뜨리고 씀. 낙필.
274) 눌러 보다 : 용서하여 보다.

Ⅲ. 〈박부인뎐이라〉 원문

죠선국 셰죠딕왕 즉위쵸에 경셩 활인동의 한 직상 이시되 승은 리요 명은 득츈이라 어려셔븟틈 학업을 심쎠 십셰 젼에 문필과 직덕이 유명ᄒ고 지인지감이 과인ᄒ기로 소연등과ᄒ고 벼살이 일품이라 국가을 츙셩으로 셤기고 만민을 인□로 다사리니 위염과 명망이 쳔ᄒ에 진동ᄒ더라 상공이 인후ᄒ신 덕으로 귀자을 두어시니 명은 시빅이요 문장직덕이 일국에 졔일이라 각셜 잇쎡에 상공이 퉁소 불기을 조와ᄒ야 옥소을 분 즉 조화무궁ᄒ야 화계예 피엿은 쇠시 퉁소 소릭을 응ᄒ야 숭이숭이 써러져 화계예 작작ᄒ니 이러한 직조는 일국에 일인이라 상공 항상 젹슈 음심을 한탄ᄒ더니 일일은 홀연 엇더한 사람 아폐의 파관으로 차자와셔 하로밤 유숙하기를 쳥ᄒ거날 자셔이 보니 의관은 □□□□□□□□□□

□□□□□□□□□□□□□□□□□□□□에 오르기을 쳥치 못할 거시오 분명 벽□□□□□ ᄒ고 왈 엇더하신 귀긱이신지 모로거니와 누취하온 딕 오시잇가 ᄒ며 당에 오르기을 쳥ᄒ니 그 사람이 당에 올나 좌졍 후에 승명을 통ᄒ니 그 사람이 왈 비인은 본딕 무가긱으로 강산을 구경차로 다니다가 우연이 딕

의 왓싸오나 지금은 강산에 쥬접ᄒ야 미록으로 벗슬 삼아 헛되이 세월을 보ᄂᆡ오며 승은 박이요 츙호난 쳐사라 ᄒ나이다 공이 그 사람의 언어와 모양을 보고 신인인 쥴을 짐작ᄒ고 공경ᄃᆡ왈 져러ᄒ신 귀ᄀᆡ이 엇지 진셰에 날 갓튼 사람을 차자오신잇가 쳐사 ᄃᆡ왈 나는 산중에 쳐ᄒ야 바독 두기와 퉁소 불기을 일삼더니 풍편의 듯싸온 즉 상공게압셔 날과 갓치 바돌 두기와 퉁쇼 불기을 조와ᄒ신다 ᄒ옵기로 귀경차로 왓나이다 상공이 드르ᄆᆡ 평싱 적슈을 웃지 못

P.3
ᄒ여 자탄ᄒ더니 반겨 공경ᄃᆡ왈 션경과 인간이 길이 달사오나 우연이 차자오시니 반갑기 층양 못ᄒ거이와 퉁소 불기야 웃지 젼인의 곡죠을 따라 화답하오잇가만는 용열한 곡조오나 존긱을 위ᄒ야 한 곡조을 부나이다 ᄒ고 ᄒᆫ 곡조을 부니 청이ᄒᆫ 소ᄅᆡ 구름 박게 나는 듯ᄒ난지라 그 소ᄅᆡ 싯티 창압ᄒᆡ 모란화 숭이숭이 써러져 화게에 가득ᄒ거날 쳐사 그 그동을 보고 층찬불리ᄒ다가 왈 쥬인의 곡조만 듯고 ᄀᆡ이 화답지 안이ᄒ오면 인사에 불민ᄒ여이다 ᄒ고 그 옥소을 달나 ᄒ여 두어 곡조을 화답ᄒ니 그 곡조 가장 청이ᄒ여 청쳔에 나러가난 빅학이 그 소ᄅᆡ을 듯고 츔도 츄며 션동이 나려와셔 압폐 넘노난 듯ᄒ더니 소ᄅᆡ 그치며 악가 써러진 모란화 잠시간 □□□□□□□□ 라 공이 그 그동을 □□□□□□□□

용둔한 지조도 셔산에 피어 □□□□□□ 닉의 통소난 부러
셔 다만 쇼송이만 써러□□□□니 션인의 통소난 봉황이 닉무
ᄒ고 낙화깅발ᄒ오니 쪠날 장자방의 곡조도 밋치지 못ᄒ리라
ᄒ고 못닉 층찬ᄒ드라 그러구러 여러 날 질기더니 일일은 쳐사
상공게 청ᄒ여 왈 듯사오니 상공딕의 귀ᄌ을 두어다 ᄒ시니
한 번 보기을 청ᄒ나이다 ᄒ거날 상공이 즉시 허락ᄒ고 아달
시빅을 불너 보이니 쳐사 자셔이 보니 만고영웅이요 일딕오걸
이요 쏘한 츌장입상할 기상이 잇거날 마암의 깁부을 이기지
못ᄒ야 즉시 상공게 청ᄒ여 왈 비인이 상공을 차자온 바난 다름
이 아니오라 한 말삼을 부탁고자 와난이다 ᄒ거날 상공이 왈
무삼 말삼인지 알어지이다 쳐사 왈 비인이 일여을 두엇사오나
연광이 이팔이오나 가연을 증치 못ᄒ여삽기로 쥬류사ᄒᆡ

ᄒ여 다니다가 힝이 존문에 이르러 귀자을 보오니 합당ᄒ지라
여식이 요둔질박ᄒ오나 외라ᄆ 건이와 증혼함이 엇써ᄒ온잇가
ᄒ거날 공이 싱각ᄒᆫ 즉 쳐사의 도덕이 져러할진야 그 ᄌ식이
쏘한 민쳡ᄒ리라 ᄒ고 왈 존딕은 쳔상 션인이요 나난 진셰인물
이라 엇지 인간인물노셔 션인과 의논ᄒ리잇가 ᄒᆫ딕 쳐사 왈
상공은 아국 일품이요 나난 미쳔한 인물리라 귀딕의 혼인ᄒᆫ는
거시 오히려 극키 불가ᄒ오나 발리지 아니ᄒ심을 바릭나니다
ᄒ니 공이 깃거 즉시 허락ᄒ시니 쳐사 쏘한 깃거ᄒ야 즉시 혼일

을 퇴정ᄒ니 삼월 망간이라 쥬찬을 닉여 셔로 권ᄒ며 청풍누상
에 바독 두기와 명월 은하에 옥소 불기을 질기더니 일일은 쳐사
작별ᄒ고 산중으로 드르가니라 잇ᄃ 상공이 제족을 쳥ᄒ여 쳐
사의 여식과 층

ᄒ니 부인과 제족이 의아ᄒ여 왈 □□□□□□□□ 웃지 지상
가의셔 그 사람의 근본과 츌쳐도 모르고 □ 션이 허락ᄒ신잇가
실노 허황ᄒ다 ᄒ며 의논이 분분ᄒ거날 공이 웃고 왈 닉 드르믹
박쳐사의 ᄯ이 직덕이 겸비ᄒ다 ᄒ기로 허혼ᄒ여시니 제족은
부질업시 시비말나 ᄒ더라 츠셜 잇ᄯᅥ에 혼인날 임박ᄒ니 혼구
을 찰난하게 츠려 노복 등을 다리고 길을 ᄯᅥ날셰 공은 후긱이
되어 시빅을 다리고 시빅은 금안쥰마에 죠복을 갓초고 길을
ᄯᅥ나 금강산을 차자 가니 풍경도 죠컨이와 기구도 찰난ᄒ다
이갓튼 경ᄉ에 제족도 비우시며 죠정에셔도 의논이 즉지 아니
하드라 여러 날 만에 금강산을 츠ᄌᄀ니 풍경도 죠컨이와 ᄯᅥ마
참 삼월이라 좌우산쳔을 둘너보니 각식화초 만발ᄒᄃ 봉졉은
쌍쌍이 나라 쇠셜 보고 츔도 츄며 녹양은 너러진ᄃ 황금갓튼
쇠고리난 환우셩이 더

욱 조타 풍경을 귀경ᄒ며 졈졈 드르가니 인적은 고요한ᄃ 소향
이 무쳐로다 하릴읍셔 쥬졈을 차자 쉬고 잇튼날 다시 발향ᄒ야

산곡으로 드르가니 인적은 볼 슈 읍고 층암은 중중ᄒ야 평풍으로 들너 잇고 간슈난 잔잔ᄒ야 굽이굽이 폭포 되고 빗쪽식 실피우러 □□한 일 비양ᄒ고 두견식 실피 우러 사람의 수회을 도읍난 듯ᄒ난지라 공이 □□사을 싱각한 즉 도로여 한탄ᄒ난지라 셕양은 지산ᄒ고 숙죠난 투림할 졔 산즁에 방황터니 일낙셔산ᄒ고 월츌동영한듸 할 슈 읍셔 또 다시 쥬졈을 차자 쉬고 잇튼날 산곡으로 드르가니 심산궁곡에 갈 길은 ᄭᅳᆫ어지고 물을 곳지 바이 읍셔 진퇴유곡이라 할 일 읍셔 셕상에 좌을 증하고 노송ᄒ에 빗게 안자 자탄왈 뇌 일을 싱각ᄒ니 남양초당풍셜즁에 와룡션싱 차자온 덧 슈양산 기푼 곳듸 빅이슉졔 차자온 듯 허황함을 자탄ᄒ며 안

ᄌ더니 호련 산곡으로셔 유산긱이 소릭ᄒ며 초동 슈삼인이 나오거날 공이 반겨 왈 져기 가난 져 아히덜아 게 잠간 머물러셔 이늬 말삼 드러보소 이곳시 어듸며 노졍기을 자셔이 일너 힝긱의 아득ᄒ 마음을 명빅키 인도ᄒ미 엇더한요 초동이 답왈 이곳션 금강산이오며 이길은 박쳐사 사던 터로 가는 길로소이다 우리가 지금 박쳐사 사든 골 조차 오난이다 ᄒ거날 공이 반겨 문왈 쳐사 집의 게시든야 한듸 초동이 답왈 박쳐사 잇단 말은 옛노인게 듯사오니 수빅연 젼에 엇던 사람이 잇던이 구목위소ᄒ고 □□□ᄒ며 칭호을 박쳐사라 ᄒ더니 우연이 간 곳졀을 모론다 ᄒ고 말ᄒ난 것만 듯사옵고 이졔 잇단 말은 금시초문이

로소이다 공이 드르믹 졍신이 아득ᄒᆞ여 쏘 문왈 쳐사 그곳셰 써난 졔 몟 히냐 되얏난야 동자 미소왈 게셔 산 졔 슈빅 연이라 ᄒᆞ더니다 ᄒᆞ며 다시 문이부답ᄒᆞ고 가거날 공이 문필에 앙쳔듸 소왈 셰

P.9

상에 허황한 일도 잇쏘다 탄식을 마지 아니ᄒᆞ며 이발지사라 할 길 읍셔 노복을 다리고 쥬졈의 도라가 유할ᄉᆡ 시빅이 쏘한 부친을 위로왈 옛날 한무졔도 신션을 구ᄒᆞ다가 필경에 구치 못ᄒᆞ고 헛도이 도라와스니 아모리 후회ᄒᆞ신덜 씰 듸 잇슴나잇가 도로혀 회졍홈만 갓지 못ᄒᆞ와이다 ᄒᆞ거날 공이 우어 왈 사이지차즉 그져 회환ᄒᆞ여도 남의 치소을 면치 못할 거시오 회졍치 아니ᄒᆞ자 한 즉 허황이 막심이라 명일은 곳 젼안할 날이니 부득이 명일만 ᄎᆞ져 보리라 ᄒᆞ고 그 잇튼날 노복을 다리고 길을 직쵹ᄒᆞ야 반일토록 산즁에 왕늬ᄒᆞ며 찻던니 그 날 오시말에 산곡으로셔 한 사람이 갈건야복으로 쥭장을 집고 빅우션으로 치면ᄒᆞ고 완보셔힝ᄒᆞ여 나오난 양은 한가도 ᄒᆞ건이와 반갑기도 거지 읍다 여러날 고상ᄒᆞ든 ᄎᆞ에 나려오난 양을 보고 반기며 눈을 씻고 자셔이 보니 박쳐사가 분명ᄒᆞ다 쳐ᄉᆞ 상공을 보고 반게 왈 날 갓튼 사람을 □□ᄒᆞ여 여러 날

P.10

심산궁곡에 심장을 상ᄒᆞᆫ가 십푸오니 도로여 무안ᄒᆞ여이다 공이

웃고 셔로 셜화ᄒ고 쳐사와 갓치 산즁으로 가니 ᄯᅥ맛참 삼월이
라 기화요쵸난 좌우에 만바ᄅᆞᆼ여 화향은 옷세 젓고 봉졉은 쌍쌍
이 나라 쇠셜 보고 반기난 듯 츔을 추고 나려오며 반송은 느러지
고 양유난 청한ᄃᆡ 황금갓튼 쇠고리난 쌍거쌍ᄂᆡ 환우ᄒ며 두견
시 실피 울러 원긱수회 도읍난다 상공이 헤오ᄃᆡ 진셰을 써나
션경을 뵈오니 진실노 별유쳔지비인간이라 ᄒᆞᆫᄃᆡ 쳐사 왈 나ᄂᆞᆫ
본ᄃᆡ 빈한ᄒ와 집이 읍사오니 잠간 셕상에 안졉ᄒᆞᆸ쇼셔 ᄒ고
낙낙장송 밋틔 셕탑을 졍결이 뫼우고 좌을 증ᄒ여 쥬거날 공이
좌증ᄒ고 수삼일 상봉치 못ᄒ여 신고ᄒᄃᆞᆫ 일을 셜화ᄒ며 셔로
웃고 길기더니 쳐사 다시 말ᄒ되 이갓치 궁벽한 산즁에 예법을
다 갓출 수 읍사오니 무안ᄒ기 막심ᄒ오나 셩예을 되난 ᄃᆡ로
ᄒ사이다 ᄒ고 셩예을 치를

P.11

ᄉᆡ 공은 시빅을 다리고 교빈셕에 드러가니 쳐사ᄂᆞᆫ ᄯᆞᆯ의 얼골을
나삼으로 가리고 교빈셕에 나와 양인이 젼안 후에 쳐사 양인을
인도ᄒᆞ야 ᄂᆡ당으로 드르가고 외긱은 셕탑으로 나와 안져더니
이윽고 차사 송화즙을 나소와 갈오ᄃᆡ 산즁에 무별미라 ᄒ오니
허물치 마르소셔 ᄒ고 수삼ᄇᆡ을 셔로 권ᄒᆞᆫ 후에 노복 등을 차례
로 멱이고 공의게 다시 권ᄒ니 술리 취ᄒ여 다시 멱을 ᄯᅳᆺ시
읍난지라 공과 노복이 술을 이기지 못ᄒ여 조으더니 식경 후에
ᄭᆡ여보니 날이 이미 발가ᄂᆞᆫ지라 쳐사을 쳥ᄒ여 왈 작일에 먹든
술이 실노 인간 술은 아니요 짐짓 션미로다 ᄒ니 쳐사 우어

왈 송화쥬 일빈에 취ᄒ여 게신잇가 공이 답왈 하게 범인이 션인의 미쥬을 진실노 과ᄒ더니 다ᄒ여 셔로 답화ᄒ다가 이날 발힝ᄒ기을 쳥ᄒᄃᆡ 쳐사 왈 이곳시 산심노원ᄒ오니 이변 길에 여식을 아쥬 다리고 가옵소셔 ᄒ거날 공이 올히 여기여 허락ᄒ고 길을 ᄎ릴 지 신부의 낫셜 나

P.12

삼으로 가루와 젼신을 음젹ᄒ여 남이 보지 못ᄒ게 ᄒ고 공을 쳥ᄒ야 왈 가신 후 다시 만나ᄉᆞ이다 ᄒ거날 공이 분슈작별후에 자부을 다리고 그 산 동구에 나려오니 일낙셔산ᄒ거날 쥬졈을 차져 들어 공과 시빅과 신부 삼인이 한 방에 들ᄉᆡ 신부 얼골에 가리왓든 나삼을 버셔거날 그졔야 비로소 공과 시빅이 신인의 얼골을 보니 모양이 고상ᄒ고 검쇼 얼근 즁에 튜비ᄒᆞᆫ 씩난 쥬리 쥬리 ᄆᆡ쳐 얼근 궁계 가득ᄒ여 눈은 달핑이 눈 갓고 코난 심산궁곡에 흠한 바우 갓트며 아미ᄂᆞᆫ 너머 버셔져 남극노인의 이마 갓고 키난 팔척이요 한 팔은 느러지고 한 다리난 기난 모양 갓틔여 차마 바로 보지 못할너라 공과 시빅이 한 번 보ᄆᆡ 졍신이 비월ᄒ야 다시 ᄃᆡ면할 마음이 읍셔 부자 셔로 보고 묵묵부답이나 사셰 할 일 읍셔 그렁져렁 밤을 ᄉᆡ우고 길을 직쵹ᄒ야 경셩에 득달ᄒ야 집의 드러나니 고구친쳑의 부인이 신부 구경차로 왓난지라 신

P.13

부 교자에 나려 셥방으로 드르가 졔 얼골에 가리왓든 나삼을
버셔 노으니 일뒤 가관지물일느라 방즁졔인이 보고 왈 구경은
쳐음 보난 구경일느라 ᄒ고 면면샹고ᄒ고 비방이 무수ᄒ드라
그날이 경일이나 걱졍당ᄒ 집 갓드라 샹ᄒ 다 경황 읍셔 ᄒ난
즁에 공의 부인은 공을 원망ᄒ여 왈 고문거족의 아롬다은 숙여
도 만ᄒ거날 구틔여 심산궁곡까지 드르가 져뒤지 숭한 인물을
다려다가 남의 우엄을 되게 ᄒ난잇가 ᄒ거날 공이 뒤칙왈 아모
리 졀뒤가인을 으더 며나리을 삼어도 여힝이 읍시면 일윤픠샹
ᄒ야 가문을 보젼치 못할 거시오 비록 흠샹이나 덕힝이 잇시면
일문을 흥왕케 ᄒ야 만복을 부로이다 ᄒ니 부인은 무삼 말삼을
수다이 ᄒ난요 지금 자부의 얼골은 비록 츄비ᄒ나 미사에 덕힝
이 잇시니 쳔위신죠ᄒ야 져러흔 현부을 으더거날 부인은 지감
읍난 말삼을 다시 마

P.14

옵소셔 ᄒ니 부인이 오히려 수괴ᄒ여 뒤왈 뒤감 말삼이 당연ᄒ
오나 자식이 실가지낙이 읍실가 ᄒ나이다 공이 왈 자식의 허랑
여부난 우리 집 가운이라 무엇실 근심하오리요마난 그러나
부인도 조심ᄒ여 박뒤치 말게 ᄒ옵소셔 부모가 사랑ᄒ면 자식
이 웃지 불양ᄒ오잇가 ᄒ며 경계을 마지 아니ᄒ더라 잇씩에
시빅이 박씨의 츄비흠을 보고 일일리 미워ᄒ며 비복도 갓치
미워ᄒ니 박씨 독슉공방에 홀로 잇셔 잠자기만 일삼어니 시빅

이 더욱 절증ᄒ여 쫓차 보ᄂᆡ고져 ᄒ나 부친을 두려워ᄒ야 감이 마암ᄃᆡ로 못ᄒ니 공이 극히 그 기슈을 알고 시빅을 불너 ᄭᅮ지져 왈 사람이 덕힝을 모로고 미색만 취ᄒ면 필경 ᄑᆡ가지본이라 ᄂᆡ 드르니 너희 두리 화락지 못ᄒ다 ᄒ니 그러ᄒ고 엇지 수신졔 가ᄒ잔말가 에날 졔갈공명의 안히 황발부인도 비록 인물이 츄비ᄒ나 ᄌᆡ덕이 겸비ᄒ기로 공명이 삼조입공ᄒ고 유명쳔츄ᄒᆷ이 다 그 부

P.15
인의 교훈이라 공명 만일 그 부인을 박ᄉᆡᆨ이라 ᄒ여 경션이 발이 엿든덜 호풍환우지술을 뉘게 빅워 영웅ᄃᆡ장이 디여시리요 너희 안히도 비록 자색은 읍시나 초월한 절힝과 비범ᄒ 직질이 잇실 거시니 부ᄃᆡ 만호리 알지 말며 비록 ᄀᆡ와 말리라도 그 부모가 사랑ᄒ면 그 자식이 ᄯᅩ한 ᄯᅡ라 사랑ᄒ는 거시니 그 부모을 위ᄒᆷ 이라 하물며 사람이야 말ᄒ야 무엇ᄒ리요 ᄂᆡ가 춍월ᄒᄂᆞᆫ 사람 을 네가 박ᄃᆡᄒ면 이난 부모을 몰ᄆᆞ이라 엇지 부모을 봉양하난 바리요 그런 고로 일윤이 ᄑᆡ상ᄒ난 거시니 각별 죠심ᄒ며 예법 을 어기지 말나 ᄒ신ᄃᆡ 시빅이 쳥필에 돈슈사죄왈 사람을 모로 옵고 인륜을 ᄑᆡ멸ᄒ여싸오니 만사무셕이외다 웃지 다시야 교훈 을 져바리올잇가 흔ᄃᆡ 공이 ᄯᅩ 가로ᄃᆡ 네가 그리할진ᄃᆡ 오날붓 틈 부부지간 화락ᄒᆷ이 잇슬손야 시빅이 승명ᄒ고 부명을 거역 지 못ᄒ야 읍난 졍도 잇난 쳬

ᄒ고 마음을 식로 강인ᄒ야 ᄂᆡ당에 드르가 박씨을 ᄃᆡ면ᄒ니
부모의 교훈은 져참이요 미운 마음이 먼져 발ᄒ난지라 등잔
뒤에 부치로 차면ᄒ고 밤을 걱정으로 지ᄂᆡ더니 일요계명성이
나거날 즉시 나와 부모젼의 문안ᄒ니 상공이야 웃지 이러한
줄 알이요 상공 ᄯᅩ ᄒ로난 비복을 ᄭᅮ지여 왈 ᄂᆡ 드르니 네히
등이 어진 상젼을 못라 보고 멸시ᄒᆞᆫ다 ᄒ니 네희 등을 별반엄치
ᄒ리라 ᄒ니 비복 등이 황공사죄하드라 잇ᄯᅥ 부인이 박씨을
졀통이 여기여 시비 계화을 불너 왈 가운이 불힝ᄒ여 허다ᄒᆞᆫ
사람 즁에 져런 거셜 며날리라고 싱기엇시나 씰듸 읍난 즁에
게을으고 잠 잘자고 여공ᄌᆞᆨ질 모로난 거시 밥은 포식하랴 ᄒ니
어듸 쓰잔말가 이후는 밥도 즉게 먹기라 ᄒ며 무수이 허물을
자사 ᄂᆡ여 흔단ᄒ니 친쳑도 화목지 못ᄒ더라 박씨 여러 스람의
구박을 닝소ᄒ고 잇던이 박씨 계화을 불너 왈 ᄃᆡ감게 엿자올
말삼이 잇슨이 상공게

엿자와라 ᄒ거날 계화 승명ᄒ고 즉시 ᄂᆞ가 공게 고ᄒᆞᆫ듸 공이
즉시 들어간이 박씨 쳔연이 흔슘을 쉬며 공게 엿ᄌᆞ오듸 박복ᄒᆞ
온 인물이 츄비ᄒ여 부모의게 회셩도 못ᄒ옵고 부부간의 하락
도 못ᄒ오며 가군도 화목지 못ᄒ오니 가위 무용지물이라 읍난
자식으로 알으시고 후원의 초옥수간을 지여 쥬시오면 수회을
들 덧하오이다 ᄒ며 언파의 낙누ᄒ거날 공이 그 졍상을 보고

갓치 낙누ᄒ며 불쌍히 여기여 왈 ᄌ식이 불효ᄒ여 늬의 교훈을
듯지 안이ᄒ고 너을 박듸ᄒ니 이는 가운이 불길흔 타시로다
그러나 늬 다시 징게ᄒ 쩌시니 안심ᄒ라 ᄒ신듸 박씨 그 말삼을
듯고 감격이 역기여 다시 엿자오듸 듸감의 말삼은 극키 황공ᄒ
오나 이난 소부 용모 추비ᄒ옵고 덕힝이 읍난 타시오니 뉘을
원ᄒ오잇가만난 소부의 소원듸로 초옥수간을 지여 쥬옵소셔
공이 왈 늬 종차 ᄒ리라 다시 외당의 나와 시빅을 불너 ᄭ지져
왈 네 일정 현부을 모

르고 늬 말을 그역흔이 그러ᄒ고 어듸 쓰며 효도을 못 ᄒ거든
충성을 어이 알이요 충효을 모을진듸 금수와 가튼지라 그리ᄒ
고 수신졔가을 읏지 ᄒ리요 네 부모 영을 거역ᄒ고 마음을 곳치
지 안이하면 부자간 불효난 고ᄉᄒ고 네 안히가 포원ᄒ면 여ᄌ
ᄂ 편승이라 훗일을 모르고 일부함원의 오월비상이라 ᄒ엿씨이
네가 공명을 어이 ᄒ며 만일 불힝ᄒ여 독슉공방의 혼ᄌ 셜어ᄒ
다가 목슘을 자쳐ᄒ면 첫ᄌᄂ 조졍의 용납지 못할 죄인이요
둘ᄌ난 집안의 큰 ᄌ양이 될 터인즉 읏지 근심되지 안이ᄒ며
너넌 읏지한 ᄉ룸이관듸 미식만 싱각ᄒ고 덕힝은 싱각지 안이
ᄒ난듸 시빅이 듸죄왈 소자 불초ᄒ와 부친의 교훈을 그역ᄒ옵
고 부부간의 은졍을 ᄯᅳ어싸오니 죄사무셕이옵고 다시넌 읏지
거역ᄒ오잇가 ᄒ고 나와 싱각ᄒ되 일후난 그리말리라 마음을
가다듬어 박씨의 방의 들어간이 눈이 절노 감기

고 얼골 곳 보면 기졀ᄒ 것난지라 아모리 마음을 강잉ᄒ랴 ᄒ들
긔형괴물을 본고 엇지 감동ᄒ리요 공이 그 연주을 급피 알으시
고 후원의 협실을 지어서 시비 계화로 희야금 갓치 것쳐ᄒ게
ᄒ이 박씨의 일신이 가궁ᄒ며 차마 보지 못할너라 잇쎄 나라의
셔 공을 일품 벼살을 도도시고 젼교ᄒ시되 명일노 입조ᄒ라
ᄒ신이 공이 북향사비ᄒ고 조복을 갓촐쎄 공이 크게 걱정ᄒ여
왈 조복구건은 추비ᄒ고 신건은 밋쳐 준비치 못ᄒ엿ᄂᆞᆫᄃᆡ 명일
노 입조ᄒ라 젼고가 게시니 일야의 웃지 준비ᄒ랴 ᄒ시며 걱정
을 마지 안이ᄒ시니 부인이 왈 사셰 가장 급ᄒ오니 침션 잘하난
사름을 으더 아모쪼록 자여 보사이다 ᄒ며 셔로 걱정ᄒ며 의논
이 분분ᄒ던이 잇쎄의 시비 계화 이 말 듯고 초당의 들어가
박씨게 상공 벼살 도든 말삼이며 조복을 걱정ᄒ와 낭픽될 말삼
을 엿ᄌᆞ온ᄃᆡ 박씨 듯고 게화달려 왈 일이 급ᄒ거든 조복 지을
감을 가져 오라 ᄒ니 게

화 이 말을 더옥 히흔이 여겨 박시 얼골을 다시 보며 급피 나가
공게 엿ᄌᆞ온ᄃᆡ 공이 듯고 되히 왈 늬의 며나리난 션인이라 필연
초월ᄒ 직조 잇슬이라 ᄒ며 조복 ᄎᆞ을 급피 갓다 주라 ᄒ신니
공의 부인이 닝소왈 졔 모양이 그러ᄒ고 무슨 직조가 잇쓰리요
ᄒ며 여러 스람도 역시 말ᄒ되 옷감만 발릴 거시이 불가ᄒ다
하며 공논이 분분ᄒ거날 공이 되노 曰 속담의 일너쓰되 형산빅

옥이 진퇴 중의 뭇쳐 잇고 보비 돌 속의 들어쓰되 안목이 무식하
면 알퍼 보지 못한다 하여쓰이 인모를 난측이라 ᄒ니 부인이
웃지 남의 천심을 명박키 알고 경션이 말하는잇가 근본 녹녹ᄒ
여ᄌ 안이라 급피 보ᄂᆡ옵소셔 ᄒ거날 夫人이 ᄃᆡ감의 말삼乙
그역지 못ᄒ야 들여 보ᄂᆡ고 종야토록 거졍으로 지ᄂᆡ더라 이젹
의 게화 옷감乙 가지고 박씨게 들이니 박씨 曰 이 옷션 혼자
활 옷시 아이니 조역ᄒᆞᆯ 만흔 사람 슈인乙 쳥하여 오라 ᄒ

니 이 말삼乙 승공게 엿ᄌ와 침션 죠역할 쌉乙 어더 보ᄂᆡ리라
박씨 등쵹乙 발키고 옷셜 지을 ᄉᆡ 박씨의 슈 논난 볍은 윤귀
갓고 침션ᄒ난 볍은 월궁항아 가트여 열 쌉이 할 일乙 혼ᄌ
ᄒ며 삼 일의 할 일乙 일야의 하여ᄂᆡ니 압혜난 봉황乙 수 놋코
뒤의난 쳥학乙 수 노아 션명하게 지엿시니 봉황은 츔乙 츄며
쳥학은 나라드는 듯한지라 한 가지 침션ᄒ는 스람더리 박씨
직조을 보고 탄복 曰 우리는 앙망불급이라 ᄒ더라 박씨 게화乙
명ᄒ야 조복을 갓다 공게 드리이 공이 크게 충찬 曰 이난 션인의
슈품이요 인간 쌉의 직조는 안이라 ᄒ시니 夫人을 보고 충찬불
리ᄒ더라 익일의 공이 조복乙 입고 궐ᄂᆡ의 드러가 슉비ᄒᆞ온ᄃᆡ
상이 공의 조복을 이윽키 보시다가 각가이 쳥하여 문曰 경의
조복乙 뉘라서 지여난요 공이 쥬왈 신의 며나리가 지어난이다
쏘 가라사ᄃᆡ 그러ᄒᆞ면 져러ᄒᆞᆫ 영직며나리을 두고 기흔이 골몰
ᄒᆞ여 독슉공방ᄒᆞ게 흠은 무삼 일이

요 공이 딕경ᄒ야 복지쥬왈 황송ᄒ오나 젼ᄒ게읍셔 엇지 영쵹
ᄒ시난잇가 상이 왈 경의 죠복을 보니 뒤에 부친 쳥학은 션경을
써나 창히즁으로 왕ᄂㅣᄒ며 쥬리난 기상이요 압폐 부친 봉황은
짝을 일코 우지지난 형상이오니 일로 보고 짐작ᄒ고 뭇노라
ᄒ신딕 공이 사비왈 신이 불민ᄒᆫ 탓시로소이다 상이 그 실상을
자셰히 무르니 공이 엿자오딕 신의 며나리 얼골리 박식인 고로
불효ᄒ온 자식이 아비 교훈을 싱각지 아니ᄒ옵고 부부간의 셔
로 화락지 못한 일이로소이다 상이 우문왈 부부간의 화락지
못ᄒ여 공방독침은 그러ᄒ건이와 ᄆㅣ일 기한을 견듸지 못ᄒ야
항상 눈물노 셰월을 보ᄂㅣ기난 무삼 일이요 공이 불승황공ᄒ야
한츌쳠비 ᄒ난지라 주졔ᄒ다가 쥬왈 신은 외당에 거쳐ᄒ온딕
ᄂㅣ당 일을 아지 못ᄒ옵나이다 신이 불민한 타시오니 만사무셕
이로소이다 상이 가라

사딕 아지 못게라 경의 며나리가 얼골은 아롬답지 못하나 영웅
의 풍도가 잇는가 시푸니 부딕 박딕ᄒ지 말나 ᄒ시며 쏘 가라사
딕 ᄆㅣ일 빅미 삼 두씩 요을 쥴 거시니 자금 위시ᄒ야 한 ᄭᅵ에
한 말식 밥을 지어 멱이면 경의 가인들리 박딕홀 ᄭᅥ시니 각별
조심ᄒ라 ᄒ시니 공이 봉명ᄒ직ᄒ고 집의 도라와 가인을 모오
고 부인게 황상의 젼교乙 난낫치 일을신 후의 시빅乙 불너 크게
ᄭᅮ지져 曰 부모의 마음 편케 ᄒ기ᄂᆫ 자식 효셩이요 임군을 도와

국틱민안ᄒᆞ기ᄂᆞᆫ 신ᄒᆞ의 츙셩리라 너 갓튼 ᄌᆞ식은 아비 교훈을
져바리고 네 마음딕로 ᄒᆞ다가 아비로 ᄒᆡ여금 져딕지 황송ᄒᆞᆫ
젼교乙 뫼시게 하면 여러 동열게 칙망을 입게 ᄒᆞ니 이 일이
다 아비의 불민ᄒᆞᆫ 죄로 그러ᄒᆞ고 ᄌᆞ식이 ᄯᅩ 불민ᄒᆞ도다 너넌
으이ᄒᆞᆫ 논ᄂᆞᆼ로 부모의게 효힝은 못ᄒᆞᆫ들 부모을 이갓치 거역다
가 나무게 무안을 당ᄒᆞ게 ᄒᆞ니 그런 불효가 어딕 잇스이요 고셩
딕질

P.24
ᄒᆞ신이 시빅이 부복딕왈 소ᄌᆞ 부친에 교훈을 거역다가 동열게
무안을 보시게 ᄒᆞ엿싸오니 만사무셕이옵고 이갓치 근염ᄒᆞ옵셔
ᄭᅮ지럼을 나리시니 더옥 황공무지ᄒᆞ여이다 공이 불승불노하야
묵묵부담하시다가 양구의 황상의 젼교乙 난낫치 리르리며 다
시 ᄭᅮ지져 曰 네 다시 닉 말을 거역ᄒᆞ면 첫ᄌᆡ난 ᄂᆞ라의 불튱이
될 ᄭᅥ시오 둘ᄌᆡ난 불효막심할 거시니 부딕 조심ᄒᆞ여 지닉라
ᄒᆞ니 구 후로난 시빅과 가인들이 박씨의게 만홀하미 덜ᄒᆞ더라
박씨게 믹일 한 말 밥乙 삼시로 지여쥬면 능히 다 먹으리 구경ᄒᆞ
ᄂᆞᆫ 쨤이 놀닉여 일으키을 여장군이라 ᄒᆞ더라 일일은 朴氏 게화
을 명ᄒᆞ여 딕감게 엿ᄌᆞ올 말삼이 잇사오니 묘셔오라 ᄒᆞ거날
게화 승명ᄒᆞ고 공쎄 왈외니 공이 즉시 드러가 朴氏다러 曰
무삼 할 마리 잇난야 박씨 엿자오딕 집안이 구차ᄒᆞ던 아니ᄒᆞ오
나 오히려 유여튼 못ᄒᆞ오니 소부의 말딕로 ᄒᆞ옵소셔

한듸 공이 반게 문왈 엇지 ᄒ잔 말이야 박씨 曰 명일의 종노의
ᄉᆞ릉乙 보니면 근쳐 쟵덜이 말을 팔랴 ᄒ고 모와씰 거시니 여러
말 즁에 ᄌᆞ근 미아지 ᄒ나 잇씨되 비루 먹고 팔리하야 모양은
볼 것시 읍시나 그럿타 말고 돈 삼빅 양만 근간ᄒ 노복을 쥬어
사오라 ᄒ옵소셔 ᄒ거날 공이 드르미 그 마리 허황ᄒ나 박씨난
범인과 다른 쥴얼 알고 즉시 허락ᄒ고 나와 근간ᄒ 노복을 불너
분부왈 명일에 종노에 나가면 말장가더리 말을 팔야 ᄒ고 말
여러 필리 잇실 거시니 그 즁에 비루 먹고 파려ᄒ 마이지을
사 오라 ᄒ시고 돈 삼빅 양을 ᄂᆡ여 쥬거날 노복 등이 쳥명ᄒ고
나와 셔로 이로듸 듸감게옵셔 무삼 연고로 비루 먹고 파려한
마야지을 삼빅 양을 쥬고 사 오라 ᄒ시니 실노 고히하다 ᄒ고
셔로 의혹ᄒ며 그 잇튼날 삼빅 금을 가지고 종노에 나가 보니
과연 제마 여러 필리

잇거날 그 즁에 비루 먹고 파리ᄒ 마야지을 보고 임자을 차자
이로듸 이 말 갑시 얼마나 ᄒ뇨 말장사이 왈 말 갑션 닷 양이거
니와 이 즁에 크고 조흔 말리 만커날 져듸지 용열ᄒ 것셜 사다
무엇ᄒ랴 ᄒ난잇가 ᄒ며 조흔 말을 사라 ᄒ거날 노복이 왈 우리
듸감 분부 그러ᄒ시기로 사랴 ᄒ노라 말장사 왈 그러ᄒ면 닷
양만 쥬고 사 가라 ᄒ듸 노복 등이 왈 우리 듸감 분부에 삼빅
양을 밧고 미야지을 팔나 ᄒ듸 말장사이 웃고 왈 이 말 본 갑시

닷 양이라 엇지 과가을 바드라 ᄒ난요 흔ᄃᆡ 노복이 ᄯᅩ 왈 우리
ᄃᆡ감 분부ᄃᆡ로 쥬난 거시니 여러 말 말고 바드라 말장 엇잔
연곤 쥴 아지 못ᄒᆞ야 의혹ᄒᆞ고 구지 사양ᄒᆞ고 밧지 아니하거날
노복 등이 다토지 못ᄒᆞ야 억지로 빅 양만 쥬고 이빅 양은 은휘하
고 나와 말을 잇끌고 도라

P.27
와 공게 엿자오ᄃᆡ 과연 공교이 이 마야지가 잇삽기로 준가 삼빅
양을 주고 사 왓난이다 흔ᄃᆡ 공이 즉시 이 사연을 박씨게 이르고
말을 잇ᄭᅳ러 갓다 뵈외니 박씨 말을 이윽키 보다가 공게 엿ᄌᆞ오
ᄃᆡ 이 말 갑시 삼빅 양이라 준가을 주어야 쓸ᄃᆡ 잇삽거날 무지흔
노복 등이 빅 양만 쥬고 이빅 양은 휘휘ᄒᆞ옵고 말장사을 쥬지
아니ᄒᆞ엿기로 쓸ᄃᆡ 읍시니 도로 갓다 말장사을 쥬라 ᄒᆞ옵소셔
ᄒᆞ니 공이 이 말 듯고 박시 신명흠을 탄복ᄒᆞ고 즉시 나와 노복
등을 불너 왈 져 말 갑 삼빅 양 늬의 이빅 양을 은휘ᄒᆞ고 일빅
양만 쥬고 사왓시니 상젼기망흔 죄난 죵차 즁치ᄒᆞ련이와 은휘
흔 돈 이빅 양을 쥬고 오라 만일 지체ᄒᆞ면 너의 등은 목숨을
보존치 못ᄒᆞ리라 ᄒᆞ시니 노복 등이 슈죄 왈 이갓치 명감ᄒᆞ시니
읏지 기망ᄒᆞ올잇가 과연 ᄃᆡ감 분부ᄃᆡ로 삼빅 양을 모도

P.28
몰슈이 쥬온 즉 그 말 갑시 닷 양이라 ᄒᆞ옵고 의려ᄒᆞ야 아니
밧기로 억지로 빅 양만 쥬고 이빅 양을 은휘ᄒᆞ여삽더니 이럿타

시 신명ᄒ옵시니 소인 등은 만사무셕이로소이다 ᄒ며 즉시 이
빅 금을 가지고 말 임자을 차자 가셔 크게 불너 왈 이 몹실
사람아 주난 돈을 고집ᄒ야 아니 밧고 공연이 샹젼의게 즁죄을
당ᄒ얏시니 엇지 통분치 아니하리요 ᄒ고 이빅 양을 억지로
쥬고 도라가 엿ᄌ오ᄃᆡ 말 임ᄌ을 차자 쥬고 왓난이다 ᄒ니 공이
직시 드르가 박씨다려 이르니 박씨 공게 엿쥬오ᄃᆡ 이 말은 죽을
먹이되 한 ᄴᅥ에 보리 스 되 ᄶᅢ 스 되을 죽에 너어 삼 연을
신책ᄒ야 몍이게 ᄒ옵소셔 공이 허락ᄒ고 노복을 불너 분부ᄒ
니라 각셜 시빅이 부친 영을 거역지 못ᄒ야 ᄂᆡ렴에 동침ᄒ랴
ᄒ되 그 얼굴 보면 차마 ᄃᆡ면할 마음이 읍셔 부부간의 졍이
졈졈 므러가드라 이젹에 박씨 초당

P.29

을 일홈ᄒ되 피화당이라 ᄡᅥ 부치고 후원 협실에 게화로 더부러
각싴 나무을 젼후좌우에 시물ᄉᆡ 오싴 흑을 가져다가 동에난
쳥싴을 응ᄒ야 쳥토로 나무 북을 도두우고 셔에난 빅싴을 응ᄒ
야 빅토로 나무 북을 도두우고 남에난 젹싴을 응ᄒ야 젹토로
나무 북을 도두우고 북에난 흑싴을 응ᄒ야 흑토로 나무묵 도두
우고 즁앙은 황싴을 응ᄒ야 황토로 나무북 도두고 오치가 영농
ᄒ게 스므 노코 게화로 ᄒ여금 ᄯᅢ을 맛게 물을 쥬니 그 나무더리
일츄월장ᄒ야 모양이 엄슉ᄒ야 신기흔 일니 잇셔 오싴 구름이
ᄌᆞ옥한 즁에 나못가지난 용이 셜인 듯 입싴이난 범이 호령ᄒ난
듯 왼 갓싴와 비암이 변화무궁ᄒ니 그 신기흔 직죠난 귀신도

층양치 못할느라 무식한 사람이야 그 신묘한 슐법을 뉘라셔
아라 보리요 공이 게화을 불너 무러 왈 근일에난 부인이 무어시
로 소일ᄒ시던야 되왈 부

P.30

인게옵셔 후원의 각식 나무을 심으시고 이러이러ᄒ여 소여로
ᄒ여금 물을 쥬어 긔르라 ᄒ시더니다 공이 듯고 히한이 여기여
게화을 다리고 구경ᄎ로 후원에 드르가며 좌우을 살펴보니 각
식 나무가 사면의 무성ᄒ야 형용이 엄숙ᄒ여 바로 보기 어려온
지라 공이 놀닉여 게화을 붓들고 졔우 정신을 차려 자셔이 바라
보니 나무난 용과 범이 되어 바람과 비을 일울 듯ᄒ고 가지와
입식난 무수ᄒ 식와 비암이 되야 수미을 응ᄒ야 변화무궁한지
라 공이 탄복ᄒ야 가로되 이 사람은 곳 신인이로다 여자로셔
이갓튼 영웅되략을 품어시니 신묘ᄒ 직조난 층량치 못ᄒ이라
ᄒ고 박씨다려 무러 왈 져 나무난 무삼 일노 심어시며 이 집
당호난 피화당이라 ᄒ여시니 아지 못거라 엇지 ᄒ 연고야 ᄒ시
니 박씨 엿ᄌ오되 길흉화복은 인가상사오니 일후에

P.31

급한 일일 잇싸와도 나무로 방비할 터이오니 그리ᄒ여 시머난
이다 공이 말을 듯고 놀닉여 그 연고을 자셔이 른 즉 박씨 엿자
오되 차역쳔슈오니 웃지 쳔기을 누셜ᄒ올잇가 일후에 자연 아
르시다 ᄒ거날 공이 탄식 왈 너난 진실노 날 갓튼 사람 며나리

192 박부인전

되기 악갑도다 팔자가 기박ᄒᆞ야 그러ᄒᆞᄂᆞ 니 ᄌᆞ식이 무도ᄒᆞ야 그러ᄒᆞ지 부부간에 화락지 못ᄒᆞ여 허송셰월ᄒᆞᄂᆞᆫ고나 니 나이 방금 육십이라 나 곳 쥭그면 네가 귀ᄒᆞᆫ 몸을 도라 보지 아니할가 글노 근심하노라 박씨 다시 염실ᄒᆞ며 흔연이 위로왈 소부의 용모 용열ᄒᆞ야 부부간 금실지낙을 모르오니 이난 소부의 죄라 뉘을 원망ᄒᆞ오잇가마난 다만 소부의 원이 가군이 거가ᄒᆞ야 부모의게 혼졍신셩ᄒᆞ야 회셩을 극진이 ᄒᆞᆸ고 입신양명ᄒᆞᆸ거던 아라을 츙셩으로 도와 용방비간갓치 유명쳔츄ᄒᆞ온 후

P.32

타문에 다시 취쳐ᄒᆞ야 유ᄌᆞ유손ᄒᆞ고 만슈무강ᄒᆞ오면 지금 죽어도 여한이 읍것나이다 공이 그 말을 드르미 그 어진 마음을 못니 탄복ᄒᆞ시고 더욱 불상이 여기사 눈물을 흘이시니 박씨 그 거동을 보고 위로왈 죤구난 잠간 안심ᄒᆞᆸ소셔 아무 ᄯᆡ라도 화목할 ᄯᆡ가 읍사올잇가 과이 근심치 마르싯고 여젼이 지니십소셔 만일 죤귀게ᅌᅥ셔 너머 슬워ᄒᆞᆸ시면 가군의 허물이 드러나 향당 사람이 다 불효라 ᄒᆞ면 이난 다 소부의 허물을 인연ᄒᆞ야 악명을 드를가 져어하난이다 공이 드르시고 더욱 탄복을 마지 아니하시고 박씨의 의양과 츙의구비함을 층송부리ᄒᆞ시드라 각셜 미야지 메긴 지 임의 삼 년이라 말이 쥰춍이 되야 몸은 용의 형상이요 걸음은 비호 갓튼지라 박씨 죤구ᄭᅴ 엿ᄌᆞ오되 모월모일에 뒤국에써 유사ᄒᆞ여 측사가 나올 거시니 이 말 갓다 측사 오난 길가의 미여 두면 보고 사 갈 거시니

갑은 삼만 양에 결가ᄒᆞ여 파라 오라 ᄒᆞ옵소셔 공이 듯고 박씨의
말ᄃᆡ로 노복을 불너 분부ᄒᆞ엿더니 과연 그날에 축사 나온다
ᄒᆞ거날 노복이 말을 이끌고 축사 오난 길가에 ᄆᆡ엿더니 축사
과연 그 말을 이윽키 보다가 ᄃᆡ혹ᄒᆞ야 말 임자을 뭇거날 노복이
말을 잇끌고 간간이 가니 축사 갈오ᄃᆡ 이 말이 팔 말이면 갑션
얼마나 ᄒᆞᄂᆞ요 노복이 왈 말은 팔 말이옵고 갑션 삼만 냥이라
ᄒᆞᄃᆡ 축사 ᄃᆡ희ᄒᆞ야 삼만 금을 악가이 아니ᄒᆞ고 사거날 공이
삼만 금을 으드니 가신이 ᄌᆞ연 요부한지라 공이 박씨다려 왈
말리 웃지 삼만 금토록 과가을 바다시니 어지 못ᄒᆞ로라 ᄒᆞᄃᆡ
박씨 왈 그 말은 곳 쳘이쥰총이라 조션은 소국인 고로 아라볼
사람이 읍실 ᄲᆞᆫ더러 지방이 편소ᄒᆞ와 ᄊᆞᆯ 고시 읍건이와 ᄃᆡ국은
지방이 광활ᄒᆞ압고 불구에 ᄊᆞᆯ 곳시 잇사와 축사난 쥰마 쥴을
아라 보고 삼만 금을 악기지 아

니ᄒᆞ고 사 갓습거니와 조션이야 읏지 쥰마을 아올잇가 그런
고로 칙사난 사 갓나이다 공이 듯고 탄복왈 너난 여자ᄂᆞ 명견말
이ᄒᆞᆫ 이 ᄌᆡ조 악갑도다 만일 남자 곳 되어든덜 보국츙신이 될
것이어날 여자 되미 흔탄이로다 ᄒᆞ며 탄식ᄒᆞ시더라 각셜 국ᄐᆡ
미안ᄒᆞ고 시화연풍이라 나라의셔 인직을 틱츌코져 ᄒᆞ야 ᄃᆡ과을
뵈일ᄉᆡ 시빅이 관광코져 ᄒᆞ여 과즁의 드라랴 하야더니 그 날
밤의 박씨 일몽을 으드니 후원 연못 가온ᄃᆡ 화초가 만발ᄒᆞᄃᆡ

봉접이 나라 들고 그 가온디 청옥연적이 노여더니 그 연적이
화하야 청용이 되야 벽히에 논이다가 여의쥬을 으더 물고 치운
을 타고 옥경으로 올나 보이거날 박씨 잠을 끼여 보니 남가일몽
이라 잠을 이루지 못ㅎ야 두루 싱각더니 게명셩이 나며 동방이
발거오거날 급히 나가보니 과연 청옥 연적

P.35

이 노아거날 자셰이 보니 몽즁의 보던 연적이 분명흔지라 반가
이 갓다 노코 즉씨 게화을 명ㅎ여 시빅의게 젼달ㅎ여 曰 말삼이
잇사오니 잠간 들어오소셔 흔디 시빅이 듯고 즁싴 曰 무삼 할
말이 잇관디 장부의 과힝길乙 지체되게 ㅎ난야 ㅎ거날 게화
무루히 도라와 朴氏게 고흔디 朴氏 게화로 ㅎ야금 젼갈ㅎ며
曰 잠간 드러오시면 드릴 거시 잇스니 흔 번 수고을 악가지
마옵소셔 시빅이 듯고 디로 曰 요망흔 게집이 장부의 과힝을
말유ㅎ니 이른 당돌흔 일이 어디 잇씨리요 ㅎ며 좌불안셕ㅎ며
게화을 잡아 니야 큰 미로 삼십 도을 즁죄ㅎ야 물이친니 게화
맛고 드러와 朴氏쎄 고흔디 박씨 앙쳔낙누 曰 실푸드 니 죄로
네가 즁죄을 당하여시니 이갓치 불안한 일리 엇디 잇시리요
하고 실피 탄식ㅎ고 연적을 게화을 주어 왈 이 연적□을 너어
입장ㅎ시거든 그 물노 먹슬 가라 글

P.36

지어 밧치면 장원급졔할 거시니 입신양명ㅎ거던 부모 젼의 영

화을 보이고 가문을 빗나게 흐고 날 갓튼 비누흔 인물은 싱각지
말고 타문의 다시 미싞을 퇴취흐야 평싱 원을 풀고 만셰동낙흐
옵소셔 흐니 시빅이 듯기을 다흐고 연젹을 바다보니 쳔흐즁보
라 오히려 이연이 여기여 회과자칙흐야 답젼갈 흐여 왈 왕슈이
의라 지닌 일은 풀쳐 바리고 안심하옵소셔 틱평동낙흐옵기을
바릭나니다 흐고 또 계화을 무죄이 즁치흠을 자탄불리흐며 조
흔 말노 푸러 일으드라 그 날 과장에 드르갈싞 그 연젹의 물을
너허 가지고 드르가 글졔을 바다본 후에 요화연에 먹을 갈아
일필휘지흐야 일쳔흐니 문불가졈이라 방을 지다리더니 양구의
방목을 거러거날 바라보니 장원의 한셩부 리시빅이라 흐고 노
푼 딕에셔 실닉을 부르거날 시빅이 국궁흐고 궐닉에

P.37

입시흐니 젼상에셔 진퇴을 무슈이 식킨 후에 입시흐며 이윽키
보시고 층찬부리흐시며 진츙보국흐믈 못닉 당부흐시거날 사은
흐고 집으로 도라올싞 머리에난 어사화며 몸의난 금포옥딕로
마상에 두러시 안자씨니 표연한 풍신도 조컨이와 기구도 찰늠
흐다 쳥홍긔난 반공에 써 잇고 어약셩은 더욱 조타 화동을 압셰
우고 쌍져을 불며 일위소연이 야상에 두러시 안자 장안딕상
도으로 나오난 양은 짐짓 진셰션인일너라 집으로 드러와 풍악
을 갓초코 누일 길기던이 그 영화 길기오미 비할 째 업더라
이갓튼 경연에 박씨난 참예치 못흐고 홀노 젹막한 초등에 안자
씨니 엇지 실푸지 안이할리요만은 박씨의 광할흔 의량이 안이

면 엇지 그 경생을 보리요 게화 박씨 적막한 공방에 고초이
안짐을 강기이 여겨 부인게 엿자오디 요새이에 누일 잔치예
고구친척이 장차 업시 길거ᄒᆞ옵난디 홀노 부인은 참예치 못□

고 고초이 게시옵셔 수심으로 세월을 보내오니 소비 갓튼 하정
에도 오히려 미안ᄒᆞ와이다 하거날 박씨 천연이 가로디 사람의
팔ᄌᆞ 길흉은 하날에 잇이 무삼 스름이 잇씨며 수원수구ᄒᆞ리요
게화 듯고 마음이 쇄락ᄒᆞ야 의사 광흘ᄒᆞ고 어진 마음을 못내
튼복ᄒᆞ더라 차셜 박씨 시집온 제 임예 삼 연이라 일일은 박씨
상공게 엿자오디 소부출가ᄒᆞ온 져 당금 삼 연이로되 본가 소식
이 적막ᄒᆞ오니 잠간 단여오고져 ᄒᆞ노이다 흔디 공이 듯고 디경
왈 이곳서 금강산 상거 수박 이요 흠노로 경향예 유명ᄒᆞ야 남ᄌᆞ
도 출입이 심이 어렵거날 ᄒᆞ물며 여인이야 엇지 왕늬ᄒᆞ리요
박씨 디시 고왈 소부도 흠노에 츄립이 어려 쥴乙 아오나 부득이
드여올 일이 잇시니 염여 마옵고 허락하옵소셔 공이 曰 네가
부득이 간다 ᄒᆞ니 말이든 못ᄒᆞ건이와 근친기구乙 늬일 차려
쥴 거신이 속히 단여오라 ᄒᆞ신디 박씨 □쥬曰 근친기구난 구만
두옵소셔 소부 늬왕간 슈삼 일 될 거

신니 너머 심여치 마옵고 번셜치 마압소셔 공이 본디 박씨 지조
을 아난 고로 부득이 허락ᄒᆞ오나 그 곡졀을 알 슈 업셔 쏘 늬렴

의심여되 야침식이불안하더라 朴氏 초당에 드러가 게화을 불너 曰 니 잠간 친가에 단여올 거시니 너만 알고 번셜치 말나 ᄒ시고 그 날 밤 삼경 후에 단신으로 쪄나가던이 과연 슈삼일에 완난지라 공이 보고 디경디히 曰 네의 신기ᄒᆫ 묘슐은 귀신도 칭양치 못ᄒ리로다 연이나 네의 친당 문안 일힝하시던야 朴氏 답쥬 曰 아즉 일향ᄒ옵씨고 모월모일에 오시마 ᄒ시더이다 공이 깃거 쳐사 오기을 날노 기달이더라 뉘라셔 朴氏의 축지법을 알이오 슬노 층양키 어렵도다 일일은 공이 쳐사 오시마 ᄒ던 날이 당ᄒ믹 공이 홀노 외당에 안자던이 오운이 집 안에 역동ᄒ며 쳥이ᄒᆫ 옥져 소리 구름 박게 들니거날 셔안에 비게 바라보니 일위 션관이 빅학을 타고 오운간으로조차 나려오거날 자셔이 보니 이난 곳 박쳐사라 공이 의고나을 증제하고 외당으로 영졉ᄒ여

P.40
예필좌졍 후에 기간 그리든 소회을 셜화ᄒ며 미쥬가효로 질기다가 공이 쳐사게 스려 왈 이졔 존직을 뵈오니 반갑기난 여사요 미안한 마음을 층양치 못ᄒ겠나이다 공이 공경디왈 닉 자식이 불민ᄒ야 현부을 몰나 보고 부부간의 상낙지 못ᄒ옵기로 믹일 경게ᄒ되 종시 부명을 거역ᄒ오니 엇지 불안치 아니ᄒ올잇가 쳐사 왈 공의 너부신 덕으로 닉의 불초ᄒᆫ 여식을 드럽다 아니ᄒ시고 잇쩌까지 실ᄒ에 두옵사오니 지극 감사ᄒ옵거날 이갓치 말삼ᄒ옵시니 오히려 미안ᄒ오며 사람의 길흉과 팔즈고락은

하날에 잇사오니 엇지 글로 괘렴ᄒᆞ올잇가 ᄒᆞᆫ듸 공이 듯고 더욱
수괴히 여기드라 공이 쳐사로 더부러 날로 바독 두기와 통소
불기로 소일ᄒᆞ던이 일일 쳐사 피화당에 드러가셔 박씨로 더부
러 죄용이 말ᄒᆞ되 네 익

P.41
운이 다 지ᄂᆡ여신이 누추ᄒᆞᆫ 츄물을 버시라 ᄒᆞ고 탈갑변화지술
을 갈라치며 ᄯᅩ 일로듸 네가 둔갑□화지술을 ᄒᆞ여 누취ᄒᆞᆫ 허물
을 벗거던 그 허물을 바리지 말고 상공쎄 엿셥와 옥함을 ᄶᅩ
달나 ᄒᆞ여 그 속에 느어두라 ᄒᆞ며 은근ᄒᆞᆫ 정담을 이윽키 ᄒᆞ다가
소미乙 쓸치고 ᄂᆞ와 공게 작별을 고ᄒᆞᆫ듸 공이 못ᄂᆡ 셥셥ᄒᆞ여
말뉴ᄒᆞ되 쳐사 듯지 안니ᄒᆞ고 고집ᄒᆞ야 가난지라 ᄒᆞ 릴 업셔
일빅쥬로 작별ᄒᆞᆯ시 공다려 왈 지금 작별ᄒᆞ오면 다시 맛날 긔약
이 쑴 가사오니 ᄂᆡᄂᆡ 만수무강ᄒᆞ옵고 복녹을 울시게 ᄒᆞ옵소셔
ᄒᆞ거늘 공이 듯고 듸경ᄒᆞ야 왈 이 어인 말삼이온지 알고자 ᄒᆞ나
이다 츠사 왈 피차 셥셥ᄒᆞ온 말삼은 일구난셜이오나 이변의
입산ᄒᆞ오면 엇지 다시 출셰 상봉ᄒᆞ기 난쳐ᄒᆞ와이다 공이 ᄒᆞᆯ
수 업셔 앙연작별ᄒᆞᆫ듸 쳐사 백흑을 타고 공중에 올나 오운을
헛치고 가더니 구름이 거드□

P.42
듸 업거늘 공이 보고 탄복홈을 마지 안이ᄒᆞ더라 차셜 박씨 그
날 밤이 목욕지게ᄒᆞ고 둔갑변화ᄒᆞ더니 허물을 버서ᄂᆞᆫ지라 날이

발그민 시비 계화을 부르니 계화 틱답ᄒ고 드르가 보니 홀연
예 업던 졀틱가인이 안저거ᄂᆯ 계화 자셰이 바라보니 알름다온
얼골과 긔 뫼흔 틱도난 월궁션여 갓튼지라 ᄒ 변 보민 졍신이
비월ᄒ여 막지긔고ᄒ고 안져더니 박씨 화월 갓튼 얼골을 들고
단슌을 반긔ᄒ야 계화다려 일은 말이 늬가 지금 탈갑ᄒ여씬니
급피 나가 셜난치 말고 틱감에게 엿ᄌ와 옥츔을 어드 오라 ᄒᄂᆫ틱
계화 승명ᄒ고 급피 외당에 나와 희식이 만안ᄒ지라 공이 반계
문왈 너넌 무삼 조흔 일을 보와관틱 희식이 만안ᄒ고 급피 나오
난야 계화 엿자오틱 피화당에 신긔흔 일이 잇쏘온니 급피 드러
가사이다 공이 고이 여게 계화을 ᄯᅡ라 들러가 방문을 여러 보니
향늬 촉口 ᄒ며 사람의 졍인

P.43

을 놀늬난지라 졍신을 진졍ᄒ여 자셔이 바릭보니 만고 일식이
요 요조숙여 ᄒ나이 방중에 단졍이 안잣다가 도로여 북글염을
머금고 반게 맛난지라 공이 ᄯᅩ한 늬렴의 이상ᄒ고 신긔할을
탄복ᄒ며 함구무언ᄒ신틱 계화 공게 엿자오틱 부인이 작야에
탈갑ᄒ시고 틱감게 여ᄌ와 옥함을 구ᄒ여 달난 말솜을 낫낫치
고흔틱 공이 듯고 크게 깃거 그졔야 각가이 나가 가로틱 네가
웃지 금일에 졀틱가인이 되엿난야 박씨 고기을 수기고 단슌을
여러 고왈 소부 이졔 익운이 다진ᄒ기로 누츄흔 허물을 작일에
버셧사오니 옥홈을 으더야 그 허물을 늦커나니다 ᄒ거날 공이
늬렴의 신긔흠을 탄복ᄒ시며 허락ᄒ고 즉시 나와 옥장인을 불

너 옥함을 시각으로 만드르 보닉니라 상공이 시빅을 불너 왈
밧비 드르가 네 안히을 보라 ㅎ시니

P.44

시빅이 듯고 도라셔 낫빗셜 찡그리고 싱각ㅎ되 그런 츄비훈
얼골을 무삼 일노 급히 가보고 오라 ㅎ시난고 부명을 어기지
못ㅎ야 드르갈식 무수이 쥬져ㅎ거날 게화 밧비 나와 연접한티
시빅이 게화달여 문왈 피화당에 무삼 연고 잇관티 얼골에 희식
이 만안한다 게화 왈 방에 드르가시면 자연 아르시올이다 ㅎ티
시빅이 듯고 더욱 의혹ㅎ야 급히 드르가더니 방문에 틴달나
문을 열고 보니 요죠숙여 ㅎ나이 화월 갓튼 얼골을 수기고 안자
시되 안진 틴도난 수양명월 갓고 엄숙한 위염은 든순밍호 갓튼
지라 흔 번 보민 싱각ㅎ되 안히라고 어든 거시 흉물이라 평싱
소원 되야더니 지금은 일식이 되야시나 언어 상통도 못ㅎ고
수구여병 되얏스니 첫지난 닉의 지감 읍난 타시오 둘지난 오히
려 가련ㅎ도틴 하고 정신을 진정ㅎ야 마음을 가다듬어 다시
드르가 언

P.45

어 상통ㅎ고 죽으리라 ㅎ며 피화당에 드르가 사죄을 무수이
ㅎ여 왈 부인의 침소에 여러 날 드르왓사오나 일향증식ㅎ시고
종시 마음을 풀지 아니ㅎ시니 이난 다 닉의 허물이라 수원수구
ㅎ오릿가만는 부인으로 말무아마 죽을 지경이 되얏사오니 죽기

난 졉지 아니ᄒᆞ나 과연 양친 실ᄒᆞ에 잇삽다가 화등을 비압지 못ᄒᆞ고 쳥츈소연이 비명횡사 ᄒᆞ오면 이난 불회가 막심ᄒᆞ니 지ᄒᆞ예 도라가온덜 하면목으로 션영을 ᄃᆡᄒᆞ오릿가 연고로 이 일을 싱각ᄒᆞ오면 심한골닝이로소이다 ᄒᆞ며 이연이 낙누ᄒᆞ거날 박씨 그 말을 드르ᄆᆡ 이연ᄒᆞᆫ 마음을 이기지 못ᄒᆞ야 화월 갓튼 얼골을 반만 드르고 그졔야 심책왈 우리 조션은 예의지국이라 ᄒᆞ여시니 사람이 오륜을 모로면 웃지 예의을 알이요 그ᄃᆡ난 안하가 박싀이라 ᄒᆞ야 삼사 연을 쳔ᄃᆡᄒᆞ야시니 부부유별은 어ᄃᆡ 잇시며 옛사람이 이른 마리 죠강지쳐난 불ᄒᆞ당이라 ᄒᆞ엿난ᄃᆡ 그ᄃᆡ

P.46
난 다만 미싀만 알고 부부간에 오륜은 싱각지 아니하고 엇지 지덕을 알며 안히의 쳔심을 모로고 입신양명ᄒᆞ야 보국안민올 지조가 잇스잇가 지식이 져ᄃᆡ지 읍실진ᄃᆡᆫ 희졔츙신 엇지 알며 졔셰안민 엇지 알가 차후난 효을 다ᄒᆞ야 수신졔가 올케 ᄒᆞ여도 날 갓튼 안여ᄌᆞ의 마음으로도 그ᄃᆡ 갓튼 장부난 부러 아니ᄒᆞ나니다 ᄒᆞ며 언어증즉ᄒᆞ여 심척흔ᄃᆡ 시빅이 이 말을 드르ᄆᆡ ᄌᆞ작지얼을 싱각ᄒᆞ고 유구무언 수괴흔 마음을 무릅시고 누누이 사죄할 ᄲᅮᆫ이요 달이난 ᄃᆡ답지 못ᄒᆞ거날 박씨 이윽히 보다가 감동지심이 업지 못ᄒᆞ야 그졔야 도라안자셔 일은 마리 ᄂᆡ 처음에 모양이 츄비ᄒᆞ기난 그ᄃᆡ의 의혹지 못ᄒᆞ게 흠이요 수삼일 졉어치 모ᄉᆞ게 ᄒᆞ기난 그ᄃᆡ가 션심을 가지게 흠이언와 지금 본힝을

가져시니 한평싱 ᄒ고 마음을 풀지 마자 ᄒ야더니 여ᄌ의 마음
이라 유약ᄒ 마음으로 즁부을 □기지 못ᄒ야 젼

P.47

사난 풀쳐 바리근이와 부ᄃᆡ 다시난 션심을 씨옵소셔 ᄒ니 시ᄇᆡᆨ
이 ᄃᆡ찬ᄒ여 왈 나난 인간에 무식ᄒ 사람이요 부인은 쳔상션여
의 풍도로 의량이 광활ᄒ와 범인과 다른 고로 명견말이 ᄒ옵거
니와 날 갓튼 사람은 진셔인물노 식견이 부족ᄒ와 착ᄒ 사람을
몰나싸오니 엇지 션인의게 비ᄒ올잇가 이른 고로 부부간의 화
락지 못ᄒ와 일윤을 폐할 지경이 되야신니 왕사을 웃지 싱각하
며 ᄒ물며 옛 승인이 이르기을 지ᄌᆞ쳔여에 필유일실이라 하야
샤온니 夫人이 심사 밋친 마음을 풀쳐 바리옵소셔 ᄒᄃᆡ 夫人이
웃고 曰 슉시슉비간의 젼사난 다시 말 마옵고 안심하옵소셔
ᄒ며 장황이 수작ᄒ다가 밤이 삼경이라 젼사을 파옥ᄒ고 양인
이 금침의 나아가니 그 비취지졍과 원앙지낙을 비할 ᄃᆡ 업더라
쳔상 봉학이 알을 두고 얼우난 덧ᄒ고 견우셩이 직여셩을 만남
갓더라 셰상만사 비취지졍을 뉘라셔 금ᄒ리요 금안아랑이 뉘
집 아힐느냐 박씨

P.48

의 이연이 힝ᄀᆡᆨ 당ᄒ시라 비취낙은 비할 ᄲᅵ 업드라 그 후로붓틈
상공의 부인과 노복 등이 젼에 박씨 박ᄃᆡ홈을 그졔야 ᄭᅢ닷고
회과자착ᄒ며 박씨 신뢰홈을 닫복ᄒ고 상ᄀᆞᆼ의 흥슝 ᄃᆡ략을 못

닉 층송ᄒ며 가권이 의흡ᄒ야 지닉드라 각셜 잇써 박씨 변화흔
소문이 장안에 진동ᄒ니 여러 지상가 부인덜리 신뫼흠을 구경
코져 ᄒ야 박씨의게 편지ᄒ야더니 그 편지에 ᄒ엿스되 써마참
삼월이요 일난풍화ᄒ니 이갓치 조흔 시졀에 일츠 구경코져 상
봉동낙ᄒ자 ᄒ엿드라 박씨 허락ᄒ고 답장ᄒ여 보닉니라 차셜
그날을 당ᄒ야 박씨 치의단장으로 화교을 타고 게화을 다리고
회흔 고졀 차자가니 여러 딕신가 부인덜이 일시에 뫼와거날
박씨 화교에 나려 좌정 후에 살펴보니 여러 부인덜이 녹의홍상
에 치패을 능난이 ᄒ

P.49

엿드라 부인더리 박씨을 원일견지ᄒ든 차에 박씨을 바릭보니
옥안운빈이 동영에 달리 걸인 듯ᄒ고 의복치례난 화식이 무광
흔지라 여러 부인의 고흔 틱도난 박씨의게 비ᄒ면 오히려 무식
ᄒ니 뉘 안니 탄복ᄒ리요 셩챤가효을 가지고 셔로 박씨에 권ᄒ
얏거날 여러 부인이 박씨의 기질을 구경코져 ᄒ야 술을 옥빅에
가득 부어 박씨게 권ᄒ니 박씨 지조을 비양코져 ᄒ야 술잔을
바다 그짓 술잔을 나삼에 나리치니 술리 업쳐져셔 초믹을 젹시
난지라 부인이 초믹을 버셔 게화을 주어 왈 즉시 불 곳 가온딕
소화ᄒ라 ᄒ니 게화 승명ᄒ고 초믹을 불 곳 가온딕 던지니 초믹
난 타지 아니ᄒ고 빗치 가장 윤틱흔지라 게화 초믹을 가져다가
부인게 드리니 여러 부인더리 그 거동을 보고 다 놀닉여 그
연고을 무러니 딕왈 이 비단 일홈은 소화단이라 ᄒ옵난딕 혹

츄식ᄒ면 물노난 마

P.50

치 못ᄒ옵고 소화ᄒ야 썩을 지우난이다 ᄒ니 여러 부인더리
그 기이홈을 보고 못내 탄복ᄒ여 그러ᄒ면 이 비단이 어듸셔
나난잇가 듸왈 인간의난 읍삽고 월궁소산이로소이다 모든 부인
이 우문왈 입으신 져고리난 무삼 비단이온잇가 듸왈 이 비단
일홈은 빙월단이옵고 나기난 우리 친가 부친게옵셔 동ᄒ 용궁
의 갓실 썩예 으더 오신 거시오니 이난 다 용궁소산이오며 이
비단은 물에 너허도 젓지 아니ᄒ고 불에 느허도 타지 아니하난
비단이라 ᄒ니 여러 부인이 그 말을 듯고 신통이 여기여 층찬불
리ᄒ드라 셔로 시비로 ᄒ여금 술을 박씨게 권ᄒ니 박씨 그깃
술이라 홈을 싀양ᄒ거날 졔 부인이 구지 권ᄒ난지라 마지 못ᄒ
야 술잔을 바다 가지고 고금봉치을 쎅야 술잔 가온듸을 반만
그어 마시니 술이 반편은 읍고 또 ᄒ 편은 칼노 베힌 듯ᄒ야
반이 읍난지라 졔 부인이 그 모양을 보고 더욱 사사신기홈을
층찬부리ᄒ

P.51

며 왈 박 부인은 션관의 쌀이라 ᄒ더니 과연 올토다 ᄒ며 이러한
신기ᄒᆫ 뫼법은 고금에 읍난 일이라 션인이 웃지 진셰에 나려왓
난고 옛날 진시황과 한무졔도 구지부득한 션인을 금일에 우리
난 우연이 반나시니 엇지 질겁지 안니ᄒ리요 셔로 츈흥을 못

이기여 글을 지어 화답ᄒ더니 잇ᄯ에 계화 시측ᄒ엿다가 엿ᄌ
오ᄆᆡ 이럿틋 죠흔 기회에 유흥이 도도ᄒ오며 빅화만발ᄒ야 춘
광을 사랑ᄒ오니 소비도 이을 위로ᄒ고져 ᄒ나니다 ᄒ니 좌즁
졔인이 그 말을 듯고 더욱 기특히 여기여 허락ᄒ거날 계화 단순
을 반기ᄒ야 청가일곡을 부르니 고 소릐 가장 청ᄋᆡᄒ야 산호칙
을 드르 옥반을 ᄯᅵ치난 듯ᄒ난지라 그 곡조에 ᄒ엿시되 쳔지난
만물지역여요 광음빅ᄃᆡ지과긱이라 부운 갓튼 이 셰상에 부ᄉᆡᆼ이
약몽ᄒ니 츈풍

P.52
화류호시졀에 아니 놀고 무엇ᄒ리 옛일을 ᄉᆡᆼ각ᄒ고 지금에야
살펴보니 빅ᄃᆡ지흥망은 춘풍에 난영이요 일시지변화난 장성에
호졉이라 청산에 두견화난 촉즁에 원혼이요 확에 츈조셩은 왕
소군의 눈물이라 셰상을 ᄉᆡᆼ각ᄒ니 인ᄉᆡᆼ이 덧읍도다 수십춘광
조흥 ᄯᆡ에 안이 놀고 무엇ᄒ리 어화 창ᄉᆡᆼ더라 창ᄒᆡ로 술을 비져
만셰동낙ᄒ올이라 ᄒ엿드라 모든 부인 듯기을 다ᄒᄆᆡ 정신이
쇄락ᄒ야 계화을 다시 보며 무슈이 층찬ᄒ드라 일요셕양은 지
산ᄒ고 인영은 산란흔듸 산ᄉᆡ난 나라 들고 월츌이 동영ᄒ니
시비 판연곡을 알외거날 여러 부인더리 가연을 파ᄒ고 각각
도라가드라 각셜 상공이 연쇠홈으로 우상을 갈고 시빅으로 한
림을 승직ᄒ시니 슉빅흔 후 나라을 츙셩으로 셤기니 명망이
조정에 쓸치드라 시빅의 츙셩이 과인홈으로 견ᄒ게흡셔 더욱
사랑ᄒ

시더니 시빅으로 평안감사을 졔수ᄒᆞ시니 시빅이 국은이 망극홈을 층송ᄒᆞ고 어젼에 나아가 사은슉빅ᄒᆞ고 본가의 도라오니 일가츤척과 가즁졔인의 질거홈은 층양키 으렵도다 시빅이 궐닉에 나아가 ᄒᆞ직ᄒᆞ고 집에 도라와 급히 힝장을 차릴싯 소목 장이을 불너 쌍교을 만들나 ᄒᆞ신딕 박씨 문왈 쌍교난 무엇ᄒᆞ랴 ᄒᆞ시난잇가

시빅이 딕왈 젼ᄒᆞ게옵셔 날로 평안감사 졔슈ᄒᆞ옵시믹 부인을 뫼시고 한 가지 가랴 ᄒᆞ난니다 박씨 딕왈 딕장부 츌셰ᄒᆞ온 후 입신양명ᄒᆞ오면 나라을 위ᄒᆞ야 불고가사ᄒᆞ다 ᄒᆞ오니 국사을 골몰ᄒᆞ오면 안여자을 웃지 싱각ᄒᆞ여 ᄯ오혼 첩이 혼 가지 가면 늘근 부모를 뉘라셔 봉양ᄒᆞ오잇가 쳡은 집에 잇셔 늘근 부모을 봉양ᄒᆞ올 거시니 딕감은 츙셩을 다ᄒᆞ야 나라을 극진이 도음이 올을가 ᄒᆞ나니다 ᄒᆞ니 감사 이 말을 듯고 사ᄉᆞ에 민쳡홈과 언어의

증직홈을 도로히 무류이 역여 탄복홈을 마지 아니ᄒᆞ여 왈 날갓튼 사람을 불츙불표가 이럿탓 막심ᄒᆞ니 쳔지간에 용납지 못할 장부라 노친 양위을 싱각지 못ᄒᆞ고 망영된 말을 ᄒᆞ엿사오니 과도이 허물치 마옵고 부딕 양위 봉양을 극진이 ᄒᆞ와 뇌의 마음을 경딕ᄒᆞ와 남으 우음을 면케 ᄒᆞ여 닉닉 보즁ᄒᆞ옵소셔 ᄒᆞ고 급히 사당의 나아가 ᄒᆞ즉 후에 양위 젼에 ᄒᆞ즉ᄒᆞ고 길을 ᄯᅥ날싯 박씨로 더부러 은근이 작별ᄒᆞ고 바로 평양의로 향ᄒᆞ야 가니라

각셜 잇떠 시빅 여러 날만에 평양에 득달ᄒ니라 도닉 열읍관장
은 쥰민고퇵ᄒ고 과ᄒ속빅난 츌몰민간ᄒ야 작폐 무수ᄒ지라
시고로 싱민이 도탄 즁에 드러 민심이 요란ᄒ거날 도임한 후에
그 폐단을 일일이 살피사 각읍수령의 션불션을 퇵츌ᄒ야 불치
수령은 장파ᄒ고 션치수령은 승직ᄒ며 빅셩을 인의로 다시리고
시민여상ᄒ니 슈

P.55

연 간에 도닉 열읍이 무위이화ᄒ야 빅셩이 셔로 길기며 노릭ᄒ
여 가로딕 조흘씨고 조흘씨고 이졔난 살이로다 요슌젹 시졀인
가 국틱민안 조흘시고 신농씨 만든 짜부 인졔야 지어보셰 역산
에 바슬 갈아 농사을 어셔 지어 부모동싱 흔테 두고 함포고복
ᄒ여보셰 구관은 어이ᄒ야 침흑평민 하올 젹에 무식ᄒ 빅셩더
리 인의예지 어이 알며 효졔츙신 어이 알이 불효부졔 일을 삼아
골륙상졍ᄒ야 파산분쥬ᄒ난고나 효ᄌ가 불효 되고 양민이 도젹
되야 죽기만 바리더니 신관 삿도 도임 후에 츙효을 베푸시고
예의로 공시ᄒ니 덕화가 널이 페여 빅셩이 살이로다 불효가
효자 되고 도젹이 양민 되야 산무도젹ᄒ올 젹에 밤낫 읍시 농사
ᄒ고 도불십유 ᄒ올 젹에 직물 뫼와 부귀ᄒ셰 싱사당을 지어볼
가 션졍 비올 셰워 보셰 우리 삿도 착할시고 입셕 송덕ᄒ여
보셰 어화 빅셩더라 다사호장으로 우리 삿도 은공 갑

셰 만셰만셰 만셰만셰에 여군동낙ᄒ여 보셰 무수이 층송ᄒ며
거리거리 선졍비을 셰우고 격양가을 일 삼드라 이런 고로 감사
의 어진 소문이 원근에 진동ᄒ야 장찻 조졍에 미쳤난지라 왕상
이 드르시고 아름다이 여기사 병죠판셔로 부로시니 감사 교지
을 밧ᄌ와 북향사비ᄒ고 승은을 축슈ᄒ며 직시 힝장을 차리여
경셩으로 올나올ᄉᆡ 열읍 수령과 여러 빅셩더리 거리거리 무불
층송ᄒ드라 써난 지 여러 날 만에 경셩에 득달ᄒ야 궐닉에 드르
가 사은숙비ᄒ온ᄃᆡ 상이 보시고 디찬불리ᄒ시드라 각셜 이라
갑ᄌ연앤 팔월에 남경이 요란ᄒ다 ᄒ거날 나라의셔 시빅을 불
너 상사을 졔슈ᄒ시니 시빅이 어명을 밧자와 남경에 드르갈ᄉᆡ
잇디 임경업이라 ᄒ난 신하 잇시되 총명이 과인ᄒ여 영웅변화
지술을 가져난지라 마참닉 쳘마산졍중군을 졔슈ᄒ얏더니 시빅
이 사신으로 드르갈ᄉᆡ 나라의 쥬달ᄒ야 경업으로 삼사군관을
삼아 한 가지

로 남경으로 드르가니 남경 쳔자 조연 사신이 오단 말을 듯고
황ᄌ강으로 졉반사을 삼아 영졉ᄒ야 들일새 잇ᄶᅥ 북방 호국이
촉마가달의 난을 만나 픽망지경이 되믹 디국에 쳥병ᄒ얏거날
황졔 마참 쳥병장을 웃지 못ᄒ엿더니 황자경이 엿자오디 죠선
상사 군관에 상을 보니 비록 소국 닌물이오나 만고흥망과 쳔지
죠화을 은은이 감차사오니 신은 원컨디 이 사람으로 쳥병장을

졍ᄒᆞ미 맛당ᄒᆞ여이다 쳔자 들으시고 리시빅과 임경업을 픠초ᄒᆞ
ᄃᆡ 불이ᄒᆞ시며 바로 임경업으로 쳥병ᄃᆡ장을 하야 호국을 구하
리라 하신ᄃᆡ 시빅과 경업이 쳥병장이 도야 ᄃᆡ국군을 거날이고
호국에 드러가 가달과 싸와 빅젼빅승ᄒᆞ여 쵹마가달을 일홉에
쳐뭇지르고 호국을 구한 후에 승젼고을 울이고 ᄃᆡ국에 도라와
황계을 뵈온ᄃᆡ 황계 보시고 그키 츙찬ᄒᆞ사 상금을 후이 주며
글월을 닥가 조션으로 보낸이

P.58

라 시빅과 경업이 황제게 하직ᄒᆞ고 조션에 득달ᄒᆞ여 궐하에
입조ᄒᆞ온ᄃᆡ 상이 보시고 못ᄂᆡ 기특이 어겨 왈 소국 인물노 ᄃᆡ국
토 원슈 되야 호국을 구ᄒᆞ고 가달국까지 위엄을 쁠치고 온니
이난 만고의 드문 일이라 양인을 승즉ᄒᆞ실ᄉᆡ 이시빅으로 우상
을 제슈ᄒᆞ시고 임경업으로 부원수 증ᄒᆞ엿던니 북방 호국이 졈
졈 강승ᄒᆞ여 도로혀 죠션을 엿보ᄆᆡ 상이 크게 근심하야 임경업
으로 의주부윤을 졔슈ᄒᆞ여 자조 침노ᄒᆞᄂᆞᆫ 북방 호국을 쳐물이
치게 ᄒᆞ니 호적이 두려워 감이 침범치 못하더라 ᄃᆡ감에 춘추가
당금 팔십리라 조련 득병ᄒᆞ야 빅약이 무효라 졈졈 침즁ᄒᆞ야
시빅과 박씨을 불너 못ᄂᆡ 스러하시다가 세상을 발리신이 슬푸
다 모부인이 익통하시다가 기연이 못되야 쏘 세상을 발리신니
승상이 일년지ᄂᆡ에 쳔지구몰ᄒᆞ멀 당ᄒᆞ니 웃지 망극지 안이ᄒᆞ리
요 초죵 범졀을 예로써 장사ᄒᆞ고

이통을 마지 안니하더라 세월이 여류ᄒ여 어느시 이에 양위 삼 년을 지니고 수신제가을 예의로 베풀더라 각셜 잇ᄯᅥ에 호적이 강승ᄒ야 북방을 침범하거날 임경업이 빅젼빅승ᄒ여 물이치고 북방을 살피던이 무지흔 호적이 조선을 치라 ᄒ고 만조제신을 다리고 의논왈 호왕이 제신다려 왈 우리나라난 지방이 광활ᄒ나 조션 장수 임경업을 제어할 장수 하나잉 업시니 웃지 가련치 안이하리요 웃지ᄒ야 죠션을 도모할고 흔디 제신이 묵묵무언이러니 잇ᄯᅥ 호왕에 중젼 왕비난 비록 여자나 쌍이 읍난 영웅이라 상통천문ᄒ고 하찰지리ᄒ난 고로 왕비 호왕게 엿자오디 첩이 근자에 천문을 보온 즉 필연코 신인이 인난가 십푸니 만일 그런 신닌이 잇실진딘 셜사 임경업을 제어한다 ᄒ여도 조선을 도모ᄒ기 어려울가 하는이다 호앙이 디경왈 니 평싱에 임경업을 두려워ᄒ기을 팔연풍진에 역발산

ᄒ던 쵸픽왕과 삼구시절에 자롱운장보다 더 두려워ᄒ엿더니 ᄯᅩ 그 우에 ᄶᅱ여나는 신인이 잇슬진디 웃지 다시 조선을 엿볼 ᄯᅳᆯ을 두리요 자탄을 마지 아니ᄒ거날 왕비 깅주 왈 이제 천기을 보온니 조선이 시운이 진ᄒ엿낫지라 그러나 빅만디병을 보니여도 그 신인을 졔어ᄒ기 젼에난 죠션을 도모하기 극난하오니 첩이 한 묘칙을 싱각ᄒ온 즉 이제 자긱을 구ᄒ여 먼졔 조션에 보니여 신인을 제어홈만 갓지 못ᄒ와이다 호왕이 그리ᄒ면 엇

셔한 사람을 보닉고져 ᄒ난뇨 왕비 왈 죠션은 탐ᄌ호식ᄒ오니 계집을 구ᄒ되 인물리 초월ᄒ고 문필은 리티빅 왕희지와 갓고 언어구변은 소진장의 갓고 칼 쓰긔난 자룡운장 갓고 의량은 졔갈무후 갓튼 계집을 보닉면 셩사할 듯ᄒ와이다 ᄒ되 호방이 듯고 가장 을힛 여겨 즉시 졔신과 의논ᄒ여 두로 구ᄒ더니 뇍궁시여 즁에 계홍되라 ᄒ난 계집이 잇시되 인물은 당

P.61

명황의 양구비 갓고 구변은 소진장의을 닝소ᄒ고 금술은 리목 염파지상이요 용밍은 밍호 갓튼지라 왕후 호왕게 엿자오되 지금 계홍되난 금술과 의량이 쵸월ᄒ고 겸하여 인물이 졀식이며 만부부지용얼 가져시니 이 사람이 가면 셩사할 듯ᄒ와이다 호왕이 크게 깃거ᄒ여 계홍되을 불너 분부ᄒ여 왈 네의 신긔뫼법은 임의 짐작ᄒ거니와 조션에 가셔 되공을 일울소야 계홍되 답쥬왈 소여 비록 ᄌ조 읍사오나 국은이 망극ᄒ오니 읏지 슈화 즁이온들 피하올잇가 호왕이 왈 네 조션에 나가 심을 다ᄒ야 신인의 머리을 벼혀 가지고 오면 천금상에 만죵녹을 일울 거시오 일홈을 쥭빅에 올일 거시니 부되 셩공ᄒ게 ᄒ라 한되 계홍되 되왈 소여가 ᄌ조 읍사오나 한 번 나가 영웅호걸과 요슐지직을 한 칼에 벼혀 되왕의 근심을 덜고져 함이 평싱 소원이읍더니 이졔 되왕의 하교 이갓으니 맛당ᄒ와니다 왕이 기특키 여기여 빅 변 당부ᄒ

고 보닐시 흥티 흑즉흥고 나왼 왕비 불너 왈 네가 조선에 나가면
언어간에 싱소할 거신니 자시이 듯고 가라 언어 상통하난 것과
조선 풍속 가라친 후에 쏘 일너 왈 조션의 나가거던 먼져 장안에
들어가 우의정 집얼 차자가오면 신인 잇난 줄 알거신니 문답은
여차여차 흥고 부티 지조을 허비치 말며 신인을 유인하여 머리
을 벼혀 가지고 들어오난 길에 의주의 들어가 임장군 경업에
머리을 벼혀 가지고 오되 부티 조심흥야 티사을 글럿치게 말나
한티 홍티 영을 듯고 즉시 나와 힝장을 차리여 가지고 힝동으로
향흥니라 각셜 잇써 박 부인 홀노 피화당에 안잣다가 쳔문을
보고 급히 우상게 고흥여 왈 모월모일에 엇더흔 여자 문흥에
와셔 문후흥온 후에 언어수작이 자약할 거시니 부티 조심흥여
친근이 마옵시고 피화당으로 인도흥야 보늬옵소셔 우상이 문왈
엇더한 여자관티 날을 차자 올리라 흥난잇가 부인

이 왈 그난 즘차 알연이와 부티 수다이 변셜마옵고 늬 말삼티로
하와 낭픽되게 마옵소셔 그 게집이 오면 분명 사랑셔 유흥랴
할 거시니 부티 조심흥야 그 여인의게 속키지 마옵소셔 그 여인
은 얼골이 기뫼흥고 빅틱구비한지라 만일 그뫼흠을 사랑흥옵셔
동침흥옵시면 티환을 면치 못할 거시니 부티 조심흥옵셔 피화
당으로 유인흥야 보늬옵시면 그 시이에 술을 비져 드호되 흔
그럿슨 쌀 두 말에 열씨 스 되을 셕거 만들고 쏘 한 그럿슨

슌주로 ᄒ야 두고 안쥬도 장만ᄒ엿다가 그날리 당ᄒ거던 첩의
지휘ᄃᆡ로 약하약ᄒ ᄒ옵소셔 ᄒᄃᆡ 우상이 듯고 일변 고히 역여
허락ᄒ고 그 말ᄃᆡ로 쥬안을 만이 쥰비ᄒ엿드라 화셜 게홍ᄃᆡ
불칙ᄒ 흉게을 머금고 조션에 득달ᄒ여 박씨 오리라 하든 날
과연 웃더한 졀ᄃᆡ가인이 치레를 능난이 ᄒ고 승상ᄃᆡ에 와셔
문안ᄒ거날 승샹이 문왈 네난 엇더ᄒ 사람이요 그 여

자 왈 소여난 ᄒ방에 사옵난 쳔기옵더니 장안에 구경와삽다가
외람이 ᄃᆡ감ᄃᆡ 문견에 일어나니다 승상이 왈 네 그러ᄒ면 근본
이 어ᄃᆡ며 승명은 무어시라 ᄒ난요 게홍ᄃᆡ 답왈 소인이 살기난
강원도 회향 삽읍ᄂᆞᄃᆡ 조실부모ᄒ옵고 유□기결ᄒ옵다가 우연
이 그 고을에 관비 중속ᄒ엿사오니 승은 모르옵고 일홈은 셜즁
ᄆᆡ라 ᄒ옵나니다 ᄒ며 언어가 쳔연ᄒ지라 승상이 그 거동을
살펴보니 여사 사람과 다른지라 심히 고인 역여 사랑에 오르라
ᄒ시니 그 여즈 황송함을 머금고 겸량ᄒ다가 올나와 좌즁 후에
승이 극히 사랑ᄒᄉ 수작을 난만이 ᄒ시니 그 여인이 문필이
유여ᄒ야 유식ᄒ ᄃᆡ답은 쳥산유슈 갓고 의량이 광활ᄒ야 문답
이 차칙이 읍난지라 승상도 역시 구변이 유여ᄒ되 이 게집은
능히 당치 못할너라 심즁에 고히 여기여 ᄃᆡ찬부리 왈 장안에도
문장ᄌᆡ사가 허다ᄒ되 너와 갓탄 이난 읍실지라

진실노 ᄒ방천기 되기 악갑도다 ᄒ시며 못닉 탄복ᄒ시고 분명
흔 문법과 인물이 비범흠을 사랑ᄒ시나 박씨의 이르든 비게을
싱각ᄒ시민 의혹이 만란한지라 다시 일너 왈 지금 일낙셔산
되얏시니 후원 쵸당에 드르가 편이 유하라 ᄒ신듸 그 여인이
황공 답왈 소인이 하방천기로셔 임의 듸감 존젼에 이르럿사오
니 황송ᄒ오나 사랑에서 유ᄒ야 듸감을 뫼시옵고 아득한 마음
을 명빅히 가라치심을 씌칠가 바릭나니다 승상이 답왈 나도
역시 네 말고 갓치 일야 수작할 마암이 간졀하나 금야에난 국가
에 일이 잇셔 골몰하여 과연 혈난할 터이민 너로 더부러 한
가지 수작지 못ᄒ고 후기을 두나니 셥셥히 싱각 말고 늬당에
드르가 편이 쉬고 오라 ᄒ니 그 여인이 답왈 소인 갓치 미쳔ᄒ온
몸이 웃지 싱심인덜 존엄ᄒ신 부인을 뫼시고 웃지 일랴을 지늬
올잇가 극히 불가ᄒ와이다 승상이 왈 네 말이 사셰 당연ᄒ나
부인과 네와

피차 여자라 무삼 허물 관게ᄒ리요 ᄒ시며 즉시 시비 게화을
불너 분부ᄒ며 왈 이 여인을 다려다가 피화당에 편이 유ᄒ게
ᄒ라 ᄒ시니 게화 승명ᄒ고 즉시 그 여인을 다리고 피화당으로
드르가 듸감의 분부ᄒ시든 말삼을 고ᄒ니 박씨 듯고 그 여인을
밧비 쳥흔듸 그 여인이 드르오거날 셔로 예필좌증 후에 박씨
문왈 그듸난 어인 사람이관듸 늬 집을 츠즈와난다 ᄒ시니 그

여인이 답왈 소인 근본 하방쳔기옵더니 경셩 구경왓삽다가 길
을 일코 외람이 딕감딕에 왓사오니 불승황공ᄒ와이다 박씨 왈
그듸 힝식을 보니 범인과 다른지라 헛도이 힝역만 허비ᄒ고
닉 집을 부질읍시 차자 왓도다 ᄒ고 게화을 불너 왈 지금 손임이
와쓰니 쥬효을 들리라 ᄒ듸 게화 쳥영ᄒ고 나가든니 이윽고
옥반에 승찬을 갓초와 들고 슐을 두 그럿설 갓다 문박게 감초고
게화로 하여금 현쥬홀식 독주는 그 여인께 권쥬순빅ᄒ고 순슈
난 박씨게 권쥬

순빅ᄒ니 그 여인 힝역게 곤ᄒ여 기갈이 심ᄒ지라 조곰도 식양
치 안이ᄒ고 일쑤주을 두어 □□의 다 마시며 일효을 다 ᄒ
입의 먹은니 그 거동이 가이 범인과 다른지라 박씨 쏘한 주효
멱난 거동이 차등이 업게 하더라 잇쩌에 승상과 가인덜이 힝식
을 고히 여기여 뒤문 박게 은신ᄒ야 그 거동을 보고 안이 놀닉
리 업더라 이윽고 그 여인이 독쥬를 포식ᄒ고 슐이 딕취ᄒ거날
박씨다러 왈 소인이 힝역이 뇌곤ᄒ 즁에 주시난 술을 만이 먹싸
와 딕취ᄒ온니 잠감 비기기을 쳥ᄒ나이다 ᄒ거날 박씨 왈 이주
딕인은 예의지ᄉᄒ이요 일윤지통의라 엇지 닉 집에 온 손임을
공경치 안이하리요 그 어인이 더욱 황공감사ᄒ와 셔로 수작을
난만이 ᄒ니 피차 우열을 아지 못할너라 그 어인이 비계을 가만
이 싱각하되 우리 왕바께 하직할 쩌에 ᄒ시기을 조션에 나가거
던 우의졍 집을 먼제 차자가면 자연 알이라 ᄒ

옵기로 악가 승상에 상을 보니 다만 어진 지상쑨이요 다른 지조
은 별노 읍셔 보이기로 염여 읍셔던니 이제 부인의 그동 과인흠
을 보니 비록 여지나 미간에 천지조화을 은은이 감추우고 흉즁
에 만고되락을 품어씨니 이 사람은 곳 신인이라 만일 늬가 이
사람을 살여두면 우리 황싱쎄압셔 조선을 도모키 어려울지라
웃지 근심되지 안이흐리요 늬의 조흔 묘게을 다흐야 이 사람을
주기여 우리 황상에 근심을 덜고 늬의 일홈을 천츄에 유젼흐리
라 흐며 심즁에 되히하엿던니 술이 히흐거날 박씨쎄 쳥흐여
왈 황송흐오나 곤흐온니 자기을 쳥하나이다 박씨 허락흐고 비
기을 준니 그 여인이 비기을 비고 눗던니 잠을 들어씨되 한
눈을 썻써니 이윽고 두 눈을 쓰며 양안에서 불셩이가 늬다라
방중에 궁글며 자난 숨결에 방문이 얼치락닷치락 흐야 사람의
졍신을 살난켜

흐니 비록 여지나 쳔흐명장이라 웃지 놀납지 아니흐리요 박씨
도 쏘흔 자난 체흐다가 가만이 이러나 그 여인의 힝장을 여러보
니 다른 기물은 별노이 읍고 조고만흔 칼 흐나 잇시되 자셔이
보니 쥬홍으로 싁여시되 비연도라 흐엿더라 박씨 그 칼을 만지
랴 할 제음에 그 칼이 화흐야나난 졔비가 되야 천장으로 소소치
며 박씨을 히흐랴 흐고 자조 범흐거날 박씨 급히 믜운지을 가져
다가 진언을 외우며 두루 던지드니 그 칼이 감이 영함이 읍셔

변화을 못ᄒ난지라 그계야 박씨 그 칼을 들고 소리 벽역갓치 지르며 홍디을 씌우니 그 여인이 잠을 집피 드러따가 벽역갓튼 소리에 잠을 씌야 혼미 즁 이러 안지니 박씨 비연도을 아셔 빗겨 들고 소리을 크게 질너 왈 무지ᄒ고 간특한 연아 네가 호국 요물 계홍디 아니야 ᄒ난 소리 천지가 문어지난 듯ᄒ야 혼불부신ᄒ고 실혼낙담ᄒ야

P.70
아모리 할 쥴을 모로다가 계우 정신을 차리고 고기을 드러보니 칼을 들고 안진 위엄이 팔연풍진 홍문연 잔치에 번쾌가 항장을 디ᄒ야 두발이 상지ᄒ고 목자진열 ᄒ난 위엄 갓튼지라 감이 말을 못ᄒ고 잇다가 홍디 정신을 진정ᄒ야 엿ᄌ오디 부인게옵셔 웃지 이갓치 명감ᄒ시난잇가 과연 계홍디로소이다 황송ᄒ온나 이르텃 엄위을 무르시니 엇진 연고신잇가 부인이 눈을 부릅쓰고 여성 디질 왈 네난 일시 자긱으로 긔 갓튼 네 왕의 말을 듯고 당당ᄒ 우리 예의지국을 히ᄒ랴 ᄒ고 네 만연이 증도 발키난 사람을 히ᄒ랴 ᄒ니 웃지 살기을 바리리요 닉가 비록 직조옵시나 너갓튼 요물의 간게에 속키지 아니ᄒ다 ᄒ고 노기등등ᄒ야 바로 비연금을 들고 홍디 머리을 견우면서 우리 갓튼 소리을 벽역갓치 질으며 쑤지져 왈 이 긔갓

P.71
튼 연아 네 닉의 말을 드러보라 우리 대감게옵셔 황명을 밧자와

아국 장수 임경업을 다리고 남경 사신 드르갓더니 너의 나라에
셔 촉마가달의 난을 만나 픠망지경이 되어 세궁역진ᄒᆞ야 뒤국
의 쳥병ᄒᆞ엿기로 남경 쳔자 너의 나라 지탕치 못홈을 아르시고
가긍이 역이ᄉ 아국 장수 임경업으로 쳥병 뒤장을 삼아 너의
나라을 구완하라 하시미 군사을 거나려 너의 나라에 드르가
심을 다ᄒᆞ야 병불혈인ᄒᆞ고 호통 일셩에 촉마가달을 물이치고
너의 나라 사직을 안보ᄒᆞ야 쥬엇시니 은혜을 갑자 하면 퇴산이
가부압거날 도로혀 보은ᄒᆞ기난 고사ᄒᆞ고 빈은망덕ᄒᆞ고 너 갓튼
요물을 보닉여 우리나라을 탐지코자 ᄒᆞ야 당돌리 닉게 몬져
와셔 날을 희하랴 ᄒᆞ고 지조을 시흠코져 ᄒᆞ니 이난 도시 네의
나라 왕비의 간계라 나난 몬졔 아라건이와 젼후사을 싱각ᄒᆞ면

P.72

너을 쥭여도 죄가 나물지라 몬졔 네의 머리을 베혀 닉의 일
분함을 만분지일이나 들이라 ᄒᆞ고 호령ᄒᆞ시니 흥뒤 황공ᄒᆞᆫ 즁
닉렴에 싱각ᄒᆞᆫ 즉 이러ᄒᆞᆫ 영웅을 만나시니 셩공은 고사ᄒᆞ고
도로혀 앙화을 바다 목슘을 보젼치 못ᄒᆞ이라 ᄒᆞ고 다시 익걸
왈 극키 항공ᄒᆞ오나 부인 젼에 웃지 호말인들 기망ᄒᆞ올잇가
소인이 여간 잡슐을 빈와삽더니 국왕의 불명한 말을 듯고 거역
지 못ᄒᆞ와 이갓치 볍죄ᄒᆞ엿사오니 사무여한이오나 하날이 발그
시고 신령이 도의사 타국에 나왓삽다가 부인 가트신 영웅을
먼졔 만나사오니 소인의 실낫갓튼 잔명이 부인의 칼 ᄭᅳ티 달여
싸오니 부인은 ᄒᆞ날 갓튼 혜덕을 베푸사 소인의 잔명을 살여

고국으로 돌여 보닉면 소인이 국왕의게 이갓튼 말삼을로 셰셰
이 젼ᄒ와 다시야 싱심이온들 읏지 범남한 마음을 먹사올잇가
소인이 망사지죄

P.73
을 범ᄒ얏사오나 불칙ᄒ온 왕명으로 부득이 ᄒ온 일이오니 널
이 싱각ᄒ옵셔 오널날 잔명을 살여 쥬시면 부인의 덕틱으로
고국에 도라가 무도ᄒ온 왕의 마음을 ᄀ과쳔션ᄒ게 ᄒ올 거시
니 깁히 통촉ᄒ와 살여 쥬옵소셔 ᄒ거날 박씨 왈 네 왕은 진실노
금슈와 갓도다 숙셕지은덕을 모로고 조션을 이갓치 멸시ᄒ야
닉 나라 인ᄌ을 살히코져 ᄒ야 닉의 ᄌ조을 조롱코져 하니 이난
가위 양호유환이라 읏지 분치 아니ᄒ리요 닉의 쓰시 너갓튼
인명을 히할 마음이 아니라 그러나 살기을 읏지 바릭ᄂ요 홍ᄃᆞ
머리을 조와 무슈이 이걸 왈 부인의 말삼을 듯사오니 더욱 후회
막급이로소이다 ᄒ며 누누이 ᄉ죄ᄒ니 부인이 칼을 잠간 멈치
고 분심을 진졍ᄒ여 왈 닉의 통분함과 네 왕의 소위을 싱각ᄒ면
너을 몬졔 버혀 분심을 ᄃᆡ강이라도 덜고져 ᄒ되 인명을

P.74
살히함이 상셔가 아니요 ᄯᅩ한 네의 왕이 근본 무도ᄒ야 범남한
마음을 곤치지 아니ᄒ기로 너을 아즉 살여 보닉니 도라가 네
왕의게 닉의 분부을 자셔이 젼ᄒ여라 우리 조션이 비록 소국이
나 인ᄌ을 ᄉᆡ아리면 영웅 명장이 젹여 구산ᄒ야 수을 아지 못ᄒ

고 날가티 요둔흔 지조난 거지 두 량이라도 불가승슈라 네 왕은
다만 왕비의 말만 둣고 너을 인지로 퇴츌ᄒ여 보닉엿시나 너가
조션의 나와 영웅 만닉기 젼에 날 갓튼 사람을 면졔 만나기예
사라 가난 거시니 도라가 너의 왕의게 이 ᄶᆡᆯ 자셔이 젼ᄒ고
ᄎ후난 쳥명을 슌슈ᄒ되 만일 교만한 마음을 곤치지 아니ᄒ고
일향 거역ᄒ면 닉가 비록 여즈나 영웅명장을 모우고 딕군을
일우어 네의 나라에 드르가면 무죄한 허다 군사와 여러 빅셩을
씨읍시 할 거시니 부딕 쳔명을 어기지 말고 순종ᄒ라 ᄒ며 박씨
자탄 왈 수원슈구

하리요 ᄒ며 앙쳔탄식 ᄒ거날 게홍딕 그 거동을 보고 이러나
사비ᄒ고 왈 신령하신 덕틱을 입사와 죽을 목슴을 보존ᄒ오니
감격무지ᄒ와 사후난망이로소이다 ᄒ고 도로여 수괴함을 머금
고 ᄒ즉ᄒ고 나와 닉렴에 싱각ᄒ되 딕사을 경영ᄒ야 말이을
지쳑 삼아 왓다가 성공은 고사ᄒ고 본싴이 탈노ᄒ엿시니 이졔
의쥬로 간들 성공하기을 바릭이요 그저 돌라가난 이만 갓지
못하다 ᄒ고 즉시 본국으로 드어가더라 각셜 이 젹에 승상과
가인이 그 거동을 보고 크게 송구이 역이더라 그 익일에 승상
궐닉에 들어가 그 연고을 낫낫치 주달ᄒ니 젼하와 만조졔신이
이 말을 듯고 딕경질싴하난지라 상이 즉시 의쥬 부윤 임경업에
게 관자ᄒ되 호국에서 게홍딕라 ᄒ난 요물 계집이 조션의 나와
엿차한 일이 잇슨니 그런 계집이 혹씨 쌉을 유인ᄒ야 주기랴

ㅎ고 의쥬로 나려가거든 부디 그 간게예 속지 말고 명심불망

ㅎ야 낭피돔이 읍게 ㅎ고 부방을 착실이 직키라 ㅎ엿더라 이
적에 나라에셔 박씨의 명감을 탄복ㅎ시고 충효을 층찬ㅎ시며
공을 의논하실시 박씨의게 명월부인 가자을 나리시고 삼품녹을
상급ㅎ시고 상이 쏘 우상을 불너 왈 경의 부인 곳 아니면 디환을
면치 못할 번ㅎ엿도다 흉악한 북적이 우리나라을 엿보고져 ㅎ
야 일엇탓 한 일이 잇스니 웃지 통한치 아니하리요 차후로난
도적의 기미을 낫낫치 쥬달ㅎ라 ㅎ시다 차셜 게홍디 본국에
득달ㅎ야 현신ㅎ니 호왕이 문왈 이번에 조션의 나아가 웃지ㅎ
고 드르왓난다 홍디 답쥬왈 소여 이번에 봉명ㅎ와 디사을 경영
ㅎ옵고 말이타국에 갓삽더니 셩공은 고사ㅎ옵고 만고에 쌱이
읍난 영웅을 만나 목슘을 보존치 못ㅎ옵고 고국에 도라오도
못ㅎ옵고 타국에 고혼될 거셜 소여가 누누이 익걸할 쑨더러

박씨의 어진 덕틱으로 사라 왓삿오며 박씨의 ㅎ난 마리 디왕게
읍셔 빅은망덕ㅎ고 숙셕지은덕을 모른다 ㅎ고 금슈에 비ㅎ여
심칙ㅎ온 후 쏘한 가로디 이런 범남ㅎ 쓰졀 두다가넌 박씨가
비록 여자나 군병을 모라 몸소 거나리고 본국에 드르와 멸망지
환을 쥬리라 ㅎ옵고 도모지 디왕이 무도ㅎ야 이갓튼 쓰졀 둔다
ㅎ옵고 언어 증직ㅎ게 심칙ㅎ오며 이 쓰졀 디왕의게 젼ㅎ라

ᄒ더니라 흔딕 호왕이 딕로왈 네가 부지럽시 갓다가 셩공은
고사ᄒ고 묘게만 탈로ᄒ고 왓시니 웃지 분연치 아니하리요 ᄒ
며 쏘 왕비을 쳥ᄒ야 왈 이졔 게홍딕가 조션에 나갓다가 신인과
명장을 쥭이지 못ᄒ고 도로여 묘게만 탈노하야 욕셜로쎠 늬게
밋치게 ᄒ니 엇지 분연치 아니하리요 쏘 조션을 도모치 못하게
되엿시니 분한 마음을 어딕 풀이요 한딕 왕비 딕왈 첩이 한
묘칙이 잇삿오니 힝ᄒ여 보읍소셔

P.78
왕 왈 무삼 게교온잇가 흔딕 왕비 왈 조션에 비록 신인과 명장이
잇사오나 조졍에 간신이 만하야 신인의 말을 듯지 아니할 거시
오 영웅 명장을 쓰지 못할 거시니 이졔 딕왕게압셔 딕군을 이루
워 조션을 치되 북으로난 향치 말고 동을 향하야 바로 동희을
건네여 조션 동딕문을 씌치고 장안을 음십ᄒ면 반다시 조션을
도모ᄒ리라 흔딕 왕이 듯고 딕히ᄒ야 즉시 한우와 용골딕로
딕장을 삼아 졍병 십만을 조발ᄒ야 왈 경 등을 퇴취ᄒ여 조션을
보늬미 부딕 심을 다ᄒ야 셩공ᄒ되 북으로 가지 말고 동편으로
가 동희을 건너 동딕문을 씌치고 드러가 장안을 음살ᄒ면 딕공
을 일울 거시니 경 등이 셩공ᄒ고 도라오면 일등공신이 되야
만죵녹을 바들 거시니 부딕 명심불망ᄒ라 흔딕 양장이 승명
후에 ᄒ즉ᄒ고 나오니 왕비 양장을 불너 왈

그딕 등이 딕왕의 비게을 위령치 말고 군사을 거나리고 가되
조션지경 들거든 바로 날닌 군사로 ᄒ여금 의쥬와 도셩 상거에
복병ᄒ야 의쥬 부윤 임경업의게 도셩 소식을 통치 못ᄒ게 ᄒ며
그딕 등이 장안을 범ᄒ되 우의졍 이시빅의 집 후원을 범치 말게
ᄒ며 그 집에 피화당이라 ᄒ난 초당이 잇고 피화당 사면에 신기
ᄒ 나무가 무셩ᄒ여씰 쎠신이 만일 그 집 후원을 범ᄒ면 셩공은
고사ᄒ고 신명 보젼치 못ᄒ야 고국에 도라오지 못홀 거신 부딕
명심불망ᄒ라 ᄒ니 양장이 쳥영ᄒ고 나와 심만 딕병을 거날이
고 바로 동을 향하야 바로 장앙으로 향ᄒ니라 각셜이라 이 젹에
박씨 홀노 피화당에 안져던이 승상을 쳥하야 왈 북방 호젹이
강승하야 지금 기병하야 조션지경의 들어신니 급피 탑젼에 주
달ᄒ야 의쥬 부윤 임경업을 픽초ᄒ야 군병을

통찰ᄒ되 동으로 들어는 도젹을 방비ᄒ게 ᄒ옵소셔 승상이 딕
경왈 늬의 소견의는 도젹이 드러온다 ᄒ여도 북젹인 즉 북으로
의쥬에 드러와 범할지라 만일 의쥬부윤 임경업을 불너올이고
북방을 비웟다가 호젹이 북도을 탈취ᄒ면 국가의 위틱홈이 조
모의 잇시니 무삼 연고로 북편은 염여치 안이ᄒ고 동편을 막으
라 하나잇가 부인 왈 북젹이 본딕 간싸ᄒ 쐬가 만흔지라 임장군
을 두려워ᄒ야 북은 감이 범치 못하고 동편으로 좃차 동딕문을
쎄고 들어와 장안을 음살할 거시니 웃지 분치 안이ᄒ올잇가

부듸 첩에 말을 헛도이 아지 말으시고 급피 탑젼에 주달하와
방비ᄒᆞ게 ᄒᆞ옵소셔 승상이 쳥필에 올히 여기여 급피 탑젼에
드르가 부인 ᄒᆞ든 말삼을 낫낫치 쥬달ᄒᆞ니 상이 드르시고 크게
놀ᄂᆡ시고 만조졔신을 모와 의논할ᄉᆡ 계신

P.81

이 이 말을 듯고 창황질싴ᄒᆞ여 아모리 할 바을 모르더니 좌의졍
원두표 츌반쥬 왈 북젹이 본듸 간사한 쇼가 만은지라 박 부인의
말삼이 가장 올사오니 그 말을 조차 동을 막을 쓰스로 임경업을
픽초홈이 가할가 ᄒᆞ나이다 ᄒᆞ듸 언미필에 좌흔 한 직상이 변싴
쥬왈 좌의졍 원두표의 말삼이 불가ᄒᆞ와이다 북방 호젹이 누차
임경업의게 픽ᄒᆞ야스니 무삼 힘으로 우리 조션을 엿보며 셜사
기병ᄒᆞ여 온다 ᄒᆞ여도 반다시 의쥬로 드르올지라 만일 의쥬을
바리고 경업을 불너 올이여 동방을 지키다가 불의예 도젹이
북으로 드르와 함몰ᄒᆞ면 그 형셰을 가히 당젹할 슈 읍난지라
국가 존망이 조모에 잇사옵거날 요망한 기집의 말을 듯고 요기
로온 신ᄒᆞ의 말삼을 조찌 아니ᄒᆞ시고 막즁신지에 잇난 경업을
불너오며 쏘 시방 도젹을 막을진듼 의쥬을 굿게 지킴이 올삽거
날 웃지 망영

P.82

도이 동편을 지키라 ᄒᆞ오니 웃지 의량과 지혜 잇다 하올잇가
이난 나라을 망케 홈이니 사심경히ᄋᆞ여이다 상이 가라사듸 박

씨난 지감과 의량이 과인흔지라 늬 임의 증흠한 일이 잇시니
웃지 요망흐다 흐리요 그 말을 조차 동편을 수직함이 가할 듯흐
도다 그 지상이 아뢰되 지금 시화연풍흐고 국티민안흐와 강구
연월에 격양가을 일삼거날 이갓튼 티평시졀에 조그만흔 기집의
요귀로운 말노 발셜흐와 조졍을 경동케 흐오며 민심을 요란케
흐오니 죄사무셕이옵거날 젼흐게옵셔 이갓치 요망흔 말삼을
드르시고 근심흐옵셔 국졍을 발키시지 아니흐오니 신은 원컨딘
이 사람을 먼져 국법으로 시히흐자 흐며 왕명을 무수이 거역하
니 이 사람은 만고딕역부도 김자졈이라 소인을 친근이 흐고
츙신을 음히흐야 국권을 제 마음

P.83

딕로 흐난지라 이갓치 흉흠 놈이 짐짓 나라을 망코져 함이라
만 가지로 국사을 져히흐야도 만조졔신이 그 권셰을 두려워
말을 못흐난지라 우상도 역시 항거치 못흐야 분심을 이기지
못흐고 변식흐야 집에 도라와셔 부인다려 그 말을 난낫치 셜화
한니 박씨 듯고 앙쳔탄식 왈 실푸다 국운이 불향하야 소인에
조졍이라 이졔 도젹이 미구의 도셩을 침노할 터인니 웃지 한심
치 안이할이요 이졔 늬 말을 조차 경업을 픽초하야 도젹 드러오
난 길에 믹복하엿다가 도젹이 당두하거든 늬다려 막으면 졔어
하련마은 손을 묵거 도젹에 칼을 바드랴 한니 웃지 망극지 안이
하리요 하며 승상다려 왈 국가 불의지변이 조모의 잇스니 부딕
용방비간에 충셩을 효칙하와 사직을 안보하옵소셔 흐고 딕셩통

곡한니 승상이 청필에 감기지심을 이기지 못하야 하

날을 우르러 탄식하고 궐뇌에 들어간니 이쩍난 병자납월회일이
라 호련 동듸문으로셔 방포일셩에 고각함셩이 쳔지 진동ᄒ더니
무수한 호적이 동듸문을 쎄치고 드르오난지라 살벌지셩이 셩즁
에 가득ᄒ니 빅셩의 참혹함을 읏지 셩은하리요 호장이 바로
군사을 호통하야 사면으로 츙돌ᄒ니 쥭으미 구산 갓고 곡셩의
장안이 문어지난 듯하더라 상이 창황망극하야 아모리 할 쥴을
몰으다가 갈아사듸 이제 도적이 장안 셩즁에 가득하야 빅셩을
셜히하며 국사직 위틱함이 시각에 잇난지라 읏지하리요 하시며
하날을 우르러 탄식하신이라 잇쩍에 승상이 시위하엿다가 엿자
오듸 이제 사셰 급하오니 남한산셩으로 피란하사이다 흔듸 상이
혼미 즁에 아모리 할 쥴을 모로시고 탄식하시다가 욕교을 타시
고셔 문으로 나셔 남한산셩으로 향하야 가시다가 젼면에 적

병이 늬달나 치돌하니 우상이 진심 갈역하야 적장을 물이치고
옥교을 모시고 남한산셩으로 들러가신이라 잇쩍 호장 한우와
용골쩍 심만 쳘기을 거날이고 장안을 치돌하며 바로 군사을
모라 궐뇌의 드러간니 궐뇌가 비엇난지라 남한산셩으로 피란할
쥴 알고 용골쩍의 아오 용울듸로 장안을 직키여 물식을 수십하
라 ᄒ고 군 빅여 기를 주고 쳘기을 몰아 남한산셩으로 가셔

성을 에워싸고 치돌하난지라 박씨 잇씩에 일가친척을 피화당으로 묘와 병난을 피하더니 피란하난 부인더리 용울띄 장안의 잇셔 물식을 수탐한단 말을 듯고 도망코져 하거날 박씨 말유하여 왈 이제 장안사면에 도적이 직키여씨니 도망한들 어띄로 가며 환을 면하리요 하며 요동치 말면 자연 환을 면흐리라 흐며 말유하여 잇더니 호장 용울띄 빅여 기을 거날이고 장안사면으로 단

이며 물식을 탐지하더니 한 집을 당화야 바라본니 정결한 쵸당 좌우에 수목이 무성한 가온띄 무수한 사람이 피란가야거널 용울띄 둘우 살펴본니 나무마다 용과 범이 되야 수미을 셔로 응흐며 가지마도 식와 빈암이 되야 변화무궁흐야 살기 츙천한지라 울띄 박씨의 신기한 묘법을 모르고 피화당의 잇난 물식을 겁측코져 흐야 급히 드르가니 청명흐던 날리 흑운이 폐쳔흐야 뇌성벽역에 쳔지 진동하더니 사면에 무성한 수목이 변흐야 무수한 갑병이 되야 졈졈 에워싸고 가지와 입식기난 기치 창금이 되야 사람의 마음을 경동케 흐거날 울띄 그졔야 우상의 집인 줄 알고 크게 놀닉여 도망코져 흐더니 쓰박게 피화당 사면이 변흐야 칼날 갓튼 바우 되어 하날에 딕인 듯 쳡쳡이 씨이여 압을 막아 갈 길이 읍난지라 울띄 혼불부신흐야 아모리 할 바을 모로더니 호

런간 엇더한 여즈 칼을 들고 은연이 나와 크게 꾸지져 왈 너난
엇더한 도젹이관딕 당돌리 드르와 죽기을 직촉ᄒ난다 울딕 합장
빅사 왈 뉘 딕이잇지 모로고 왓삽거니와 덕퇵을 무르 살여주옵
소셔 게화 답왈 나난 이 딕 시비 게화언이와 너난 엇더한 놈으로
셔 사지을 모로고 조고만한 심을 밋고 드르왓난다 우리 딕 부인
게옵셔 네 머리을 베혀 가지고 오라 하시기에 왓시니 너난 목을
느리여 닉 칼을 바드라 흔딕 울딕 그 말을 듯고 딕로ᄒ야 바로
칼을 빗게 들고 게화을 치랴 하니 칼 든 손이 혈믹이 읍셔 감이
범수할 수 읍난지라 할 길 읍셔 앙쳔탄식 왈 실푸다 딕장부
출셰ᄒ야 일국 딕장이 되야 말이타국에 딕공을 일우자 ᄒ고
나왓더니 이제 조고만한 여자의게 죽게 되니 이 아니 졀통ᄒ가
ᄒ며 탄식ᄒ거날 게화 우셔 왈 호국 장수 용울딕야 불상코 가련
하다 네가 딕장부 명식을 가지고 타국에 나왓다가 오날날 날

갓튼 잔약한 여자을 당치 못ᄒ고 탄식ᄒ니 너갓튼 거시 일국딕
장이 되야 타국을 유의ᄒ고 나왓난다 네 닉의 말을 드러 보라
무도한 네의 왕이 쳔의을 모로고 외람이 우리 예의국을 힉하랴
ᄒ고 너갓튼 어린 거셜 딕장이라고 보닉엿시니 너 왕의 일을
싱각ᄒ면 가이 우숩고 네 신셰을 싱각ᄒ면 가이 측은ᄒ나 닉
칼이 사졍이 읍셔 네 머리을 베히나니 아모리 무지한 필부라도
쳔의을 순수하야 죽은 혼이라도 날을 원망치 말나 ᄒ고 언파에

칼을 드러 울듸의 머리을 치니 금광 조차 번신낙마ᄒ난지라
계화 즉시 울듸의 머리을 들고 피화당에 드르가 부인게 드리니
부인이 그 머리을 바다 문 박게 늬친듸 그졔야 풍운이 고요ᄒ며
일식이 명낭ᄒ지라 다시 머리을 가져다가 후원 노푼 나무 ᄭᆡᄐᆡ
다라 두고 타인이 보게 ᄒ더라 각셜 실푸다 국운이 불힝ᄒ야
이갓튼 변을 만나 젼ᄒ겝셔 남한산셩으로 이어ᄒ시엿더니

P.89

잇ᄯᅥ 호젹이 바로 물 미듯 조차 드러와 젼ᄒ와 만조졔신을 싱금
ᄒ야 놋코 호령이 상셜 갓튼지라 호통 일셔에 무룹을 도젹의게
ᄭᅮ러 항셔을 ᄡᅥ 올이니 호젹이 바로 드르가 왕비와 셰자 삼형졔
분을 싱금ᄒ야 호국으로 압상하랴 ᄒ고 장안으로 힝군ᄒ니 젼
하겝셔 이 거동을 보시고 통곡기졀ᄒ시니 만조졔신이 ᄯᅩ한
하날을 우르러 탄식하며 젼하을 위로ᄒ야 보즁하심을 쳔만츅슈
ᄒ며 김자졈의 고기 먹기을 원 아니하 리 읍더라 나라이 이갓치
망케 되기난 막비쳔수언이와 만고 소인 김자졈이가 권셰을 도
와 이갓치 망케 되엿스니 읏지 실푸지 아니하리요 만셩인민이
뉘 아니 자졈의 고기 먹기을 원치 아니하 리 읍더라 각셜 용골듸
강화한 글을 바다 가지고 장안으로 도라가더니 젼군이 보ᄒ되
용울듸가 장안에셔 아여자의게 죽엇다 ᄒ거날 용골듸 이 말을
듯고 되경하야 방셩통곡 왈 우리가 조션 왕의게 항셔을 바다거
던 뉘라셔 늬의 동싱을 희ᄒ엿난고 이 원수 갑기

난 닉 장즁에 잇시니 밧비 말을 몰나 ᄒ며 드르오더니 한편을
바라보니 엇더한 집 후원 초당 박게 나무 ᄭᄐ틱 울듸 머리 달여
잇난지라 골듸가 울듸의 머리을 보고 방셩통곡ᄒ며 젼군다려
문왈 져 집이 우의졍 리시빅의 집이 아니야 ᄒ니 군사 답왈
그러하야이다 ᄒ듸 골듸 분을 참지 못ᄒ야 바로 칼을 놉히 들고
말을 치쳐 들고져 ᄒ거날 도원수 한우 피화당 사면의 무셩한
나무을 보고 듸경ᄒ여 골듸을 말여 왈 그듸난 분심을 잠간 참으
소셔 닉 말을 듯고 경션이 드러가지 말나 하고 가로듸 초당에
나무 무셩한 거셜 보니 범상치 아니한지라 옛날 졔갈무후의
팔진법과 사마양져의 팔문금사진법을 겸ᄒ엿시니 웃지 두렵지
아니하리요 그듸 동싱은 본듸 우직라 흠지을 모로고 남을 경이
여기여 드러갓다가 신명을 짓촉하엿스니 뉘을 원망ᄒ리요 그듸
난 옛날 삼국시졀 육

손의 일을 싱각하여 이갓튼 흠지을 졉죡치 말나 한듸 용골듸
더욱 분을 참지 못ᄒ야 칼을 드러 짱을 ᄯ다리며 왈 글러하오면
울듸 원슈을 웃지 갑사오잇가 말이타국에 형졔 한 가지로 나왓
다가 듸사을 셩공ᄒ온 후 동싱을 우연이 죽이고 원슈을 갑지
못ᄒ오면 일국지듸장이 되야 조고만한 여자의게 굴복하단 말은
불가사문어타국이로소이다 웃지 후셰에 우심을 면ᄒ올잇가 한
우 왈 그듸가 일시 분을 참지 못ᄒ여 한갓 용역만 밋고 져런

흠지에 드러갓다가 복슈난 고사ᄒ고 도로여 신명을 보존치 못할 거시니 아즉 잠간 진정ᄒ여 그 신기한 ᄌ조을 살펴보라 비록 억만 딕병을 거날려 드러간다 ᄒ여도 그 안은 감이 드러 보지 못ᄒ고 군사 하나이 사라 나오지 못할 거시니 ᄒ물며 단신으로 드러가고져 ᄒ니 웃지 살기을 바리리요 이난 자취지화라 져딕지 소견이 부족ᄒ고 웃지 일국딕장이 되리요 골딕 그 말

을 올히 여기여 드러가던 못ᄒ고 군사을 호령ᄒ여 왈 그 나무을 에워싸고 일시에 불을 노흐라 ᄒ니 호련 광풍이 이러나며 오운이 자옥한 가온딕 수목이 변ᄒ여 무수한 갑병이 되야 금고함성이 쳔지 진동ᄒ며 비룡과 밍호난 셔로 머리을 응ᄒ며 풍운이 딕작ᄒ야 전후좌우에 둘너싸며 공즁으로셔 신장 두리 나려와 무슈한 신병을 모라 음살ᄒ니 금고함성은 쳔지가 무너지난 덧ᄒ니 호병이 넉셜 일어 항오을 차리지 못ᄒ고 셔로 발피여 죽난 지 부지긔수라 호장 등이 황망즁에 나문 군사을 거두어 퇴진ᄒ니 그계야 쳔지 명낭ᄒ며 살벌지졍이 그치고 신장이 간 딕 읍난지라 호장 등이 그 거동을 보고 더옥 분기을 이기지 못ᄒ야 다시 칼을 들고 달여들고져 ᄒ니 쳥쳔이 명낭ᄒ든 날리 순식간의 ᄯ 어두여 운무가 자옥ᄒ야 지쳑을 분별

치 못ᄒ게 ᄒ니 골딕 감이 드지 못ᄒ고 울딕의 머리만 보고

앙천탄식홀 졔음에 수목 식이로셔 일위 여자 언연이 나셔며
왈 이 무도한 용골딕야 네 동싱 용울딕가 닉 칼에 죽어거던
너조차 닉 칼에 죽고져 ᄒ여 목숨을 직촉ᄒ난다 골딕 이 말을
듯고 더옥 분로ᄒ야 꾸지져 왈 너난 어이한 여자관딕 딕장부을
딕ᄒ야 욕셜노 히롱ᄒ난다 닉 동싱이 불힝ᄒ야 네 손에 죽어건
이와 우리난 네의 국왕의게 항셔을 바닷스니 너히도 우리 빅셩
이라 웃지 우리을 히하랴 ᄒ난다 이난 가위 나라을 모로논 여자
로다 살여 씰 딕 읍고 죽임 즉한 죄니 급히 나와 닉 칼을 바다
네 죄을 사ᄒ라 ᄒ딕 계화 그 말은 드른 체도 아니ᄒ고 울딕의
머리을 자조 가라치며 조롱ᄒ여 왈 나난 박 부인의 시비 계화언
이와 너을 싱각ᄒ니 가이 가련하고 녹녹하도다 네 동싱 울딕난
날갓치 잔약한 여자으 손의 죽어난데 너도 쏘한 날을

P.94

당치 못ᄒ고 져딕지 분하게 여기니 웃지 가궁치 아니하랴 용골
딕 그 말을 듯고 즉시 철궁에 왜젼을 머겨 계화을 쏘니 그 살리
졔우 육칠 보 안에 쩌러지고 맛치지 못하ᄂ지라 골딕 더옥 분을
이기지 못하야 군즁에 호령을 ᄒ되 일시에 방사하라 ᄒ니 군사
청영ᄒ고 무수이 쏘되 수만 명 군사가 하나도 맛치난 직 읍난지
라 골딕 그 거동을 보믹 어기가 쩍거지고 흉격이 믹키여 아모리
할 바을 모르는 즁에 그 신기함을 탄복ᄒ며 분심을 증치 못하니
셔로 이로딕 우리난 수쳔이라도 한낫 박 부인을 졀을 수 읍시니
본국 군사로 히리라 ᄒ고 즉시 김자졈을 불너 왈 너의 등이

이졔난 우리 신하라 밧비 도셩 군사을 조발ᄒ야 져 팔문진을
파ᄒ고 박씨와 계화을 싱금ᄒ야 늬의 분함을 덜게 하라 만일
위령ᄒ면 참하리라 분부 상셜 갓튼지라 자졈이 황공ᄒ야 즉시
방포일셩에

군사을 호령ᄒ야 팔문진을 에워싸고 츙돌ᄒ니 문득 팔문진이
변ᄒ야 수빅 장쳔 소가 되야 감이 졉족할 길이 읍난지라 호장
등이 그 변화무궁함을 보고 간담이 썰이여 정신을 차리지 못할
차에 한 쇠을 싱각ᄒ고 호군을 명ᄒ야 사면에 희즈을 집히 파고
화약 염초을 틱산갓치 무든 후에 쳔동 가치 호령왈 너의 쳔변만
화지슐을 가져신덜 읏지 살기을 바릭리요 목숨을 익기거던 쌜
이 나와 허신ᄒ라 ᄒ고 곤욕이 무수ᄒ되 오직 초당이 고요하야
일졈 쪽걸이 읍난지라 군사을 호령ᄒ야 불을 질으니 산악이
무너지난 듯ᄒ고 화광이 츙쳔하야 사면에 불이 이러나 장안이
녹낫 듯한지라 박씨 계화을 명하야 부작 한 장을 공중에 날이고
좌수에 옥화션을 들고 우수에 빅화션을 들이여 오싴실노 부
작을 믹 던져던니 이윽고 불씨에 화약불이 도로여 호 진

중으로 풍기니 호병이 화염 중에 들어 져신을 차리지 못ᄒ여
사산분주하야 불에 타 죽난 군사와 셔로 발펴 중난 직 불가승슐
너라 용골딕 딕경하야 급히 퇴군ᄒ고 실피 탄식왈 기병하야

조선에 나온 후에 병불혈인하고 호통일셩에 항복 바다던이 우연이 일기 안여자을 맛나 불상한 동싱을 무죄이 주기고 십만딕 병을 거이 다 주겨신니 이갓치 분한 일이 어딕 잇씨며 웃지 딕장부라 ᄒ리요 이졔 하면목으로 본국에 드러가 왕상과 왕비을 뵈올잇갓 ᄒ며 딕셩통곡ᄒ니 졔장이 위로왈 쳔계만측이라도 그 여자난 당치 못할 거시니 왕딕비와 셰자 삼형졔 분이며 장안 물싁을 거날이고 북으로 힝ᄒ거날 박씨 계화로 ᄒ야금 격진을 딕ᄒ야 크게 웨여 왈 기갓튼 오랑캐 놈은 드르라 네의 왕이 무도ᄒ야 너갓튼 구상유취을 보닉여 조션을

침노ᄒ니 국운이 불힝ᄒ여 픽만은 당ᄒ여시나 무삼 연고로 아국 인물을 거두어 가랴 ᄒ난야 네 만일 우리 왕비을 뫼셔 갈 쯧을 두면 너의 등을 함몰할 거시니 신명을 도라보아 왕비을 뫼셔 가지 말나 ᄒ니 호장이 딕로왈 녹녹한 여자야 닉 임에 네의 국왕의게 항셔을 바다시니 다려가고 안키난 우리 장즁에 잇난지라 이갓치 셤셤 잔약함을 구차로이 젼치 말나 능욕이 무수하거날 계화 크게 웨여 왈 너의 등이 일향 거역하건딘 닉의 직조을 구경하라 ᄒ고 언파에 무삼 진언을 외우더니 호련이 공즁으로셔 두 줄 무지기 이러나며 우박이 담아 붓난 듯 쏘다져셔 순식간에 자이 넘도록 어럼이 되어 말굽이 싸에 붓고 써러지지 아니하여 촌보을 운동치 못하건난지라 호장이 그졔야 씩달아 왈 당초에 기병할 씩예 왕비 분부ᄒ

시되 조션 장안에 신인이 잇실 거시니 부딘 리시빅의 후원은
범치 말나 ᄒ시더니 우리 짐짓 ᄭᅦ닷지 못ᄒ고 일시 분함만 싱각
하야 왕후의 분부을 거역다가 도로여 앙화을 바다 십만딘병을
죽길 ᄲᅡᆫ더러 울딘을 무죄이 죽여시니 무삼 면목으로 왕상과
왕후을 보리요 이졔잔 이 지경이 되엿시니 우리가 가셔 박씨게
비난이만 갓지 못ᄒ다 ᄒ고 오장 등이 갑쥬을 버셔 말 안장
우에 걸고 말게 나려 손을 묵거 팔문금사진 압혜 나아가 복지이
걸 왈 소장 등이 기병ᄒ야 조션에 나온 후로 쥬류ᄒ엿사오나
무릅을 한 번도 ᄭᅮ린 빈 읍삽더니 이졔 박 부인 신명ᄒ신딘
비난이다 ᄒ고 졀ᄒ며 이걸 왈 이졔 부인의 말삼을 조차 왕비을
아니 모셔 갈 거시니 소장 등으로 ᄒ여금 길을 여러 도라가게
ᄒ옵소셔 ᄒ며 무수이 이걸하거날 박 부인이 그졔야 쥬렴을
것고 나셔며 ᄭᅮ지져

왈 닌가 너희 등을 씨도 읍시 흠몰 ᄒ자 하엿더니 십분 안셔ᄒ여
쳔명을 순슈ᄒ건이와 우리나라이 국운이 불힝ᄒ기로 너의게
강화는 당ᄒ엿건이와 무삼 연고로 왕비을 뫼셔 가랴 하니 닌
웃지 요셔가 잇시리요만는 막비쳔수라 쳔의을 순수하난 거시니
너의 말딘로 왕비난 뫼셔 가지 말며 너희가 부득이 셰자 삼졔분
을 뫼셔 간다 ᄒ니 그도 쏘한 쳔의을 조차 순수ᄒ건이와 부딘
조심하야 평안이 뫼셔 가라 나난 이 고딘 안자셔도 아난 도리가

잇스니 만일 불편ᄒ게 되셔 가면 늬 신장과 갑병을 모라 ᄂᆞ히 뒤을 쏘차 씨 읍시 함믈 한 뒤예 늬 몸소 너의 나라에 들으가셔 왕을 사로잡아 셜분ᄒ고 무죄한 빅셩을 소멸할 거시니 늬 말을 방심 말고 조심하라 ᄒ시니 호장 등이 무수이 빅사ᄒ고 용골되 다시 이걸왈 소

P.100
자의 동싱 울씨의 머리을 주시면 박 부인 덕틱으로 고국에 도라 가것심너니다 ᄒ되 박씨 우셔 왈 옛날 조앙자가 지빅의 머리을 옷칠하야 술잔을 만드러 원수을 갑파신니 나도 옛일을 효칙하야 네 동싱의 머리을 옷칠하야 남한산셩에 픠한 분을 만분지일이나 풀 터인 즉 네 정싱이 아모리 긍칙ᄒᄂᆞ 각기 임곰 셥기기난 일반이라 네가 이걸하여도 그난 못하리라 ᄒ되 용골쎄 이 말을 듯고 분심이 충쳔ᄒ나 제 아오의 머리만 보고 되셩통곡할 다름이요 세무늬하라 하 릴 업셔 호장 등이 하직ᄒ고 나가거날 박부인 쏘 가로되 너희 등이 기져 가지 말고 의주로 가다가 임장군을 차자가라 하신되 호장 등이 그 비게을 모르고 늬렴에 일오되 우리가 조선 왕에게 강화을 바다쓰니 셔로 만나게 함이라 ᄒ고 다시 하직 후에 나와 왕비을 도

P.101
라 보늬고 장안 인물과 세자 동궁을 다리고 본국으로 도라갈식 금은을 훗터 삼군을 상산ᄒ고 의주로 힝할식 잡혀가난 부인들

이 ᄒ날을 우르러 부루지지며 탄식왈 박 부인은 무삼 복으로
환을 면하야 본국에 안젓난고 우리ᄂ 무삼 죄로 말이타국에
잡펴가난고 ᄒ일ᄒ시에 고국산쳔을 다시 보고 쑴이야 싱시야
하며 눈물을 금치 못하난지라 박씨 게화로 하여금 워여 왈 인간
고락은 사람에 상사라 너머 스러 말고 쌀어가면 삼연지간의
셰자 동궁과 여러 부인 모셔올 쏩이 잇슬 거시니 부듸 안심하야
평안이 득달ᄒ옵소셔 만단 위로하더라 각셜이라 호장이 당초에
조션국에 올ᄉ 져의 왕비의 말을 들어 북방을 바리고 동희로
건너 날닌 군사 쳔여 원을 북도로 보ᄂ여 복병하고 의주와 도셩
에 토셥하지 못하게 ᄒ 고로 나라이 이갓튼 변난을 만나 의주에
젼교

P.102

을 보ᄂ셔 픽초ᄒ나 중간에셔 씨러지고 임장군이 아지 못하기
난 복병이 통치 못하게 함이라 웃지 실푸지 안이하리요 임장군
이 이 기별을 늦게야 듯고 쥬야로 올나오다가 젼면에 복병 수쳔
명이 나셔 막난지라 경업이 칼을 들고 일합에 함몰ᄒ고 오더니
잇ᄯ 호병이 의기양양ᄒ야 의쥬로 향ᄒ야 오거날 경업이 단기
로 달여들어 분지두에 우션 션봉을 베히고 일변 달여드르 장졸
을 무수이 살히ᄒ니 호병이 감이 졉족치 못ᄒ야 죽난 지 무수한
지라 용골듸와 한우 앙쳔탄식 왈 박 부인의 비게 씨닷고 글얼
만들어 경셩으로 보닌지라 이적에 호군을 일합에 뭇지르게 되
야던이 사직 황상의 젼교을 들어거날 임장군이 북향사비ᄒ고

밧쓰러 본니 하야씨되 오호라 모월모일에 호적이 달어드러 셩
중을 음살하믹 남한산셩으로 피란하여던니 빅만딕병이

드러와 호통일셩에 ᄒ 릴 업셔 강화을 하여신니 읏지 실푸지
안니ᄒ리요 도시 쳔수 파사이왕의니 경에 충셩이 이제난 씰
쩐 업씨니 유공무덕이라 길얼 비러 호병의 길얼 여러 도라가게
ᄒ라 ᄒ여거날 보기을 ᄃᄒ믹 칼을 쌍에 던지고 딕셩통곡 왈
실푸다 조션에 만고소인이 국권을 잡어 나라이 이갓치 되어신
니 읏지 졀통치 안니하리요 분심을 이기지 못하야 다시 칼을
들고 호장을 잡아 업지르고 쑤지져 왈 네 나라이 지금까지 지탕
ᄒ믹 도시 조션 심인 줄 모로고 이갓치 역쳔지심을 두어 늬
나라을 희하니 너희을 함몰할 터이나 다시 너의 목에 칼 다이기
가 드러울 쌘드러 왕명이 기시기로 거역지 못하야 돌여 본늬니
동궁을 평안이 뫼시고 드러가 착실경딕ᄒ라 ᄒ고 일장통곡 후
에 문을 여러 보늬니라 각셜이라 상이 쳐음에 박씨 말을 듯지
안니ᄒ믈얼 회과하

사 왈 실푸다 박씨의 말을 드러쓰면 읏지 이런 변을 당ᄒ엿시리
요 박 부인이 곳 장부로 낫드면 읏지 호적을 두려워ᄒ리요 연이
나 적수단신으로 막강병을 승젼ᄒ엿시니 이난 고금에 읍난 일
이라 ᄒ시고 졀츙부인겸 졍열부인을 봉ᄒ시고 또 궁여을 보늬

여 위로왈 오호라 과인이 박지 못하여 박 부인의 연연지감과
위국지칙을 씨지 못함이라 수원수구ᄒ리요 부인의 충효을 다ᄒ
야 타일에 유자유손ᄒ고 영화로 ᄃᆡᄃᆡ을 이여 구가로 드부러
시종을 함게 함을 바릭로라 ᄒ거날 부인이 사비 후에 쳔은을
못ᄂᆡ 사례하드라 당초에 부인의 얼골이 츄비ᄒ기난 승상이 혹
ᄒ지 못ᄒ게 함이요 본형ᄒ기난 부부간 다졍케 함이요 진법셜
시히기난 피화지게요 왕ᄃᆡ 말유ᄒ기난 쳔의을 순수함이요 호장
으로 ᄒ여

P.105
금 인장군을 ᄃᆡ면ᄒ기난 영웅의 의분을 풀게 함이라 막비쳔수
오니 한탄한델 무엇하리요 차후로 부인의 충횽와 인의가 졈졈
더ᄒ드라 이 뒤 말은 임경젼에 보읍소셔

오자낙셔가 만삿오니 보시난 이가 짐작하야 눌너 보압고 십분
용셔ᄒ와 허물치 마압소셔
무오 졍월일에 초츌이라

■ 〈김광순 소장 필사본 고소설 100선〉 간행 ■

□ 제1차 역주자 및 작품 (14편)

직위	역주자	소속	학위	작품
책임연구원	김광순	경북대학교	문학박사	진성운전
연구원	김동협	동국대학교	문학박사	왕낭전 · 황월선전
연구원	정병호	경북대학교	문학박사	서옥설 · 명배신전
연구원	신태수	영남대학교	문학박사	남계연담
연구원	권영호	영남대학교	문학박사	윤선옥전 · 춘매전 · 취연전
연구원	강영숙	경북대학교	문학박사	수륙문답 · 주봉전
연구원	백운용	경북대학교	박사수료	강릉추월전
연구원	박진아	경북대학교	박사수료	송부인전 · 금방울전

□ 제2차 역주자 및 작품 (15편)

직위	역주자	소속	학위	작품
책임연구원	김광순	경북대학교	문학박사	숙영낭자전 · 홍백화전
연구원	김동협	동국대학교	문학박사	사대기
연구원	정병호	경북대학교	문학박사	임진록 · 유생전 · 승호상송기
연구원	신태수	영남대학교	문학박사	이태경전 · 양추밀전
연구원	권영호	경북대학교	문학박사	낙성비룡
연구원	강영숙	경북대학교	문학박사	권익중실기 · 두껍전
연구원	백운용	경북대학교	박사수료	조한림전 · 서해무릉기
연구원	박신아	경북대학교	박사수료	설낭자전 · 김인향전

□ 제3차 역주자 및 작품 (11편)

직위	역주자	소속	학위	작품
책임연구원	김광순	경북대학교	문학박사	월봉기록
연구원	김동협	동국대학교	문학박사	천군기
연구원	정병호	경북대학교	문학박사	사씨남정기
연구원	신태수	영남대학교	문학박사	어룡전 · 사명당행록
연구원	권영호	경북대학교	문학박사	꿩의자치가 · 박부인전
연구원	강영숙	경북대학교	문학박사	정진사전 · 안락국전
연구원	백운용	경북대학교	박사수료	이대봉전
연구원	박진아	경북대학교	박사수료	최현전